神と王

文春文庫

神と王

亡国の書

浅葉なつ

文藝春秋

目次

序文

是《こ》に天《あま》つ神諸《もろもろ》の命《みこと》以ちて、
伊耶那岐命《いざなぎのみこと》、伊耶那美命《いざなみのみこと》の二柱《ふたはしら》の神に
「是《こ》のただよへる国を修《おさ》め理《つく》り固め成せ」と詔《の》りて
天《あめ》の沼矛《ぬぼこ》を賜ひて、言依《ことよ》さし賜ひき。

（古事記より）

天の沼矛を賜ひて――。

では何処《いづこ》より、

何処より其の矛《ほこ》は生まれ出《いで》し乎《かな》。

主な登場人物

慈空《じくう》

［22歳］

弓可留国の歴史学者。両親はすでに亡く天涯孤独。弓可留の王太子・留久馬とは兄弟のように育った。国教の四神教を信仰している。

風天《ふうてん》

［22歳］

大国・斯城国の「さる高貴な御方」の命で弓可留の宝珠「弓の心臓」「羅の文書」を探している。斯城国の国章が刻まれた鏡と片刃の剣を携える。

羽多留《わったる》
弓可留国28代王。

留久馬《るくま》
弓可留の王太子。

沈源嶺《じんげんれい》
沈寧国3代王。

沈薫蘭《じんくんらん》
19歳　沈寧国の王太女。

日樹《ひつき》

［21歳］

薬屋の店員。植物・種の深い知識を持ち、手首に「羽衣」という不思議な生き物を飼いならしている。風天とともに二つの宝珠を探す。

瑞雲《ずいうん》

［24歳］

行商集団「不知魚人」を仕切る頭領の一族。古今東西あらゆる武器に精通する、強靭な肉体とずば抜けた美貌の持ち主。傷を負った慈空の面倒を見る。

杜人《とじん》

世界に三か所あるという、御《おん》柱《ばしら》のある森・闇戸《くらと》に住む人々。都市部に比べ「文明の劣った種族」とされている。

不知魚人《いさなびと》

世界中を渡り歩く行商集団。国籍を持たず、陸と海の群がある。甲羅を持つ巨大生物・不知魚《いさな》を飼いならしている。

神と王の世界

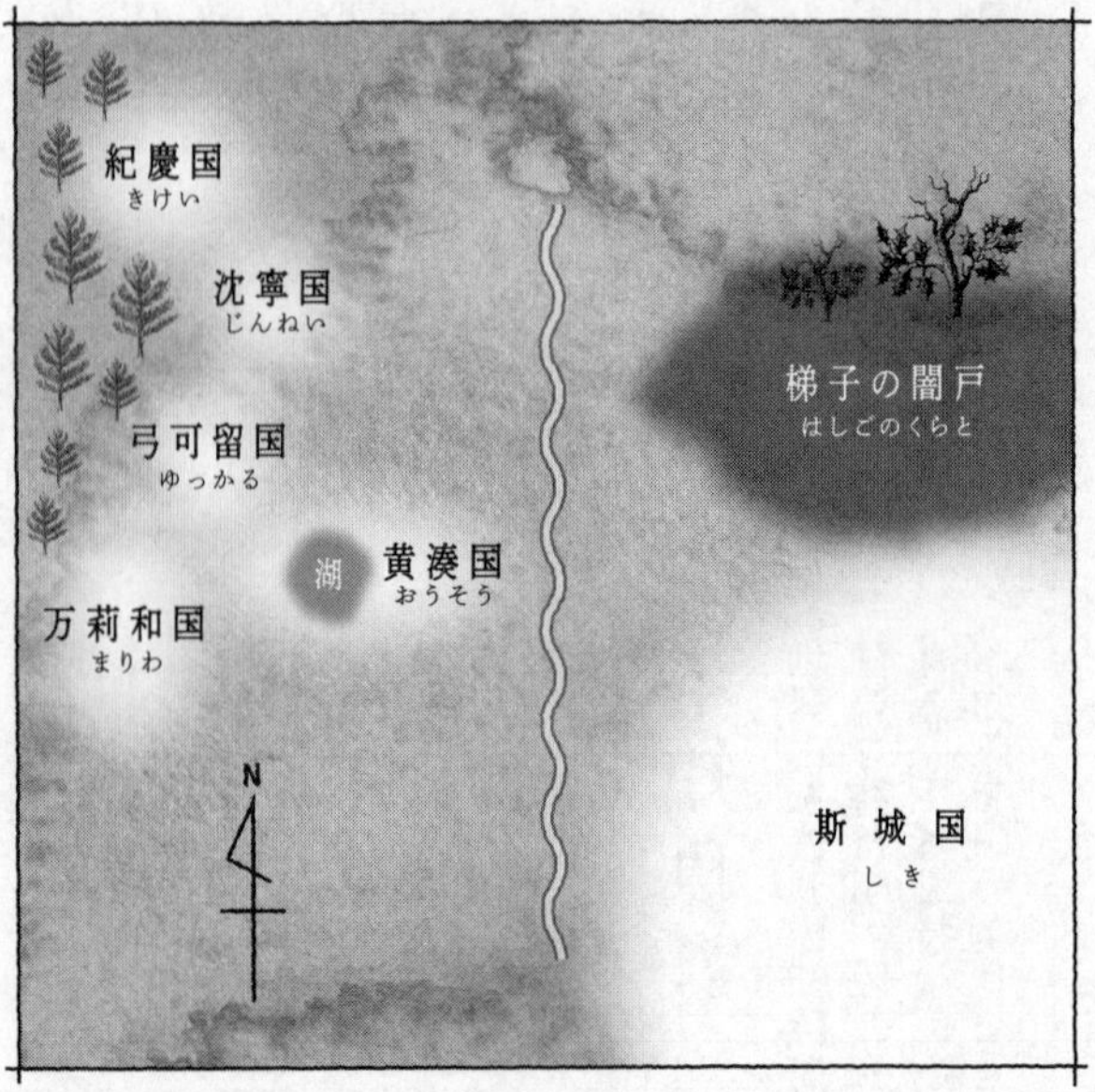
紀慶国
きけい
沈寧国
じんねい
弓可留国
ゆっかる
湖
黄湊国
おうそう
万莉和国
まりわ
梯子の闇戸
はしごのくらと
N
斯城国
しき

一章　亡国、弓可留

一、

いい天気だろ、と訊かれた気がした。

確かに自分の真上には澄んだ青空が広がっているが、果たしてこれは本物の空なのか。四角く切り取られたその空は、天井に映しだされているようにも見える。はっきりと判断がつかないのは、先ほどから視界がぼんやりと靄《もや》がかかったように霞《かす》んでいるからだ。

そこに光が滲んで、いよいよ目の前を白くする。

たまには空でも見なきゃ、やってらんねぇよなぁ。

まるで薄紙の向こうにいるような人影は、なぜだか懐かしい。

のんびりとした口調も、声も、随分前から知っている気がした。

——留久馬《るくま》？

そう呼びかけたが、声は届かなかった。届かないというより、声そのものを発することができなかった。

留久馬なのか？

再度問うて手を伸ばばそうとしたが、なぜだか四肢の感覚がない。

三度呼びかけようとして、慈空《じくう》はハッと目を開いた。

目線の先に見慣れない天井がある。慣れ親しんだ自室のものとは違う、年月を経て色の濃くなった、簡素な板張りの天井だ。ところどころに見える染みは、雨漏りか、それとも入り込んだ動物の糞尿の跡か。ここに来て一カ月が経とうとしているのに、未だ寝起きに見えるこの天井に慣れないでいる。換気用の小さな窓にある分厚く曇った窓硝子の向こうは、いつのまにか薄っすらと明るくなっていた。すでに陽は昇ったのだろうか。

慈空は右手を動かし、左手を動かし、続いて両足を動かして、四肢に異常がないことを確認した。先ほどまで視界しか感覚がなかったが、どうやら本当に夢だったようだ。

「……空、か」

慈空は天井を見上げたまま つぶやく。そういえば、最後にのんびりと空を見上げたのは、一体いつのことだったか。自身の余裕のなさが、あんな夢を見せたのかもしれない。

弓可留《ゆっかる》と国境を接する、ここ万莉和《まりわ》は農業国だが、近年は不作が続き、決して裕福な国ではない。ましてこの莉土那《まりどうな》の町は、庶民の家の窓に硝子がはまっていることすらも珍しかった。慈空が身を寄せている宿屋『六青館《ろくせいかん》』が、町の中で比較的見栄えのする二階建ての建物だが、それでも外壁の塗装のはがれや色あせなどは目についた。吹き抜けになった玄関や、客室内はできるだけ清潔に保たれているが、慈空が寝泊まりしている物置や休憩室などは、床や壁が傷んだまま放置されている。灯火器に使う油や、暖を取るための燃料も節約するよう言われていて、身体を拭くための湯さえ使える量が限られていた。

ゆっくりと寝台の上で体を起こし、慈空は小さく息をつく。夢であるならば、こちらが夢の方がどんなによかっただろう。寝る時も外さない首飾りには、月金《しろがね》の鍍金《めっき》に神を刻んだ一枚の小さな板が付いている。慈空はいつもの習慣でそれを握り、もはや相見《あいまみ》えることが叶わぬ神に、朝の目覚めを告げた。

慈空の生まれ故郷である弓可留は、小国ながら六百年以上の古い歴史を持つ国として知られていた。初代国王とされる弓羅《ゆら》を筆頭に、彼の弟妹らを神と崇めた四神教《ししんきょう》を国教とし、裕福とは言い難いながらも、牧畜を主な産業として穏やかに暮らしていた。王族の住まう宮殿こそあれど、王や王后はごく普通に街を歩いて庶民と交流し、誰もが気さくに声を掛けられる存在だった。たった四州しかない小国だからこそ、いい意味で王と民の距離が近かったのだ。そして弓可留の歴史学者を父に持つ慈空は、王の一人息子である留久馬と兄弟のように育った。慈空の方が二つ年下で、弟ができたと大喜びした留久馬に、ことあるごとに連れまわされてはいろいろな遊びを教わった。幼い頃に母を亡くし、十二歳の時に病に倒れた父を見送ったあとも、留久馬をはじめとする人々が本当の家族のように寄り添ってくれたからこそ、なんとかやってこられたのだ。父の跡を継いで歴史学者になるかどうか迷っていたときも、留久馬の父である羽多留《わたる》王がそっと背中を押してくれた。

「慈空、そなたの父はずっと、古代弓可留文字について研究していた。しかし志半ばで倒れ、さぞ無念だっただろう。その研究を引き継ぐことはきっと、英空も望んでいるはずだよ」

王から直々にそんな言葉をかけられて、慈空は父と同じ道を歩むことを決めたのだ。

寝台から降りた慈空は、寒さに身を縮めながら袍の内衣の上に手早く垂領の衣を着て、毛織物の肩掛けを羽織り、端を帯に挟み込む。あらかじめ桶に汲んであった凍りそうな水で顔を洗うと、目の裏にこびりついていた眠気が一瞬で飛んでいった。顔を拭いてから脇卓に置いてあった眼鏡をかけると、ようやくいつものやや曇った視界が戻ってくる。透明の硝子が入ったものは高価で手が出ず、妥協した結果だった。

「おはようございます」

身支度を済ませて厨房へ向かうと、まだ宿の主人は姿を見せておらず、代わりに住み込みの従業員二人が朝食の準備に取り掛かろうとしていた。この辺りは弓可留が近いこともあって、乳製品を使った食事が一般的だ。家畜の乳を酸味のある果汁と合わせた後に凝固させた乳固《ちこ》は、旨味や香りが豊潤で、もっぱら肉菜汁などに合わせる。この宿で宿泊者のために出す朝食も、特産品である辛筒《からづつ》という野菜と、乳固を煮込んだものだ。最初は妙な味だと思ったが、慣れてくると乳固の甘さと辛筒の辛味の調和が病みつきになる。

「今日は裏に乳が届いているから、入れておいてくれるか?」

従業員歴の一番長い白髪交じりの男に言われて、慈空は、わかりました、と答える。

「弓可留があんなことになって、乳の売り子もめっきり来なくなっちまったねぇ」

辛筒を水で洗っていた年配の女性が、しみじみとつぶやいた。

「あの山で育った赤鹿《あかじし》の乳が、一等甘いのに」

「ああ、あれを使うかどうかで、肉菜汁の味も変わるもんだ」

そんな会話を背中で聞きながら、慈空は裏口から外に出る。冬の寒さが緩んで春の暖かさがじわりと空気に溶け出すこの季節は、雪解けを待って赤鹿たちを弓岳《ゆみだけ》へ放牧に出す頃だ。中腹まで登れば、東にある梯子《はしご》の闇戸《くらと》にそびえる御柱《おんばしら》が微かに見えて、その上にかかる雲の様子で、人々は翌日以降の天気を予想するのだ。しかしその山ももう、弓可留のものではなくなってしまった。

かじかむ手に息を吐きかけ、慈空は大きな乳瓶を運び入れる作業に取り掛かった。

弓可留が、隣国沈寧《じんねい》からの襲撃を受けたのは、本当に突然のことだった。季節の変わり目に合わせ、決まって神殿で執り行われる節祭《ふしのまつり》の最中に、沈寧は王の直属である禁軍を率いて乗り込んできたのだ。それまでは怪しい素振りもなく、むしろ友好的な付き合いができていたはずの隣人の、突然の裏切りだった。

不意を突かれたことで慌てた弓可留は、反撃を試みるも、真っ先に王を討ち取られ、一堂に会していた他州の州司《しゅうのつかさ》たちも次々と失い、宰相をはじめとする要人さえ助からず、二日ともたずに降伏することになってしまった。もともと争いを好まない穏やかな国民性も、仇《あだ》になったと言える。生き残った民は、沈寧に支配されることを良しとせず、故郷を捨てて逃げ出した者もいれば、為すすべなく留まった者もいる。王族を躊躇《ちゅうちょ》なく殺した時点で、沈寧には征服の一手しかなかったのだ。弓可留という国は、あの日確かに滅亡した。

必死の思いで弓可留を脱出した慈空が、かつて旅好きだった父が定宿にしていたこの宿屋に生きて辿り着けたのは、ほとんど奇跡だと言ってもいい。宿の主人に事情を説明した直後から、慈空は熱を出して一週間寝込み、目の前で死んでいく人たちの夢を見てはうなされた。熱が下がった後はどうしようもない虚無感に襲われ、どうにか動けるようになるまで復調したのは、ほんの数日前のことだった。

慈空が兄のように慕った留久馬もまた、沈寧の剣の前に散ったのだ。

「慈空、ちょっとお遣いを頼まれてくれるかい」

昼になって、賄《まかな》いの乳粥で昼食を済ませた慈空に、帳面をめくっていた六青館の主人がそう声をかけた。体調不良から回復した慈空は、宿の仕事を手伝うので、どうかしばらくここに置いて欲しいと懇願《こんがん》した。両親を亡くし、頼れる親戚もない彼にとって、ここ以外に行く場所などなかったのだ。

「薬来堂《やくらいどう》で鎮痛剤と傷薬を買ってきておくれ。置き薬がちょうどなくなってしまってね」

六青館だけでなく、一般の家庭であっても、その二つの薬はだいたい常備している。なぜなら、いつ病変した植物に襲われるかわからないからだ。

「東の森で病狂《やみぐるい》が出たそうだよ。そのうち大掛かりに焼くことになるだろうね」

主人は、複雑な顔で口にした。

植物が突然狂暴化して人を襲うことは、珍しい話ではない。日ごろから山や森に行くときは気をつけろと言われているし、実際に慈空も病変した樹木に遭遇したことがある。なぜ突然狂暴化するのかは未だわかっておらず、襲われたときはとにかく捕獲される前に逃げるしかなかった。駆除方法としては、周囲の植物もろとも焼いてしまうことで、切り倒すだけでは周囲に感染《うつ》ってしまい、結果病変を増やすことになる。

「変な噂《うわさ》が広まらないといいんだけど……。ああ、薬来堂への支払いはいつも通りで」

「わかりました」

　慈空は眼鏡を押しあげ、少しほっとしながら一礼してその場をあとにした。ここでは仕事など選んではいられない。弓可留が沈寧に奪われた今、歴史学者の卵としての知識と経験は、もはや何の意味も持たなかった。机に向かって父の遺した資料を読んだり、それを元に論文をまとめたりすることが性に合っていたが、ここではほとんどが体力勝負の力仕事だ。そのため、実はすでにあちこちを痛めていて、特に腰痛がひどい。薬草のお遣いなどは、散歩がてら済ませられるありがたい仕事だった。

　六青館は、街で一番大きな通りに面していて、他にも食料や日用品を売る店が軒を連ねている。肉は比較的新鮮なものが揃うが、莉土那は海や湖からは距離があるため、魚は塩漬けや干物になっているものが多かった。店頭で目当てのものを買い求める客の間を歩きながら、慈空はふと視線を感じた気がして振り返る。そこにはいつもと変わらない町の風景があるだけで、特に変わった様子はない。慈空はもう一度念入りに辺りを見回し、月金の首飾りを外から見えないように服の中へと引き入れた。沈寧軍が、弓可留から持ち出された何かを探しているようだという噂は、嫌でも耳に入っている。月金の首飾りは、弓可留の十二歳以上の国民であれば全員が持っているものなので、奴らがこれを目印にしている可能性は充分にあった。そして慈空には、捜索されているかもしれない心当たりがひとつだけある。服の上から月金板に触れ、四神よどうかお守りください、と早口につぶやき、慈空は店への道のりを急いだ。

町の東側にある通りの一角に、薬草店『薬来堂』は店を構えている。表から見える店の入口には、生薬の一種である動物の肝を乾燥させたものや、虫の蛹《さなぎ》などが置いてあり、気持ち悪さから入店をやや躊躇しそうになるが、ここの薬が一番効くのだと町では評判だった。

「いらっしゃい！」

慈空が店の扉を開けると、薬草や香料の独特の香りが押し寄せてくるとともに、店員が愛想よく声をかけてきた。ここには何度か来たことがあるが、今日の店員は初めて見る青年だった。今年で二十二歳になる自分と同い年か、少し年下だろうか。明るい茶色の髪と瞳が、溌溂《はつらつ》とした印象だった。店内には三組ほどの客がおり、ちょうど初老の男性が店員にあれこれと入用の物を言い付けている。順番を待つ他の客は、顔見知りなのか世間話に花を咲かせていた。

「……だから、あの道は沈寧が封鎖して通れなくなってる。わざわざ迂回《うかい》させられちゃあたまったもんじゃない」

「弓可留も災難だったわねぇ。知り合いの親戚があちらの出身らしくて、いろいろ大変だったみたいよ」

「王族を皆殺しとはひどい話だ……。友好国だったはずだろ」

「何が起こるかわかったもんじゃないわね。ほら、斯城国《しきこく》のことだってあるし」

「ああ、兄太子が、父王と弟を殺して国を乗っ取ったっていう。もう何年前かな。確か国教すら変えちまっただろ」

「しかもその後、隣り合ってた国をふたつも落としたんですって。ちょっと離れてはいるけど、いずれこっちまで来るんじゃないかって、気が気じゃないわ」

客同士の噂話を聞くともなしに耳にしながら、慈空は順番を待つ。斯城国は東にある大国だ。数年前までは乱立する国のひとつだったが、内乱によって王が替わり、それに伴った戦争で隣り合っていたふたつの国を落とし、広大な領地を手に入れている。弓可留とも交流があったが、二国間の距離はどんなに黒鹿《くろじし》を飛ばしても十日以上かかる。弓可留が沈寧に落とされたという報告が、ようやく届いた頃だろう。今更援軍は見込めそうにない。しかも王をはじめとする要人が全て死んだとなれば、遠く離れた斯城国がわざわざ沈寧と戦をしてまで、弓可留の民を救う理由もなかった。現に近しい友好国であった万莉和国や黄湊国《おうそうこく》でさえ、逃げてきた弓可留の民を受け入れはしても、沈寧と戦おうとはしない。

群雄割拠《ぐんゆうかっきょ》の中で、負けたものが奪われる。それがこの世の理《ことわり》だった。

慈空はひとつ息をついて、気分を切り替えるように店の中の商品を見てまわった。薬来堂には弓可留では見かけなかった薬草や珍品が所狭しと置いてあり、しかもそれが頻《ひん》繁《ぱん》に入れ替わる。名前しか聞いたことのない遠い国の香料などもあり、わざわざ買い付けに行ったのだろうかと、思いを馳せるのは気分転換にもなった。

「それに最近、東の森で病狂が出たっていうでしょ。おちおち散歩にも行けやしない。薪《たきぎ》を拾っていた人が襲われたらしくて、枝で絞め上げられてそのまま……って話よ」

「ひでぇな」

「病狂と共存できるのなんざ、頭の弱い杜人《とじん》くらいよ。この間、闇戸《くらと》から出てきてるのを市で見かけたんだけど、相変わらず泥を塗った汚い格好で、もうちょっとマシになんないのかしらね」

「杜人も混《ま》ざり者《もの》も、できるだけお近づきにはなりたくねぇな」

病狂《やみぐるい》のことも、どこかの国が別の国を落としたという話も、杜人や混ざり者という嫌われ者のことも、生きていれば普通に耳にすることだ。しかしそれがいざ自分の身に降りかかると、これまでの日常がひどく儚いものだったのだなと痛感する。そしてこうやって、誰かの噂話になって消費されていくのだ。

「そうだ店員さん、病狂の木を避ける薬、なんてないのかしら。ほら、虫よけみたいな感じでさあ」

女性客にそう声をかけられ、店員は少し困った様子でうーんと唸った。

「あればいいんですけどねぇ」

「やっぱりそんな都合のいいものはないわよねぇ」

「お客様のご無事を、俺がお祈りしておくっていうのはどうですか?」

「あら嬉しい！　そっちの方が効くかもしれないわね」

女性客が上機嫌でころころと笑う。彼女も本気で言ったわけではない。ただの客と店員の、お遊びのやり取りだ。

「それにね奥さん、俺は思うんですよ」

薬棚の引き出しから薬草を取り出しながら、彼はさらりと口にする。

「病変する木草《きくさ》にも、事情があるんじゃないかなって。……まぁ、襲われた人からしたら、そんなもん知るか！　ですけどね」

「もう、何を言い出すかと思ったら！」

「ははは、そりゃ木と話ができりゃあ一番早いがな！」

「ですよねぇ」

彼らの会話を背中で聞きながら、慈空は頭の中に蘇《よみがえ》る弓可留での他愛無い幸せな日々を、必死で振り払おうとしていた。


その日の仕事を終えて、寝泊まりしている物置に帰って来た慈空は、お湯をもらってきた桶を床に置くと、そのまま寝台に倒れ込んだ。随分慣れてきたとはいえ、一日中動き回っているここでの仕事は、今まで座り仕事ばかりだった自分にとって、まだまだ負担が大きい。それでもこうして寝床と食事を与えてもらえているだけ、感謝せねばならなかった。

「……お湯が冷める前に、体を拭かないと……」

そう言いながらも、億劫で体が動かない。もう今日は、顔と手足を洗うだけにしようか。そんなことを考えている間にも、湯はどんどん冷たくなっていく。やがてのろりと体を起こした慈空は、眼鏡を外してどうにか顔と手足を洗い、桶を邪魔にならないところに置き直した。本当はこの桶に、明日の朝顔を洗う用の水を汲んでから寝るのだが、もう今日は部屋の外に出たくないので、起きてから汲みに行くことにする。明日も早くに起きねばならないことを思い、さっさと寝てしまおうとした慈空は、ふと寝台の脇にある荷物に目を留めた。それは慈空が弓可留から持ち出してきた唯一の物で、今となっては留久馬の形見と言い換えてもいい。彼の上着に包まれたままのそれをそっと持ち上げると、ずっしりとした重みがある。慎重に取り出した中身は白と灰の中間のような色をした、拳《こぶし》より少し大きな石だ。表面は一部に滑らかな部分もあるが、出っ張りのある歪《いびつ》な形をしている。何か大きなものから欠け落ちた一部分のような印象だ。神事や式典で人目に触れる際は、御樋代《みひしろ》という木箱に入れられているため、こうして間近で見ることができるのは、弓可留の王族や一部の神官に限られている。それくらい大切にされていた宝珠だった。しかし慈空にとって、一時は見ることさえ辛くて、ここに来てからずっと仕舞ったままにしていた。

「……弓《ゆみ》の心臓《しんぞう》」

かつて王宮で呼ばれていたその石の名前を、慈空は口にする。言い伝えによれば、弓可留の始祖である弓羅の心臓だという話だったが、おそらくは後付けにすぎないだろう。どこからどう見ても肉塊ではない。金属でもなければ、玉《ぎょく》のように美しいものでもない。それでもこの石が代々国の宝珠とされてきたからには、何か意味があるはずだ。もしかすると、『弓の心臓』と対《つい》になっている『羅《ら》の文書《もんじょ》』と呼ばれる革本の方に何か書かれているのかもしれないが、残念ながらそちらの行方はわからない。あの混乱の中で失われたか、あるいは沈寧の手に渡ってしまったか。もしもそうだとすれば、おそらく沈寧は現在進行形でこの『弓の心臓』を探しているはずだ。

「……留久馬」

王は死んだ。王后も、息子の留久馬も死んだ。一族は全て根絶やしにされたと言っていい。この宝珠が宝珠たる理由を知る者は、もういなくなってしまった。これを留久馬から託されたとき、この『弓の心臓』は、『羅の文書』と一緒にあるからこそ価値のあるものであり、必ず両方とも持たなくては意味がないと言っていた。その詳しい経緯も、もはや誰にも訊くことはできない。

暗澹《あんたん》たる気持ちで石を眺めていた慈空は、ふとその一部に黒茶の泥のようなものが付着していることに気付いた。持ち出した時から付いていたのだろうか。今までまったく気が付かなかった。

「黴《かび》……ではないよな……？」

擦ると指につくが、砂や泥のような感触ではない。黴にしては、少し粘着質な感じがする。もっとよく見ようとして、石を灯火器に近づけた慈空は、その付着物が光の加減によって色づいて輝くことに気が付いた。

「わ……なんだこれ……」

角度を変えると、青になったり紫になったり、黄色に見えることもあれば桃色に光ることもある。その色具合は、かつて弓可留の神殿の天井に使われていた偏光石の色味とよく似ていた。

汚れなら洗い落としてしまおうかと思ったが、慈空は石をそのまま脇卓の上に置いた。これを傍に置いて寝たら、穏やかな日常がずっと続いていくと思っていたあの頃の夢が見られるだろうか。そんなことを思いながら、慈空は寝台に滑り込み、疲労の中に身をゆだねて目を閉じた。

しかしその夜に慈空が見た夢は、薄膜がかかったような空を見上げた今朝の夢の続きのようで、留久馬らしき男が再び出てきた。ぼんやりとした白い景色の中で、彼は黙々と机に向かって何か書きつけているだけだ。時折手元の小さな箱から何かを噴射しては、その匂いを嗅《か》ぐ。

ああ、そうか、彼は香霧《こうむ》を吸っているんだ、と慈空は思った。

そんなものは、見たことも聞いたこともないはずなのに。


　一体、あの夢は何なのだろう。

　翌日も朝から仕事をこなしながら、慈空はずっと考えていた。あの男は誰なのか。ぼんやりとしか見えない景色も、弓可留や万莉和ではないような気がした。コウムなどというものも知らなければ、そのような習慣にも覚えがない。それとも自分が忘れているだけで、過去にどこかで目にした光景だったりするのだろうか。

「……ん、お客さん」

　呼ばれて、慈空はハッと思考を引き戻した。

「大丈夫？　具合でも悪いの？」

　心配そうにこちらの顔を覗き込んでいるのは、薬来堂の店員だ。昨日買いに来た傷薬が売り切れていたため、今日取りに来る約束になっていたのだ。そのことに意識が向いた途端、店の中に充満する香料の香りが、一気に鼻腔《びこう》を通って認識された気がした。昔から、考え事をはじめてしまうと感覚が閉じてしまうのは、慈空の悪い癖だった。

「あ、す、すみません！　ちょっと考え事を……」

「疲れてるんじゃない？　顔色、あんまりよくないよ？」

茶色い髪の店員は、あらかじめ用意しておいた傷薬とともに、おまけだと言って、いくつかの薬草を合わせて煎じたものを紙で包んでくれた。彼の左手首に巻かれている、蔦《つた》のようなものが目を惹く。何かのおまじないだろうか。

「お湯で煮出して飲むと、体が温まるよ」

「ありがとうございます……」

「六青館の人だよね？　じゃあ痛み止めと傷薬の分はあとで請求にいくから」

「お願いします」

人懐っこい笑顔を向けられて、慈空は少し戸惑いながら頭を下げる。思えば、宿の従業員や主人以外と会話したのは、いつ以来だろうか。

「あの……」

買い物は終えたが、なんだか立ち去り難くて、慈空は店員に声をかける。幸い慈空以外に客はおらず、宿も暇な時間だ。少しくらい立ち話をしても許されるだろう。

「こちらで扱っている薬草の中に、草比良《くさびら》はありますか？」

思いがけない質問だったのか、店員は髪と同じ赤みがかった茶色の目をぱっと見開き、続いて少し嬉しそうな顔をした。

「あるよ！　あるある！　てか、三分の一は草比良かも。でもお兄さん、よく草比良のこと知ってるね！」

草比良とは、地表、岩の上、樹上などに着生している植物で、苔《こけ》のような姿のものもあれば、葉状のもの、草のようなものもある。草比良というのはそれらの総称だ。森に行けばごく普通に見られるが、目立つものではないので、その名を知っている人は少なく、大半はただの草や苔だと認識されている。そんな事情から、店員も少し驚いたのかもしれなかった。

「以前、いくつかの種類を集めて研究したことがあるんです。その時に、咳止めの原料になるものがあることを知って」

「咳止めだと……平耳比良《ひらじびら》？」

「そうです！　他にも、薬になる種類のものってあるんですか？」

「もちろん！　胃薬、風邪薬、利尿薬や強心薬も。薬だけじゃなくて、普通に食用にしている国もあるし、染料として使ってるところもあるよ。この辺ではあまり知られてないけどね」

店員は、薬棚から何種類かを取り出して慈空に見せてくれる。どれも乾燥して茶色や白色になっているが、棘《とげ》があったり、細い枝のような形だったり、木の葉のように見えるものもあったりして様々だった。

「でも、どうして草比良の研究なんかしたの？　君、宿屋の人だよね？」

「研究をしていたのは、ここに来る前の話で……。それに専門家ではないんです。ほとんど趣味というか、興味で」

「興味？」

店員が首を傾げるのを見て、慈空は眼鏡を押し上げて続ける。

「前に住んでいたところで、病狂の木に遭遇したことがあって。運よく難は逃れたんですけど、その時樹上にあった草比良は、病変してないことに気が付いたんです。普通、そこまで近くにいたら感染《うつ》ってもおかしくないのに。だから、草比良には病変しない何かがあるのかなと……」

病狂は、植物全般がかかる病だと言われている。中でも樹木が一番多いが、草花が刃物のように尖って、人の足を斬ったなどという話もある。だからこそ、病変した樹上にありながら、草比良に何も影響がなさそうなことが不思議だったのだ。

「……それ、よく気づいたね」

店員は、半ば呆然として慈空を見つめていた。

「普通の人はあんまり気づかないんだけど……」

「え……ていうことは、気づいている人も……？」

「あーうん、いるよ。でも……」

店員は言葉を濁《にご》し、代わりに、ちょっと待っててと言い残して裏へまわり、すぐに腕ほどの太さがある短い木片を持って戻ってくる。

「信じられないかもしれないけど、草比良は植物でありながら動物と共生してるんだよ。……いや、これを動物って言っていいのかわかんないけど……。草比良にくっついてるやつは目で見えにくいから、こっちの方がわかりやすいと思う」

店員は少し迷いながら、木片をひっくり返して慈空にもそれが見えるようにした。

そこにあったのは、一見黴と見間違ってしまいそうな、あるいは絡みついた綿毛にも見えなくもない、白っぽい糸状の何か、だった。それが木片の一部にべったりと張り付いている。それを指して、店員はさらりと告げる。

「これ、生き物なんだ」

「え、これが……？」

「うん。種類もいろいろあって、泥や糞《くそ》みたいな色だったり、黄色かったり赤かったり……。ネバネバしてて、初見だと気持ち悪いものなんかもあるんだけど。草比良には、これの仲間が共生してるんだ。薬効成分はそれが作り出してるんだよ。病変しにくいのも、実はこの生き物のおかげだ……と言われてる」

「これのおかげ……？」

慈空は改めてその木片に付着した白いものを眺めた。しばらく見ていても全く動かず、風が吹けば飛んで行ってしまいそうなそれが、生き物だとは到底信じられない。

「まあ、そんなこといきなり言われても困るよね。誰だって、これが生きてるなんて思わないよ」

どこか諦めの混ざる顔で、店員は苦笑する。心の中を読まれたような気分になって、やや気まずく思った慈空は、取り繕うように口を開いた。

「あ、あの、さっき、その生き物って泥や糞みたいな色もあるって言ってましたけど、石にもくっついたりするものですか？」

話を聞いた時からなんとなく気になっていたのだ。昨夜見た『弓の心臓』にも、色や質感こそ違えど、特徴が近いものが付着していた。

「くっつくよ。自然石や、外壁の積石なんかに着生する種類もいるし。どこかで見かけた？」

「あ、はい、うちにある石に……。でもこんな白いやつじゃなくて、もっとこう、泥っぽいというか」

「泥っぽい……それなら黄土種《おうどしゅ》か……いや、石に着生する種類なら、石喰《いしばみ》の種類も考えられるけど……あとなんだっけ……まだいたような気がする……」

「灯りにかざすと、色が変化するんです。青だったり、紫だったり……」

それを聞いた店員が、弾かれたように慈空に目を向けた。驚きと、なぜだか幾分の焦《あせ》りが混じった顔をしていた。

「色が変化……？　え……それ、六青館にあるの……？」

「六青館というか……私の私物で……」

「ど、どっかで拾った？」

「いえ、拾ったというか……」

慈空は言葉を濁した。まさかこんなふうに訊かれるとは思わなかった。そんなにも珍しいものなのだろうか。しかし同時にふと不安になって、慈空は誤魔化《ごまか》すように続けた。

「……でも、もしかしたら見間違いだったかもしれません。疲れていたから、光の加減でそんな風に見えただけかもしれない。すみません、忘れてください」

もしも見せてくれと言われたら、厄介なことになる。あれを気軽に人の目に触れさせたくはない。ただでさえ沈寧が狙っているかもしれないのだ。

「そっか……」

店員は安堵するような、反面がっかりするような、どこか複雑な息を吐いた。

「……あの」

店を出る直前、慈空はどうしても気になって尋ねた。

今まで生きてきた中で、草比良が生き物と共生しているということは初耳だったし、その『生き物』を知ったのも初めてだった。確かめようがないので、この店員が嘘を言っているという可能性もあるが、目の前で嬉々として説明したあの姿は、演技ではないように思う。

「その『生き物』の名前って、あるんでしょうか？　草比良、のような……」

店員は頷いて、少し言葉を選ぶようにして告げる。

「あの『生き物』については、ある人たちが一番詳しくて、彼らは『種《たね》』って呼んでる。彼らにとっては生活に欠かせない道具であり、薬であり、相棒でもある。そして一部の特別な『種』は命の源であり、神そのものだ」

「……神、そのもの？」

怪訝に問い返した慈空に、店員はふと微笑んでみせた。

「うん、でも普通の人に種と言ったら、普通に植物の種だと思われるから。あまり言わない方がいいよ。あれが生きてるっていうことすら、皆信じない」

まるでそういう経験があったかのように、店員はきっぱりと言い切った。

「……わかりました。ありがとうございました」

私は信じます、と、言えたらよかったのかもしれない。人懐っこく笑う店員になんだか悪いことをした気がして、慈空は頭を下げ、店をあとにした。

『弓の心臓』に付着していたものが、彼の言う『種』なのかどうかはわからないし、『種』だったとしても、一体どうして突然あそこに現れたのかもわからない。もしかするとあの物置の中にもともと『種』がいて、それがたまたま『弓の心臓』に付着したのかもしれない。

宿に戻った慈空は、薬を主人に手渡すと、その足で寝床の物置へ行って、寝台の下に隠しておいた『弓の心臓』を確かめた。

「……やっぱり、まだついてるな」

昨夜見た時と同じように、石には泥のようなものが付着している。試しに外に出て日射しの中にかざしてみると、灯火器にかざした時とは比べ物にならないほど美しく輝いた。青、紫、緑、赤、黄、桃と、虹のようにはっきりと色味が出る。試しに眼鏡を外してみたが、裸眼で見る方がより鮮やかに見えた。

「見てもらえば、よかったかな……」

たとえ『種』でなかったとしても、これが何なのかわかる手掛かりにはなっただろうか。

「……いや、でも、やっぱりこれはだめだ」

自分に言い聞かせるように口にして、慈空は石を元の場所に戻した。これは留久馬の形見であり、今や弓可留という国の形見でもある。沈寧が探しているであろうこれを、素性のわからない人間に見せることは避けなければいけなかった。

「慈空、ちょっと手伝ってくれないか」

宿の主人の声がして、慈空は慌てて返事をする。

「今行きます！」

そうだ今は、自分が生きていくことを考えなければいけない。石のことや『種』のことは、もう少し後で考えよう。そんなふうに思って、慈空は今やるべき仕事に集中した。

二、

「昨日、薬来堂に来たのはお前か」

翌日、陽射しの降り注ぐ宿の裏庭で洗濯物を干していた慈空は、不意にそう問われて振り返った。一足先に春が来たのかと思うほどのうららかな陽気とは裏腹に、自分よりも随分背の高い男が、どこか剣呑《けんのん》な目つきでこちらを見下ろしている。

「……どちら様でしょうか？」

慈空は戸惑い、眼鏡越しに彼を見上げた。よく陽に焼けていて、整った顔立ちがさらに精悍《せいかん》に見える。頭頂部近くで長い黒髪をひとつに束ねており、その一部に緋色《ひいろ》が混じるのが目を惹いた。いや、それよりも、身に着けている服が妙にうるさい。このあたりでは首の詰まった袍を内衣に着るのが一般的だが、彼は垂領の衣を一枚で着て、弓可留では肩掛けに使う織物を帯代わりにしている。しかも衣の柄は派手な赤地に髑髏と花が大きく描かれたもので、否応なく目立つ。おまけに彼はそれを、引き締まった腹筋が見えるほど着崩していた。そして彼の帯に挟んである剣は、慈空が見たことのない、わずかな反りのある細長い形をしており、その鞘《さや》は美しい螺鈿の細工物だ。すわ沈寧の追っ手かと身構えかけたが、彼らがこんな奔放《ほんぽう》で頓珍漢《とんちんかん》な格好をしているとは考えにくい。それに沈寧の剣はもっと幅広のはずだ。

「質問に答えろ。昨日薬来堂に来たのはお前かと訊いている」

慈空の問いは無視して、彼はあくまでもその質問を投げかける。どこか急《せ》かすような苛立ちがあった。目に見えぬ圧に負けて、慈空が答えようとした矢先、

「待ってよ琉《りゅう》……じゃなかった風天《ふうてん》、勝手に入ったらだめだって」

宿の表側に続く通路から聞いたことのある声がして、薬来堂にいた茶色い髪の青年が顔を出した。

「まだこの町にいるつもりなら、あんまり騒ぎ起こさないでよ。ただでさえ風天は目立つんだから。せめてその服をさぁ、もうちょっと地味なやつに——」

最後まで言い終わらないうちに、彼は風天と呼んだ男と慈空が向き合っているのを見て、目を丸くした。

「わぁ、もう見つかった」

「こいつで間違いないのか？」

「うん、間違いない」

何やら確認し合って、二人は改めて慈空に目を向ける。並んで立つと、茶色い髪の彼より、風天という男の方が、幾分背も高い上に体つきがいい。おそらく、その腰に差しているものは飾りではないということだ。

「私に何か御用でしょうか……？」

顔を知っている店員が来たことでややほっとしつつ、慈空は再度尋ねる。昨日何か不手際があっただろうか。もしかするとこの派手な男は、店の雇った用心棒か何かなのか。

「突然押しかけちゃってごめんね。どうしても、昨日聞いた話が気になっちゃってさ」

風天とは違い、店員はあくまでも丁寧に接しようとしてくれるが、慈空は嫌な予感がして無意識に一歩後ずさった。

「灯りにかざすと、色が変化するって言ってた石、見せてもらうことできないかな？」

慈空は静かに息を吞む。やはりそうだ。自分がうっかり話してしまったばかりに、ここまで押しかけられてしまった。

「見せてもらうだけでいいんだ。もしかしたら、昔じいちゃんから聞いたことがある、すっごく珍しい『種』かもしんなくて」

答えない慈空に、店員は顔の前で両手を合わせる。慈空は彼の隣に立つ男にちらりと目を向けた。店員よりも、妙に彼のことが気になる。なんというか、一般人ではない気配がするのだ。

「見せるのが嫌なら、どこでそれを見つけたのか教えろ」

慈空と目を合わせた凪天が、相変わらずの命令口調で口にする。

「凪天、人にお願いするときは、ちゃんと教えてくださいって言わないと」

「拾ったか？　それとも盗み出したのか？　お前、弓可留から来たんだろう？」

咎める店員の言葉は無視して、凪天は慈空の首にある月金板を指して問う。

そしてあまりにもさらりと、その名称を口にした。

「その石は、弓可留の宝珠『羅の文書』と対をなす、『弓の心臓』じゃないのか？」

脳天から冷水を浴びたような感覚に、慈空は全身を強張らせた。

なぜ、どうしてそれを。

どうしてこの男が、それを知っている？

「な、何をおっしゃっているのか、私にはよくわかりません……」

慈空は一刻も早くこの場を逃げ出したい衝動を何とか抑えながら、曖昧《あいまい》な笑みを浮かべた。

「色が変わるという話も、見間違いだったとお伝えしたはずですが」

「それでも、確認を兼ねて見たいんだ。どうかこの通り」

店員に懇願されて、慈空は自身に落ち着けと命じながら打開策を考える。ここで逃げ出してしまったら、怪しんでくれと言っているようなものだ。何も馬鹿正直にあの石を見せる必要はない。何か別の、まったく違うものを見せてしまえばいい。そうすればきっとあきらめて帰るはずだ。

「では、今持ってきますので少々お待ちいただけますか？」

慈空はそう言って、宿の中へと踵《きびす》を返した。これで時間が稼げる。果たして手ごろな大きさの石があるだろうか。物置の中をひっくり返せば、陶器の欠片《かけら》くらいは出てくるかもしれない。いっそそれで誤魔化《ごまか》せないだろうか。

早足に寝床にしている物置へと戻ってきた慈空は、すぐに寝台の下に置いてある『弓の心臓』を確認する。あの泥のようなものも、まだ付着したままだ。

「……これと同じくらいの大きさのもの……」

そうつぶやいて物置の中を見回し、ふとひとつの可能性に思い至る。

その石は、弓可留の宝珠『羅の文書』と対をなす、『弓の心臓』ではないのか？

そう問うた男は、もしかしたらこの石を見たことがあるのではないのだろうか。

慈空の背中を、嫌な汗が伝う。適当な石を見せて納得してくれればいいが、もしもそれが偽物だと見破られてしまったときどうなるか。本当にこれしか持っていないと言い張ることもできるが、最悪なのは家探しをされてこの石が奪われてしまうことだ。隠すにしても、絶対に見つからない場所が、咄嗟《とっさ》に思い浮かばない。確かにあの男は沈寧《じんねい》の軍人ではないが、雇われた人間である可能性も否定できなかった。

そもそも宝珠の存在は、ほとんど弓可留国内でしか知られていない。しかも『羅の文書』も『弓の心臓』も、価値のある宝玉などで飾られているわけではなく、他国の者からみればただの石と本で、それほど興味はないはずなのだ。だからこそ宝珠の名前を知っているというだけで怪しんでいい。今『弓の心臓』を喉から手が出るほど欲しているのは、沈寧に違いないからだ。

彼らは、『征した国の歴史を奪う国』だ。

沈寧は昔から、いくつもの小国や部族を呑み込み、文化や神まで乗っ取って国を大きくしてきた。近い将来、弓可留の歴史すら沈寧の一部として改変され、『羅の文書』と『弓の心臓』は、沈寧にずっと昔から受け継がれていた宝珠として取り込まれるだろう。だからこそ彼らは、現在行方不明の『弓の心臓』を探している。もしもあの男が、薬来堂の店員と組んで、『弓の心臓』を持っている人間を探しているのだとしたら。

慈空は物置の木箱から炭片を拾いあげ、寝台横の脇卓に直接文字を書きつける。宿の主人への感謝と、どうか心配しないでほしいと素早く記し、『弓の心臓』を懐に抱えて物置を出た。

逃げなければ。

逃げなければいけない。

この石は弓可留の歴史そのものなのだ。王は死んだが、まだあの国の歴史は死んでいない。それを託され、守ることができるのは自分しかいないのだ。

慈空は、無意識に首飾りの月金板を触って加護を願う。

四神よ、どうかご慈悲を。

早口につぶやいて、走り出した。

弓可留の国教である四神教《ししんきょう》は、火の神「弓羅神《ゆらしん》」を中心とする多神教だ。弓羅をはじめ水の神「都羅《とうーら》」、風の神「栄羅《えいら》」、土の神「晋羅《しんら》」の四神を崇め、都羅、栄羅、晋羅は、弓可留国の始祖である弓羅の弟妹だと言われている。弓可留の王都である可留多《かるった》には、それぞれ四神を祀る神殿と、巨大な神像があり、人々が日々祈りを捧げていた。弓可留で生まれた子供は、十二歳になると男女問わず浄火の儀を受け、四角い月金板のついた首飾りを授けられることで、正式に四神の民となる。厳しい戒律はないが、熱心な教徒は朝と夕方に、一番近くの神殿を仰いで祈り、建国記念日は必ず四神に詣で、家族そろって赤鹿の肉を使った御馳走を食べるのが習わしだった。また、建国記念日の前の七日間は、日中に断食、夜も酒類は控えることが決まりだ。信仰心の篤《あつ》かった慈空も父も、それをごく当たり前のこととして受け止め、毎日毎日神に祈りを捧げていた。

どうかご加護を。

貴方様の哀れな民をお救いください。

邪《よこしま》なるものからお守りください。

どうか。

どうか。

ありとあらゆる祈りの言葉を口の中でつぶやきながら、慈空は走った。

行き先など決まっていない。とにかく六青館からも薬来堂からも離れなければ。どこに沈寧の追っ手がいるかもわからない。町そのものから離れた方がいいだろうか。道行く人とすれ違う瞬間も、慈空はできるだけ距離をあけた。もはや誰が敵で、誰が味方なのかすらわからない。こちらに視線を投げてくるすべての人間が怪しく思えた。

町はずれまでやって来た慈空は、そこでようやく足を止め、どこに向かうべきかと思考を巡らせた。弓可留には戻れない。この町にもいられない。他に縁のある土地などない。人のいない場所に逃げ込むのがいいか。それともあえてたくさん人のいる場所に行く方がいいのか。もはや考えもまとまらなくなっていた。

「とにかく、少し、休めるところに……」

こんなに走ったのは、弓可留を出てきて以来だ。足は速い方ではない。慈空がいなくなったことがわかれば、あの男たちも後を追ってくるだろう。追いつかれるのは時間の問題だ。休息を兼ねて、どこかに身を隠した方がいい。そして夜になってから、もう一度移動を開始するのがいいだろう。そう考えて、慈空は町の東のはずれにある森を目指した。闇戸《くらと》ほどの深く狂暴な森ではないが、入り込んでしまえば容易に見つけることはできないはずだ。息を切らして足を引きずり、慈空は何とか森の入口にたどり着いた。昼間であるというのに、奥へ続く小道の先は、枝葉に光が遮られて薄暗い影が落ちている。人々はここを通って森に入り、薪を拾ったり茸《きのこ》を採ったりするのだが、今は道を塞ぐように縄が張られ、病狂の木が出たことを理由に立ち入りを禁じる札があった。近日、病変した木を中心に大部分を焼き払う旨が書かれている。

「……好都合だな」

自嘲気味に言って、慈空は縄の下をくぐって森へと入り込んだ。慈空が襲われる可能性も充分にあったが、背に腹は代えられない。これで追手がここを避けてくれたら儲けものだ。そこにあるすべての植物が病変していると言われている闇戸に比べたら、一部が病変しただけの森などまだましだ。

「どうか……ご加護を……」

首元の月金板に触れて神に祈り、慈空は小道を進む。どの木が病変しているか、一見しただけではわからないので、出来るだけ慎重に周囲に気を配った。病狂の木は、人間の気配を察すると突然牙をむく。鞭《むち》のようにしなる枝で骨が砕けるまで絞め上げてきたり、幹が裂け、あたかも鋭い牙の生えた口のようになったそれが嚙みついて肉を抉ったりもする。その他にも、実が爆ぜて体に穴を開けるほどの威力を持つものや、毒をまき散らす種類もあると聞く。一番恐ろしいのは根が病変していることで、それだけは特別に『爆棘《はぜとげ》』という名で呼ばれていた。人間が歩いた振動を感じて、突如地中から棘状に変化した根が飛び出してきて刺し貫き、死ぬまで離さないのだ。病狂の木に捕まった人間は皆、分泌液で融《と》かされ、徐々に吸収されて彼らの養分になる。

慈空の進む小道は、途中で何度か緩やかに右へ曲がり、いくらも歩かないうちに、振り返っても森の入口は見えなくなった。あまり奥へ入り込みたくはないが、手前にいても見つかってしまわないか不安だ。慈空はもう少し進むことにして、頭上にある緑の枝葉を見上げた。隙間から降り注ぐ陽射しは、こちらの心情とは関係なく穏やかで清々しい。その光に励まされるようにして、慈空は再び歩き始めた。小道に沿って小川が流れていて、そのせせらぎの音も、なんとなく心を落ち着かせてくれる。周囲の木の変化を見逃すまいと、辺りを気にしながら歩いていた慈空は、ふと足元に汚れた手巾《てぬぐい》が落ちていることに気づいた。どこにでも売っている安価なものだが、まだ新しい。誰かが落としたのかと思った直後、手巾の茶色い汚れが血の染みだと気づいた。その瞬間、鳥肌が足元から駆け上がる。

先日薬来堂で聞いた、枝に絞め上げられて死んだという人の話を思い出した。

「……どこだ」

慈空は早鐘のような鼓動を感じながら、懐《ふところ》の石をしっかりと摑んで、息も荒く周囲に目を走らせた。見える範囲に、無残な軀《むくろ》は見当たらない。一体どの木が病変しているのか。いつどこから、足をすくわれるかわからない。腕を取られるかわからない。思えば、逃げることに必死で短剣のひとつも持ってこなかった。それで勝てるわけではないが、絡みつく枝から逃れることくらいはできたかもしれない。

「……どの木だ」

周囲にあるすべての木が怪しく思えて、慈空は身動きが取れなくなる。少しでも動けば、今にも体を鋭い枝で刺し貫かれそうで。息を吸っているはずなのに、なぜか酸欠のように眩暈《めまい》がした。しっかり目を開けようとして頭を振り、つられて半歩、靴が土を滑る。

その、瞬《また》きの間。

「下だ！」

声がした。

直後、慈空は自分の足元から、爆発するように巨大な棘の生えた根が土を突き破ってくるのを見た。爆棘だと思う間もなく、鋭い棘が左腕をこすり、焼けるような痛みが走る。そして呻《うめ》く暇も許さぬ勢いで、棘の生えた触手に左足を絡めとられ、逆さに持ち上げられた。腿に容赦なく棘が食い込み、慈空は感じたことのない痛みに絶叫する。が、次の瞬間には、体が空《くう》に放り出されていた。

訳が分からぬまま見開いた目に映るのは、緋色の一閃《いっせん》。

慈空の脚を捉えていた触手をあっさりと一刀両断したのは、風天と呼ばれていたあの派手な男だった。危険を感知した触手が一斉に男に襲い掛かるが、彼はそれを難なく躱《かわ》し、左手に持った鞘で細い触手を払いながら、剣で容赦なく斬り落としていく。その動きがあまりに美しく、慈空は宙を舞いながら息を呑んだ。低い重心が全くぶれない彼の動きは、まるで洗練された舞踏のようにすら見える。おまけに、彼が自分の手の一部のように扱う剣は、その細身の姿からは想像もできないほど恐ろしく切れ味がいい。それほど力を込めているようには見えないのに、次々と斬られた触手が地面に転がった。

どういうことだ。

痛みと混乱で考えが追い付かないままの慈空を、今度は誰かが空中で受け止める。

「ひゃー、間に合ってよかったぁ」

慈空をちょうど小脇に抱えるような格好で受け止めた茶色の髪の彼は、そのまま近くの木の枝に飛び移る。左手首に巻いた蔦のようなものから、白い糸状のものが伸びて木に接着し、彼の体を支えていた。

「もうちょっと遅かったらやばかったねぇ」

暢気《のんき》に言って、彼は手早く慈空を枝に座らせると、ちょっと我慢してねと言い置いて、慈空の左足に刺さったままの根を取り除いた。棘が抜かれる瞬間の痛みに、思わず声が漏れる。出血で袴が真っ赤に染まっていた。

下では、獲物を失った根が、風天に切られた一部を欠損させたまま、逃げるように再び地中に潜ろうとしていた。このままでは、また突如襲ってくることの繰り返しになる。

「風天、種溜《たねだ》まり！　たぶん真ん中の方！」

懐から取り出した蔦で、慈空の足を止血していた彼が、下に向かって叫んだ。

「――あれか」

その声を受けて、風天が触手を避けながら、土の中に帰ろうとする爆棘の一部分を剣で抉るように切り取った。すると根は急速に棘《とげ》が縮み、続いて萎《しぼ》むように小さくなって、どこにでもあるようなごく普通の根の姿に戻ってしまう。

「え……」

痛みで朦朧《もうろう》としながらそれを見た慈空は、幻でも見ているのかと、さらに混乱を深めた。見間違いでなければ、風天という男は今、病狂の木を元に戻したのだ。病変したら最後、周囲の樹木もろとも焼くしかないと言われているものを、あっさりと。今まで何人もの人間が病狂を直す方法を研究してきたが、今日まで具体的なことは何ひとつわかっていないはずなのに。

「はい、君は口開けてー」

茶色い髪の彼は、痛み止めだと言って一枚の葉っぱを慈空の口の中に放り込み、よく嚙《か》むように言う。そして再び左手首の蔦から伸びる白い糸を巧みに操り、自分と慈空を地面まで下ろした。

「日樹《ひつき》、持って帰るか？」

風天は、先ほど根から切り取った、握り拳大の茶色い何かを彼に見せる。球根と見間違ってしまいそうな、瘤《こぶ》のようなものだった。

「うん、もらっとく。どこの種だろ」

日樹と呼ばれた彼はどこか嬉々として受け取り、抵抗なく懐に収めた。

「あ、あの……、あなたたちは一体……」

慈空は、傍の木に寄りかかるようにして、どうにか体を支えた。痛みのせいか、それとも嚙まされた葉の効果か、思考がぼんやりとしてくるのを感じていた。助けられたとはいえ、彼らの正体はまだわかっていない。服の上から感じている石の感触だけは、絶対に忘れまいと力を込めた。

「逃げ切れるとでも思ってたのか」

風天が、剣の切っ先を慈空の首に向ける。近くで見ると恐ろしいほど肌の冴えた、片刃の剣だった。

「『弓の心臓』と対になってる、『羅の文書』はどうした？」

慈空を見下ろす風天の双眼は、まるで海の沖のように蒼《あお》い。自分が逃げたことで、持っている石が『弓の心臓』だという確信を与えてしまったのだろう。

「……なんのことかわからない」

それでも慈空は、あえてしらを切る。

「これはただの形見だ。あなたの探しているものじゃないし、『羅の文書』なんてものも知らない」

「この期に及んで、まだそんなくだらない嘘をつく気か」

風天が不愉快そうに片眉を撥ね上げた。

「それなら逃げる必要なんかないだろ。堂々と見せればいいだけの話だ。それともどさくさに紛れて盗み出してきたんで、気が引けるのか？」

「盗んでなどいない！　大切な物だから、人に見せたくないだけだ」

「じゃあなんで日樹に石の話をした？」

「それは……」

白青に煌《きら》めく剣が、慈空の首筋にぴたりと当てられた。風天が少し手を動かすだけで、簡単に肉は斬れるだろう。もはや冷たいのか熱いのかさえわからない剣の感触が、慈空の息を否応なく荒くさせた。

「今、ここでその石を渡すなら、命だけは助けてやる」

物騒な物言いをする風天に、日樹がため息をつく。

「なんでそうやって乱暴な言い方するかな。梨羽謝《りうじゃ》たちから悪い影響受けすぎだよ」

「その話今関係ねえだろ」

「だめだよ、なんでも真似しちゃ」

「うるせえな！　それより今は――」

「あのさー、君さ」

喚《わめ》く風天を無視して、日樹は慈空の前にしゃがみ込んで目線を合わせる。

「俺たちその石を回収したいんだけど、渡す気ない？　もちろんタダでとは言わないよ。沈寧に渡すよりはましだと思うんだけど」

その言葉に、慈空は困惑して眉根を寄せた。では、彼らは沈寧の手の者ではないということなのか。ならば一体何のつもりでここまで追ってきたのか。

「……私は、これを誰にも渡すつもりはない。託されたこれを手放してしまったら私は……留久馬に顔向けできない」

相手が沈寧であろうがなかろうが、今の慈空にはその一択しかない。

「留久馬……？」

ふとつぶやいた風天が、剣を下ろし、慈空と目線を合わせるように片膝を突いた。

「お前、宮仕《みやづか》えか」

「……違う」

「留久馬とは弓可留の王太子だろう？　面識があるのか？」

そう問いかける彼の顔が、わずかに柔和になった気がして、慈空はやや戸惑う。

「……留久馬とは、兄弟のように育った。私の、たった一人の兄だった」

その答えに、風天の蒼《あお》の瞳が一瞬だけ揺らいだ気がした。

「でも……今はもう……」

その先を、慈空は口にすることができなかった。

何日経とうが、大弓門《だいきゅうもん》の前で見た絶望を忘れることができない。

慈空の反応を見て、風天は無言で立ち上がり、剣を鞘に納める。そして日樹へと目を向けた。

「……留久馬王太子に、弟のような友人がいるというのは聞いたことがある」

「え、ほんと？」

「こいつが本物かどうかはわからんがな」

改めて二人にまじまじと見つめられて、慈空は居心地悪くその視線を受け止めた。確かに、今それを証明するものを出せと言われたら、何もない。

「あ、あなたたちこそ、一体何者なんだ」

沈寧の者ではない、それなのに『弓の心臓』を狙っていて、病狂の木が出た森まで追ってくるなどただ事ではない。しかも反応を見る限り、留久馬についても何らかの情報を持っている。病変した木を難なく元に戻してしまったことといい、雇われただけの下っ端の人間ではないだろう。

「何者かと言われるとねぇ……」

日樹が迷うように風天を見た。

風天はしばらく考えるように腕を組み、やがて懐から、掌に収まってしまう大きさの鏡《かがみ》を取り出した。

「……俺たちは、さるやんごとない御方の命でここへ来た」

艶やかな月金色のそれは、地金の詰まった澄んだ肌をしており、鍍金ものや量産されたものに見られる歪みや傷もない。ひと目で庶民が持てるものではないとわかった。おそらく護符や魔除けなどの目的で作られたものだろう。裏面には、四輪の花が象られた金細工《かな》があった。独特の反りを持つ花弁の先端は尖っており、葉も似たような細身の形をしている。八蓉《やよう》と呼ばれるそれは珍しい花ではないが、その名前が自国の神の名前に似ていることから、国章に定めている国を慈空は知っていた。

「……斯城国《しきこく》」

国内に大街道が通っていることから商いが盛んで、弓可留より遥かに裕福な国だ。文化や芸術においても、流行の発信地と言っても過言ではない。数年前、兄太子が父である王と王太子であった弟を殺し、その後に隣国二国を落として自国領土としている。ある意味、この辺りでは今一番力と勢いのある国だ。そして羽多留王《わったるおう》は、生前何度か斯城国を訪問している。関係は良好だったはずだ。

「残念だが、弓可留を救いに来たわけではない」

藁《わら》にもすがるような思いで風天を見上げた慈空を、風天は容赦なく突き放す。

木漏れ日を浴びた彼の、虹彩《こうさい》の底が煌《きら》めく双眼。

「神殺しに期待をするな」

どこか痛みを堪えるようにそう口にした直後、風天が素早く剣を振りぬいた。固い音がして、身をすくませた慈空の近くに、砕けた矢の残骸《ざんがい》が落ちる。飾り羽は濃緑。沈寧の色だ。

「やっべ、見つかった！」

「走るぞ。日樹はこいつを連れて上を行け」

「はーい」

慣れたようなやり取りがあって、慈空は抵抗する間もなく再び日樹に担がれる。

「ちょーっと大人しくしててねー」

そう言われた後、飛んでくる矢を避けながら、左手首の糸で自由自在に木の間を移動する日樹に、慈空はしがみついていることしかできなかった。

弓可留の王宮は、王都可留多の東側にある小高い丘の上にあった。王族が暮らし、時に親しい客人などを招く弓宮《ゆぐう》と、役人たちが執務する羅宮《らぐう》。どちらも造りはしっかりしているものの、外観は王の気質を表すかのように、いたって質素で飾り気がない。真っ白な壁には目立つ彫刻もなく、窓枠や屋根は濃い樹色に塗られており、主要な建物の屋根には四神を表す四つの小さな飾り塔があるだけだ。ただ、羅宮にある四神を祀る神殿の屋根には日金色《あかがね》の飾り塔があって、それが唯一華やかと言えるものだったかもしれない。

当時の慈空の仕事場所は、羅宮の一角にある建物で、そこは若手の学者や研究者が常時詰めており、学楽寮《がらくりよう》と呼ばれていた。元々書物や、歴史的に価値のある宝物《ほうもつ》を収めている建物で、その一部屋を若手のために開放していたのだ。個室を与えられるにはそれなりの成果を出さねばならず、若手はまず羅宮に自分の執務室を持つことを目標としていた。慈空の父は自分の執務室を持っていたが、息子だからといって慈空もその部屋を引き継いで使えるわけではなく、あくまでも実力主義の世界だ。しかし慈空にとっては、自分の執務室がないことはさほど大きな問題ではなかった。元々集中すると感覚が閉じてしまう性質《たち》なので、周りが騒がしくても気にはならなかったし、不便なことといえば私物を置けないことくらいだったが、それもすぐに解消した。なぜなら慈空には、羅宮の中にいながら一人になれる場所があったからだ。

「うわ、また増えてる」

錆びた金具のせいで大袈裟な音がする扉を開けて、慣れたように部屋の中に入ってきた留久馬は、呆れ気味にそう口にした。

「これで何種類目？　六？　七？」

「九、かな」

読んでいた本から顔をあげて、慈空は答える。出かけた先で目に付いた草比良を集めているうちに、いつの間にかここまで種類が増えてしまった。鉢で栽培できるものが今では九種類あり、樹上などに着生する種類のものは、採取して乾燥させ、吊るして保存してある。それも含めると、二十種類近くになるだろうか。

「慈空はここを植物園にでもするつもりか？　俺の弟は歴史学者だったはずだけど」

「そうだよ、歴史学者だよ。その歴史学者が偶然作り出した、咳止めのお茶を目当てに来る人はどなただったかな？」

慈空は、隅《すみ》に作った簡易の竈《かまど》で、しれっとお茶を沸かす準備をする留久馬の背に目を向ける。小さい頃に比べると随分よくなったとはいえ、喘息《ぜんそく》持ちの彼は、慈空が平耳比良から作った咳止めが気に入っている。

「他の薬も作れたらよかったのにな」

「無茶言うなよ。薬屋じゃないんだ」

平耳比良の咳止めも、あれこれ試行錯誤しているうちに偶然辿り着いただけだ。

「でも、俺の喘息には慈空の咳止めが一番効くんだ」

そう言って、留久馬は自ら淹れた茶を慈空にもふるまってくれた。王太子という立場でありながら、彼は一人で着替えもすればお茶の用意もし、ふらりと町に出かけて買い物もしてきてしまう。身辺の世話をする小臣が足りないわけではないのだが、なんでも自分でやってみることが好きなのだ。慈空という弟ができてからは、それに余計拍車がかかったようだと、王后が言っていたのを聞いたことがある。きっと、なんでもできるお兄ちゃんになりたかったのよ、と。それを止めない王后もまた、自分の手でお茶を淹れることを苦にしない人だった。

「留久馬こそ、ちょっと整理した方がいいんじゃないか？　その下の箱に入ってるやつなんて、絶対もう存在を忘れてるだろ」

慈空は、壁際に積んである木箱を指して訴える。小さい頃、留久馬と一緒に王宮内を探索した際、羅宮の地下に使われなくなった書庫を見つけて、以降そこを二人の秘密の部屋にした。そして大人になった今、ここは慈空の草比良研究室であり、収集癖のある留久馬の収集品置き場になっているのだ。

「忘れてないよ。今日だって虫干しをしようと思って来たんだ。それにほら、これも置いておこうと思って」

留久馬は小脇に抱えてきた数冊の本を見せる。どれも表紙が色あせ、表紙の文字が読めないほど薄くなっていた。その一冊に見覚えがあって、慈空は目を凝らす。

「……留久馬、もしかしてそれ、『炎帝記《えんていき》』じゃないのか？」

炎帝とは、弓可留の始祖とされる弓羅のことを指す。彼が弓可留という国を創るまでの出来事が記された、弓可留の公式の歴史書だ。原本はすでに無く、古い時代の写しのみが数冊残っているが、どれも然るべきところできちんと保管されているはずだ。

「そう。写しの中でも一番古いと言われてる第一文書の、写し」

「……ということは、写しの写し？」

「よくできてるだろ？」

そう言って留久馬が本を開いてみせると、中にもびっしりと文字が書いてある。しかしよくよく見れば出鱈目《でたらめ》な創作文字で、今の弓可留で使われている文字でもなければ、原本に記されていたと言われている古代弓可留文字でもない。

「あまりに出来が良かったんで、部屋の本棚に並べてたんだけど、作り物だってことがバレて怒られた。でも捨てるには忍びないからさ」

そんなことをぼやいて、留久馬はいそいそと木箱の蓋を開ける。彼はこうやって、古いものの複製品を作ることが趣味なのだ。それに加え、街で見かけた古い革の束や、硯《すずり》、文鎮をはじめ、陶器やガラス製品に至るまで、とにかく時代の古そうなものを見つけると片っ端から集めてくる。自室に置いておくと乳母に文句を言われるので、こちらに避難させているのだ。

「赤鹿《あかじし》の古くていい皮が手に入ってさ、それを見てたら古い本が作りたくなった。実は今、他にも作ってるものがあるんだけど」

「懲りないよね」

「父君へのちょっとした余興だよ。だいぶ形になってきたんだ。出来上がったら慈空にも見せてやるよ」

「せいぜい怒られないようにね」

いつものことなので、慈空は吐息とともにさらりと受け流した。収集癖と凝り性という点においては、お互いがお互いを責められないことを、二人とも重々承知している。だからこそ、今まで仲良くやって来られたのかもしれない。

「……羽多留《わたる》様のご様子はどう？」

木箱の蓋を閉め、その上に腰を下ろしてお茶を飲んでいる留久馬に、慈空は尋ねる。

「良くはないな。日に日に症状が進んで、左目はもうほとんど見えてないみたいだ」

実の父親である羽多留王の病状を、留久馬は悲壮感もなくさらりと口にした。

「御典医の見立てじゃ、失明するのは時間の問題だって。譲位《じょうい》のことも、本気でお考えになってる」

羽多留王が眼病を患っていることが判明したのは、慈空が父を亡くした直後のことだ。それから緩やかではあるが、病状は確実に進行している。国民にいらぬ心配をさせぬよう、事情はごく内部の者にしか知らされていない。

「……譲位か。それが妥当だろうな。まだお若いから、心残りはあるだろうけど」

慈空はため息を混ぜて口にする。側室を持たない羽多留王の子は、留久馬一人だけだ。だが王自身の兄弟が三人おり、州司や軍を率いる将軍の職に就いている。その上その子らも健在だ。まだ若い留久馬が王に即位したとしても、支える者はたくさんいる。

「母君に至っては、玉座につくより先に嫁を貰えとうるさいんだ。先日もどこぞの国の公主《こうしゅ》を紹介されそうになったけど、よくよく聞けば相手はまだ十一歳だというんで、丁重にお断りした」

こめかみを押さえる留久馬を、慈空は面白さ半分、気の毒さ半分といった面持ちで眺める。普段はこうして気兼ねなく話せる相手だが、彼はいずれこの国の王となる人物なのだなと、あらためて実感した。

「父君が、最後にもう一度、御柱《おんばしら》が見たい、なんて言ってるから、そのうち梯子《はしご》の闇戸《くらと》まで行くかもしれない。その時は、慈空も一緒に行かないか？」

ふと思い出したように留久馬が言い、慈空はやや戸惑って彼に目を向けた。

「闇戸に近づいて大丈夫なのか？」

「入るわけじゃないし大丈夫だ。斯城か、呉原《ごはら》に滞在して、ついでに挨拶もしておけば一石二鳥だろ。斯城には何度か行ってるんだし」

「他国への挨拶をついででするもんじゃないだろ。それに斯城は、最近まで隣国と戦争していたんじゃなかったっけ？」

「もうとっくに終わって、新たな王のもとで新体制が築かれてるよ。たぶんそこへの挨拶も兼ねたいんだろう」

「それならなおのこと、ついでじゃない方がいいじゃないか」

病変した植物たちの凶暴さが、普通の森の比ではないと言われている闇戸は、この世に三カ所存在しているらしい。らしい、というのは、慈空はまだその目で闇戸を見たことがなく、闇戸の中心に立っているという御柱も、遠目でしか見たことがないからだ。御柱はあまりに巨大な樹木であるため、その先端には常に雲がかかっていて、誰もその全体像を見たことがないと言われている。弓可留から一番近くにある御柱を至近距離で見た者の話によると、それは通常の樹のような外観ではなく、地上から天に向かって屹立《きつりつ》する天柱《そらばしら》が三本あり、その三本を繫ぐように複数の横枝がある、さながら梯子のような姿だという。それゆえに、その御柱を抱える闇戸は『梯子の闇戸』と呼ばれていた。御柱は、闇戸の中にありながら病変しない唯一の樹であるとして、畏敬の念をもってそう呼ばれるようになったらしい。本当に病変していないのかどうかは、実は今でもはっきりわかってはいないのだが、その巨木を羽多留王はいたく気に入っていた。

「あのでっかい木の何がいいんだろうな。しかも闇戸には杜人《とじん》が住んでるんだろう？　近づくだけでもいい気分じゃないよ」

慈空には到底信じられないことだが、狂暴な植物たちがひしめき合う闇戸で暮らしている者たちがいるというのだ。慈空も幼い頃、父に連れられて行った旅先で一度だけ見かけたことがある。時折食料や日用品を買うために闇戸の外へ出てくるという彼らは、身体に臭い泥を塗り、顔を半分以上覆う黒硝子の入った不気味な面をつけ、ぴったりと身体に沿う見苦しい服を着ていた。おまけに言葉がおぼつかず、短い単語しか話さない。文化も暮らしも違う彼らを、人々は身体に人間以外の特徴を持つ混ざり者と同じく忌《い》み嫌っている。昔、慈空が生まれるよりもっと前に、闇戸ごと杜人を焼いてしまおうとして、火をつけたことがあったらしい。だが、闇戸は小火《ぼや》程度にしか燃えなかったばかりか、その周囲にあった森までもが一斉に病変してしまい、以降闇戸と杜人に手出しは無用という不文律が出来上がっていた。

「彼らは闇戸の中から滅多に出てこないさ」

慈空が心配するのを大袈裟だと言うように、留久馬は肩をすくめる。そういえば彼も、一度羽多留王と一緒に御柱を見に行っているはずだ。

「……まあ、その機会があれば考えるよ」

慈空は本の頁《ページ》をめくりながら答える。今はそれよりも、調べたいことがたくさんあった。それに、最後だというのなら、家族水入らずの方がいいのではという遠慮もあった。

「あ、そうだ慈空、今日は広場に沈寧の舞踏団が来てるの知ってるか？」

お茶のお代わりを注ごうとした留久馬が、ぱっと顔を上げる。

「楽団も来てて、とても賑やからしいぞ。見に行かないか？」

「そりゃ行きたいけど、今、古代弓可留文字の解読練習をしてるんだ。父さんの遺してくれた訳字典がすごく役に立ってて。だからここの章が終わってから……」

「そんなのあとでもできるだろ。ほら、行くぞ」

半ば強引に慈空を連れ出し、留久馬は地上を目指して通路を進む。倉庫や書庫が立ち並ぶここは、普段から滅多に人の出入りがない。半地下なので明り取り用の窓はあるが、それでも薄暗くて黴臭い。螺旋《らせん》状の階段を上って地上階に出ると、窓から一気に差し込む陽光の眩しさに、二人してしばし目を瞑《つぶ》った。季節は、夏からようやく秋へと移り変わろうとしている。

「おやおや、お二人ともどちらへ？」

王宮を出るために中庭を突っ切っていた二人に、一人の神官が声をかけた。

「呂周《ろしゅう》！　広場に行くんだ。沈寧の舞踏団が来てるらしいぞ」

留久馬が呂周と呼んだ神官は、二人が小さい頃から何かと世話を焼いてくれた人物だった。四神教についての基本的な事柄は、全て彼から教わっている。今では神殿に仕える神官の中でも、長に次ぐ役職についているはずだ。

「舞踏団が？　それは知りませんでした」

「暇なら呂周も一緒に行くか？」

「いいえ、私は遠慮しておきます。お気をつけて行ってらっしゃいませ」

呂周は苦笑し、二人に向かって恭《うやうや》しく胸の前で両腕を交差し、膝を折る四神の拝をした。それに合わせ、慈空と留久馬も首から下げた月金板に触れ、同じように拝を返す。

「そうだ呂周、近々また一緒に食事をしよう。父君が、目が見えているうちに、親しい人の顔を覚えておきたいそうだよ」

　去り際に留久馬がそんなことを言って、呂周は、ええぜひ、といつもの柔和な笑顔で頷いた。


　秋が終わって冬を迎える前に、梯子の闇戸へ御柱を見に行く計画が練られていたが、羽多留王の病状が急に悪化したことで頓挫した。弓可留の国土に雪が降り積もるようになった頃、羽多留王の右目もいよいよ光を失いつつあり、左目と同じように視野の一部が欠ける状態になって、人の顔はなんとか識別できても、文字は読めなくなった。それでも王の元来の穏やかな気性は損なわれることなく、王后や留久馬をはじめとする周りの者に助けられながら生活していた。そして、春が来て弓岳の雪が解けた頃を目途に、留久馬への譲位の準備が本格的に進められることとなった。反対する者もおらず、順当にその日が来て若い王が誕生することを、慈空をはじめ皆が信じて疑わなかった。

「なんだかんだと覚えることが多くてさ……」

　久しぶりに地下室へやって来た留久馬は、いつものようにお茶を淹れて木箱の上に腰を下ろした。ここのところ、譲位に向けて神事や政《まつりごと》など、父王や宰相から様々な引継ぎが行われているらしく、次期国王は珍しく疲れた様子だった。

「趣味に没頭する時間が欲しいよ……。古い染料の匂いが嗅ぎたい……」

「とか言いながら、夜中にこっそりここ来てるだろ？　買い置きの揚げ菓子が消えてたんだけど」

非常食と称して、地下室には日持ちする食べ物を持ち込んでいる。その揚げ菓子は、二人の好物でもあった。

「小腹が空いてたんだ。おいしかった」

けろりと答える留久馬に、慈空は毒気を抜かれて息をつく。

「いいけど、食べた分は補充しといてよ」

「悪い悪い。ちゃんと買っておく」

そう言って、留久馬は手近な紙に『揚げ菓子を買う』と書きつけた。

「その紙を失くす、っていう結末にならないよう祈っておくよ」

「今作りかけの作品に挟んでおくさ。そうすれば毎日見るから忘れないだろ」

忙しいと言いながら毎日来ているのか、と、慈空は無言で留久馬を見やる。趣味のために睡眠時間を削るのはお互い様だが、彼とは立場と重みが違いすぎる。

「節祭《ふしのまつり》が終わったら、じきに戴冠《たいかん》式だろう？　それまで趣味は控えたら？」

兄を気遣って言う慈空に、留久馬はお茶を啜《すす》って首を振った。

「ここに来ると王太子じゃなくて、一人の人間に戻れるような気がするんだ。それに慈空がいたっていう空気感があると、なんだか安心する」

子どものような笑顔で言われて、慈空はそれ以上何も言い返すことができなかった。

少しずつ雪から雨に変わり、春の兆しが見え始める頃、羅宮の神殿では節祭が行われた。それは季節の変わり目ごとに行われる、国の平和と国民の幸せを願ういつも通りの神事だった。祭祀の際にしか飾られない、四神を描いた神影図《しんえいず》が架けられ、日金の糸で織られた鮮やかな敷物が祭壇を彩る。国の宝珠である『弓の心臓』と『羅の文書』は、厳《おご》かに運んできた神官の手によって、祭壇上の所定の位置へ御樋代に入ったまま安置された。それに引き続き、供物《くもつ》としての果実や野菜が木製の高杯に飾り付けられて、神官の手によって運ばれてくる。種類ごとに分けられた高杯の数は二十近くになり、神影図の前で足を止め、拝をし、高杯を置いてまた拝をし、その場を辞するという神官たちの動作は、もはや一種の様式美だった。

供物が並べられ終わると、今度は羽多留王による神への奏上が行われる。少しだけ普段と違っていたとすれば、介添えのために留久馬が王の近くに控えていたことだ。しかし王太子がそこにいることはおかしなことではなく、ほぼ目が見えていないはずの羽多留王の所作は、長年体に染み付いた貫禄か間違えることもなく、事情を知らない者が見ても何ひとつ不思議には思わないだろう。慈空の聞きかじったところによれば、この祭祀が終わり次第、王の病のことと、譲位のことが国民に向けて発表されるはずだった。

節祭には各州の州司をはじめ、宰相や将軍、その他王宮で働くほとんどの者が出席する。慈空たち学者や役人たちはもちろんのこと、掃除や洗濯などにかかわる下男下女も、当番でない限りは参加してもいいことになっていた。国教でもある四神教は国民の間に根付き、そして間違いなく愛されていた。そのため、羅宮で祭祀が行われる際には、町にある神殿でも祈りが捧げられ、可留多の町は一時静寂に包まれるほどだ。

——だからこそ、その悲鳴と騒音は瞬時に異常を伝えた。

祈りの最中に聞こえてきたそれに、誰もが顔をあげて視線を交わし合った。

どうした。何の騒ぎだ。一体外で何が起こっている。

羽多留王も祈りの言葉を唱えるのをやめて、見えないはずの目で入口の大扉を見つめていた。留久馬が父王に、一旦下がりましょうと声をかけたその瞬間、四神を祀る祭壇の向こうにある飾り窓をぶち破って、濃緑の旗を掲げた沈寧軍が攻め入ってきた。それとほぼ同時に大扉が開けられ、こちらからも分厚い鎧《よろい》を身に纏《まと》った兵士が次々となだれ込んできたのだ。呆然とする弓可留の民に向かって、彼らは何を宣言するでもなく次々に剣を振るい始めた。

「なぜ沈寧が!?」

「何かの間違いではないのか!?」

口々に叫ぶ者たちも皆、容赦なく斬り捨てられていく。

「見ろ、禁軍《きんぐんき》旗だ！」

大扉の入口に堂々と掲げられたのは、すべての国に共通する王を表す朱金《あか》の旗。つまりこの軍勢は、沈寧王の命令によってここへやって来たことを意味する。

「留久馬！」

一瞬にして混乱に陥った神殿の中で、慈空は息子を呼ぶ王の声を聞いた。

「これを持って逃げなさい」

「しかし！」

「早く！　片割れは私が持つ」

その時祭壇の上で留久馬に手渡されたのが、『弓の心臓』だったのだと今ならわかる。そして、王は自ら『羅の文書』の入った御樋代を抱えた。留久馬は護衛に囲まれ、最後まで父と母を心配しながら速やかに神殿を出た。それは王太子として、当然のことだった。彼には、王の血を繋ぐ使命がある。

「私のことはいいから、どうか王を！」

王后の叫ぶ声が聞こえた。王は将軍をはじめとする護衛たちに守られながら脱出を試みたが、敵味方が入り乱れる神殿の中で、もはや退路を確保することなどできなかった。その時慈空も、周囲の同僚たちと協力しながら椅子を投げつけて応戦しており、羽多留王に近づくことすらできずにいた。

「主上を守れ！　うちの軍はまだか⁉」

役人も学者も、下働きの者も、皆がそう口にして王のもとに集まろうとしていたが、次々に襲い来る沈寧の兵士を前に、防戦することで精いっぱいだった。まして慈空たちは、訓練された兵士でもない。後で知ったことだが、羅宮より先に町の神殿が襲われたため、弓可留の兵士はそちらに人手を取られ、こちらに駆けつけることができなかったらしい。

数で押してくる沈寧を前に、王の護衛も次々と倒れ、血を流した軀《むくろ》ばかりが転がった。誰かの臓物を踏みつけ、切り落とされた腕を蹴り、血の匂いに吐き気を堪える。目と耳を塞ぎたくなるような阿鼻叫喚《あびきようかん》の中で、慈空はその光景を見た。

鈍色《にびいろ》の鎧を纏った一人の小柄な兵士が、軽やかに空《くう》を跳ぶ。

混沌とした兵士たちの頭の上を音もなく越えていくその姿が、やけにはっきりと目に焼き付いた。目の下まで覆った口面で表情は見えないが、手にしている剣にはすでに血の跡がある。その兵士の目線の先に羽多留王がいることに気付いて、慈空の背中を戦慄《せんりつ》が駆け上がった。

「……やめろ」

兵士は供物の載った神台の上に難なく着地し、滑らかな動きで剣をためらいなく振りぬこうとする。その切っ先が捕らえようとしたのは、間違いなく羽多留王の首だ。しかし王は、どこか虚《うつ》ろな表情であらぬ方角に剣を振るうだけだ。

「やめろ！　主上は目が見えない！」

慈空は咄嗟に叫んだ。自分でも驚くほど、腹の底から出た声だった。

自分を我が子のようにかわいがってくれた王だ。そして大切な留久馬の父だ。

その声が届いたのかどうかはわからないが、小柄な兵士がほんの一瞬、戸惑うように動きを止めた。止めたように、慈空には確かに見えた。しかし次の瞬間、王の真後ろへ獣のような荒々しさで現れた巨軀《きょく》の男が、あっさりと王の首を刎《は》ねた。噴き出した血飛沫《しぶき》と、床に転がった王の首級。羽多留王！　と絶叫した誰かの声が、呆然と立ち尽くした慈空の耳に虚しく響いた。『弓の心臓』と『羅の文書』を探せと、沈寧の兵士が叫んでいたのを微かに覚えている。

「おのれ兄をよくも！」

州司の一人であった羽多留王の弟が激昂《げっこう》し、巨軀の男に斬りかかったが、傍にいた兵士に槍で腹を突かれて悶絶し、絶命した。その息子たちはすでに、王を守って討ち死にし、その軀が祭壇の前に転がっていた。

王を失ったことで、弓可留の者たちの抵抗する気力が失せたことを知るや、沈寧軍は神殿内の生き残った者を集め、外へと連れ出した。そのほんの二十人ほどの中には慈空の知っている顔もあったが、もはやお互いに掛け合う言葉も出てはこなかった。神殿内は、おびただしい血と臓物で彩られている。ちぎれた指や、目玉さえ転がっていた。いつの間にか慈空の眼鏡も、誰かの血でまだらに汚れている。一体何人死んだかと、考えることもできなかった。

外に連れ出された慈空は、ふと焦げ臭い匂いに気付いて顔をあげた。羅宮の中から黒い煙が上がっている。それが学楽寮の方角だと思い至った瞬間、慈空は弾かれたように走り出した。

「……だめだ……あそこはだめだ……！」

あそこが焼けてしまったら、慈空の父をはじめとする、たくさんの学者たちが調べ繋いだ貴重な歴史が、弓可留の記憶が、すべて無に帰してしまう。目の前で絶命した、羽多留王の生きた証さえ。

「おい、どこへ行く!?」

「止まれ！　聞こえんのか！」

「やめとけ、もう王は討ったんだ。一人くらい逃げたところで変わらん。矢の無駄だ」

沈寧の兵士の声が確かに耳に届いたはずなのに、慈空は足を止めることなく走った。学楽寮だけではなく、羅宮にも弓宮にも火の手が上がっている。慈空は火の粉をかいくぐりながら、歩き慣れた羅宮の中の最短距離を通って、学楽寮へ到達する。しかしすでにそこは、炎に包まれた後だった。目ぼしいものを運び出したのか、沈寧の兵士たちが数人、書物や宝物を見分していた。

「やめろ！」

慈空は我を忘れて、宝物を弄《もてあそ》んでいた兵士の一人に飛び掛かった。しかし剣の柄で頭を殴られ、あえなく地面に崩れ落ちる。

「なんだぁ、こいつ」

「死にぞこないだろ。楽にしてやったらどうだ」

慈空は乱暴に胸倉を掴まれ、無理矢理引き起こされる。口の中で血の味がした。眩暈がして、体に力が入らない。ただもう虚しいだけの絶望が胸にあった。

「じゃあお望みどおりに」

兵士の一人が剣を慈空に向けて、まさに貫こうとした瞬間、学楽寮の中で燃えていた梁《はり》が大きな音をたてて崩れた。兵士の注意がそちらに向いたのを見逃さず、慈空は渾身の力で胸倉を摑む手を振り払い、学楽寮の中へと駆け込んだ。

煙と熱風で咳き込んだ慈空は、咄嗟に自分の服で口と鼻を覆った。書庫のある方へ進んだが、もうそこは火の海になっており、熱さでそれ以上進むこともできなかった。宝物が収めてあった部屋も、入口から勢いよく炎が噴き出している。おそらく油をまいたのだろう。そうでなければ、こんなにも早く火はまわらない。

「……父さん……」

熱風を浴びながら、慈空はその場に立ち尽くした。父が書き残した、形見ともいえる本も灰になった。受け継いだ歴史学者という立場もまた、崩れ落ちようとしている。脚が萎《な》え、その場に膝を突き、慈空は声をあげて泣いた。何もできない。できなかった。何ひとつ救うことも、守ることも。

「留久馬……」

ふと、暗黒の中に光を見たような気がして、慈空は顔をあげた。そうだ、まだ留久馬がいる。無事に王宮の外に逃げ出せている可能性がある。彼さえ生きていれば、弓可留は再び立ち上がるはずだ。

「留久馬と、会わないと……」

慈空は自分に言い聞かせるように声にして、なんとかもう一度立ち上がる。そして手近な窓から外に出て、落ち着くために深呼吸をした。王宮内は、小さい頃から留久馬に連れられて、何度も「探検」している。その時に教えてもらった抜け道があった。秘密だよ、と言って特別に見せてもらった地下通路への階段。弓宮の地下を抜けて、町はずれの古い井戸に続くという隠し通路。きっと留久馬は、そこを使ったはずだ。

慈空は再び、走り出した。


火がつけられた弓宮の周りにも沈寧の兵士がうろうろとしていて、王宮から略奪したいろいろな物品を運び出していた。慈空は彼らに見つからないよう慎重に裏庭へまわり、下働きの者たちが使う掃除道具が置いてある倉庫を目指した。その地下扉から、抜け道が繋がっているのだ。途中にあった王后の花壇は荒らされ、建物の壁が壊されているような箇所もある。留久馬とよく遊んだ東屋も、柱が折れて屋根が崩れていた。どうやら沈寧は、とにかく徹底的に弓可留を破壊したいらしい。

あと少しで倉庫に辿り着くというところで、慈空は前方に兵士の姿を認めて身を隠した。あそこを通らなければ倉庫にはたどり着けない。回り道をしようにも、そちらにも兵士がいる可能性があった。ここは動かずに様子を見るのがいいかと、考えを巡らせていた直後、不意に背後から口を押さえられて心臓が鳴った。いよいよここまでかと、覚悟を決めそうになった瞬間。

「慈空、俺だ」

聞き覚えのある声に、慈空は目を見開いて振り返った。

「……留久馬！　無事だったか！」

「なんとかな。だが加津多《かつた》たちがやられた。まともに動けるのは一人だ」

留久馬がちらりと目を向けた先に、見慣れた従者が控えていた。しかしその彼も、左腕にかなり深そうな傷を負っている。

「父君はどうしてる？　母君は？」

留久馬に問われて、慈空は息を呑んだ。あの瞬間が脳裏をよぎって、彼の目をまともに見返せない。

「王后様はわからない……。でも、羽多留様は……」

慈空はそれ以上続けることができなかった。しかしそれだけで、留久馬は全てを悟ったようだった。

「……そうか、わかった」

慈空の肩を、留久馬が強く摑《つか》む。涙は見せなかったが、それが余計に悲しかった。

「慈空、頼みがある」

やがて留久馬は、懐から自分の上着で包んだ何かを取り出した。

「これを持って逃げてくれ。弓可留の宝珠、『弓の心臓』だ」

何を言われたのか、慈空は一瞬理解できなかった。なぜ自分がこれを持って逃げなければいけないのか。託されたのは留久馬だ。この国の王太子だ。彼こそが、これを持って逃げるべき者であるというのに。

「……何を言ってるんだ留久馬。それは君が持て。一緒にあの抜け道から逃げよう。そして機会を待つんだ」

慈空は兄の両腕を摑む。幼い頃から傍にいるのが当たり前だった彼が、目の前から消えてしまいそうな焦燥があった。

「俺は母君を助けに行く。そして沈寧と話をする。このまま弓可留を死なせはしない」

「でも!」

「頼む慈空、お前にしか頼めない。この『弓の心臓』は、『羅の文書』と一緒にあるからこそ価値のあるものだ。宝珠はふたつでひとつ。必ず両方とも持たなくては意味がないんだ」

そう言ってこちらを見つめる留久馬の双眼は、覚悟を決めた者の彩をしていた。

「俺が必ず『羅の文書』を取り戻す。それまでは慈空、お前がこれを守っていてくれ」

「でも……！」

「『羅の文書』の中身は古代弓可留文字で書かれていて、俺にはまだ読めないんだ。王家にはずっと口伝《くでん》で伝わっているが、どのくらい正確に伝わっているのか誰もわからない。でもお前ならきっと、あれが読める。だから必ず生き延びて、俺に読み聞かせてくれ。約束だぞ」

留久馬は慈空の眼鏡についたままの血を指で拭い、弟の肩を抱く。

「生きてまた会おう。必ず」

「必ず、必ずだぞ、留久馬……！」

兄から託された『弓の心臓』を、慈空は震える手で握った。


そして留久馬は、慈空を逃がすために自ら囮《おとり》となって兵士を引き付けた。慈空はその隙に倉庫へと走り、無事に抜け道を通って井戸へと到達した。近くにあった民家の納屋を借りて一晩を過ごし、一睡もできないまま、寒さで身を縮めながら迎えた夜明け。

「あんた、王宮から逃げてきたんだろ？　なんだか大変なことになってるよ」

民家の主《あるじ》が、おろおろと教えてくれた情報がどうしても信じられなくて、信じたくなくて、昼過ぎになってから、民衆に紛れてこっそりと王宮近くまで戻った。町は無残に破壊され、四神の神殿は見る影もない。王宮の入口である羅宮の大弓門《だいきゆうもん》前には人だかりができており、そこで慈空が目にしたのは、数多《あまた》のさらし首だった。寄せ集めた木切れでおざなりに作った台の上に並ぶ、人形のような死に顔。そのすべてに、慈空は見覚えがあった。王宮に出入りしていれば、嫌でも知っている王族や役人だ。州司や、将軍のものもある。

そして一段高いところに並べられた三つの首級は、王と、王后と——。

「……いやだ……嘘だろ……留久馬……」

慈空は泣きながらその場で嘔吐した。見咎めた見張りの兵士に、汚いと罵《ののし》られて足蹴にされる。自身の吐瀉物《としゃぶつ》で服を汚しながら、慈空はその場に倒れ込み、起き上がる気力もなく泣き続けた。夢であれと、何度も何度も強く願った。けれどどんなに喚いて叫んでも、留久馬が再び微笑むことはない。

あの日、弓可留は死んだ。
ひとつの国が、滅んだのだ。

二章　野営地にて

一、

薄っすらと開けた慈空《じくう》の目に映ったのは、見慣れない岩肌の天井だった。頬を撫でる風に誘われるように頭を横に傾けると、晴れ渡った青い空と、風にそよぐ色あせた天幕が目に入る。どうやら自分は洞穴か洞窟のような場所に寝かされているようだ。天幕の向こうで靄がかかるように揺らめくのは陽炎《かげろう》か。乾いた風は冷たくも熱くもなく、微睡《まどろ》みを誘うように優しかった。肌に触れる敷布は覚えがない感触だが、粗末なものではない。真新しい織物の手触りだ。ゆっくりと体を起こすと、左足の傷が鈍く傷んだ。しかし、そこも丁寧に手当てされている。枕元に、留久馬《るくま》の上着に包んだままの石を見つけて、慈空は慌ててそれを手に取った。中身は六青館《ろくせいかん》で見た時のままで、ようやくほっとして息をつく。

「ここは……どこだ……？」

簡易のものと思われる、低い寝台に座り直した慈空は、枕元に置いてあった眼鏡をかけ、ぐるりと周囲を見回した。岩を削ったのか、それとももともとこのような地形だったのか、半円状の空間は慈空が六青館で寝床にしていた物置よりも広い。後方と左側に人が潜《くぐ》り抜けられる大きさの穴があって、その先が別の部屋に続いているようだった。沈寧《じんねい》の追っ手から逃れるために、あの風天とかいう男たちと一緒に莉土那《まりどうな》を出たことは何となく覚えている。出血と痛み止めのせいで朦朧《もうろう》としている中で手当てを受け、どこからか調達した黒鹿《くろじし》に乗せられて走ったはずだ。一体どのくらい移動したのだろうか、などと考えていた慈空は、天幕の傍に見えていた巨大な岩が、のっそりと動き出すのを見て目を瞠《みは》った。

一軒の民家ほどの大きさがある甲羅《こうら》から、大樹のように太い首と足が出てきて、ゆっくりと立ち上がる。ごつごつした石が張り付いているようにさえ見える、巨大な鱗《うろこ》が覆う頭。先端に向かって細くなる長い尾は、慈空など触れるだけで弾き飛ばされてしまいそうだった。その生き物は気ままにゆったりと歩いて位置を変え、砂埃を巻き上げながらまたその場に伏せた。甲羅の中に、首と手足、そして尻尾がゆるりと格納されていく。

「あれは……もしかして……不知魚《いさな》……？」

そういう生き物がいるのだと、書物で見た覚えがあった。脚や首を収納する甲羅は岩よりも固く、しかも軽い。普通の刃物は役に立たず、それ用に鍛えた刃物でないと切ることができないと。ゆえに、防具などに転用されるため、甲羅は高値で売買されているという。しかし不知魚は人の踏み入りにくい高地に暮らしているため、滅多なことでは出会わない。甲羅が高値で取引されるのは、頑丈であること以上に希少だからだ。ただ、その不知魚を飼いならしている人々がいるという噂《うわさ》は聞いたことがある。

「おー、起きたか」

呆然としていた慈空が声の方に顔を向けると、部屋の後方にあった穴を、見知らぬ男が潜《くぐ》って来るところだった。その際に身をかがめるほどの長身で、ゆったりとした青の衣服は胸元が大きく開き、縁と袖口に日金《あかがね》糸の刺繍《ししゅう》が入っている。その上から羽織った同じ意匠の上衣《うわぎ》は裾が長く、手首から先とちらりと見える足先以外、彼の体を覆い尽くしていた。その格好だけ見れば決して目立つものではないのだが、慈空は彼の顔に目を留めて密かに息を呑む。服の上からでもわかる均整の取れた逞《たくま》しい体は、まさに偉丈夫と言っていい。それに加え、肩に届く長さの白金の髪。緑がかった淡褐色の目と、形のいい鼻が完璧な釣り合いで顔面に収まり、ふっくらとした唇は艶やかで、金の耳飾りと三重の首飾りが目を惹く。年は自分よりやや上だろうか。あの風天とかいう男の容姿もそれなりだったが、こちらの美貌はさらに群を抜いている。

眼鏡に手を添え、あまりにも無遠慮に見つめる慈空に気付いて、彼は唇の端で笑った。

「見惚《みほ》れるのはかまわねぇが、体の調子はどうだ。爆棘《はぜとげ》に襲われたんだろ？」

「あっ……す、すみません……」

慈空は我に返って、居住まいを正した。

「あの……私は、どうしてここに……」

万莉和《まりわ》を出るという話は聞いた気がしたが、そこから先の記憶がない。まして、このような美貌の主に出会った記憶も。

「途中で熱出して、朦朧としてたらしいから覚えてねぇか。道中で不知魚に会えて幸運だったよな」

「い、不知魚に？」

全く覚えがなくて、慈空は愕然とする。もしかしてあの大きな甲羅で運ばれたのだろうか。

「風天《ふうてん》と日樹《ひつき》という人が、一緒にいませんでしたか……？」

「風天……？　あー、いるいる。ピンピンしてっから心配すんな」

外見とはやや不釣り合いな軽い口調で言って、彼は改めて慈空を見下ろした。

「まあ、まずは飯だな。食えそうか？」

「え、あ、でも……」

「遠慮すんな。すぐ運ばせる」

そう言って、男は手を叩いて人を呼んだ。

用意された食事は、慈空が食べ慣れた乳粥と、香辛料で味付けをした肉をすりつぶして野菜と混ぜ、それを蒸し焼きにしたものだった。初めて食べる味だったが、思ったよりも空腹だったらしく、慈空は無心でそれを口に運んだ。

「落ち着いて食えよー。足りなかったらまだあるから言え」

慈空の食べっぷりを傍で見ながら、男は片膝を立てて座り、自ら注いだ酒を呑んでいた。高価そうな硝子の器から、慈空が初めて嗅《か》ぐ花の香りがする。

「あの……ここは一体、どこなんでしょうか」

空腹が満たされたころ、慈空は改めて尋ねた。入口からは相変わらず、色あせた天幕と、不知魚の甲羅が見えている。

「どこかって言われるとなぁ、詳しくは言えねぇが、野営地《やえいち》だ」

「野営地……」

「そうだ。俺たちはいくつかそういう場所を持ってる。何せ大所帯なんでな、町の宿屋じゃ収まり切らねぇ。でっかいのもいるしなぁ」

男は、入口から見える不知魚に目を向ける。確かに、あの大きさでは町に入るだけで大騒ぎになるだろう。

「……不知魚人《いさなびと》、ですか?」

慈空は、なぜだか声を潜めて尋ねた。

男は慈空を振り向いて、その唇に笑みを載せる。

「ああ、その不知魚人だ」

肯定され、慈空は息を呑んだ。不知魚人とは、どこの国にも属さない行商集団で、海と陸合わせていくつかの群《むれ》が存在するという。しかしその規模ゆえに正規の行商人からは疎ましがられていて、税を払わないことを理由に、不知魚人が運んできた物品を売買できないよう禁じている国もある。ただ、それでも彼らの運んでくる異国の品物は魅力的で、どこぞの国では密かに王に献じることで、商売を見逃してもらっているという噂すらもあった。

「ここは不知魚人の本隊、俺は頭《かしら》の瑞雲《ずいうん》だ」

親指を自分に向けて、瑞雲は誇らしげに名乗った。しかしその直後、ゆらりと彼の背後に立った影が容赦なく吐き捨てる。

「誰が頭だって？　出奔《しゅっぽん》した糞《くそ》兄貴のくせに」

いつからそこにいたのか、瑞雲とよく似た顔の若い女性が、腕組みをして見下ろしていた。日に焼けた肌が、とても健康的に見える。

「おう、志麻《しま》」

「おう、じゃないわよ。お頭の息子ってだけで、勝手に頭とか名乗んな！　あ、また勝手に酒持ち出して！」

「いいだろそこは。お兄様を立てとけよ」

「出奔して出戻ってきたお兄様を？　なんで？　何のために？　お頭が帰ってきたら言いつけてやるから。あと宿代と食費と酒代、上乗せ増し増しにして請求してやる」

「本人目の前にしてぼったくる計画立てんな」

突然始まった言い争いに、慈空はどうしていいかわからず、おろおろと二人を見比べた。つまり瑞雲は頭ではなくその息子で、何かしらの理由で出奔しており、この志麻という女性は瑞雲の妹、という見解であっているのだろうか。

「お客さん！」

急に妹がこちらを振り返って、慈空はびくりと体を震わせる。兄と同様彼女も美形だが、人を惹き付ける妙な魅力は兄の方が勝る。

「おかわりは？　それともお茶にする？」

「あ……ええと……お茶、で……」

「わかった。あ、この一食分は怪我に免じて請求しないから安心して」

「請求……？」

「その代わり治療費はもらうからね」

ぽかんとする慈空を置いて、志麻は何事もなかったように空になった器を持って部屋を出て行った。

「あいつ……相変わらずだなぁ」

形のいい顎を摩《さす》りながら、瑞雲がぼそりとつぶやいた。そうやって憂う顔も、どことなく絵になってしまう。

「あの……、風天と日樹という人も、不知魚人なんですか……？」

斯城《しき》のやんごとない御方の命でやって来たという彼らが、『弓《ゆみ》の心臓《しんぞう》』を欲しがっていたことと、自分が不知魚人の本隊に連れてこられたことが、慈空の中ではまだうまく繋がらない。

「いや、あいつらは違う。つーか、厳密に言うと俺ももう不知魚人じゃねぇ。ここはちょっと、場所を借りてるだけだ」

硝子の器に酒を注いで、瑞雲は舐めるように呑んだ。

「風天も日樹も、なんも説明してねぇのか？」

「斯城国の、やんごとない御方の命でやって来たと……あ、あと」

風天が言っていた言葉を思い出して、慈空は口にする。

「神殺しに期待をするな、と言っていました」

それを聞いた瑞雲が、ふと動きを止め、大きく目を見開いて慈空を見た。そして徐々に肩が震えたかと思うと、堪《こら》えきれない様子で噴き出す。

「神殺し⁉　あいつが？　自分で言ったの⁉」

瑞雲は、力が抜けるように地面に崩れ落ちて爆笑した。それだけでは足りず、何度も掌《てのひら》で地面を叩く。一体何がそんなにおかしいのかと戸惑っていた慈空は、先ほど妹が出て行った穴の前に立つ二つの人影に目を留め、息を詰めた。

いつから聞いていたのか、額に青筋を立てた風天が立っている。その後ろには、日樹の姿もあった。

「よお神殺し！」

「黙れ」

「どんな風に言ったのかちょっとやってみて」

「黙れと言っている！」

「格好いい顔で言ったの？」

「いい加減にしろ！」

兄妹喧嘩の次は、男同士の喧嘩が始まってしまった。いや、これは果たして喧嘩なのだろうか。それともただじゃれ合っているだけなのか。

「よかった、ちょっと顔色よくなったね」

言い争う二人を無視して、日樹が慈空に話しかける。

「傷はちゃんと手当てしたから大丈夫だよ。沈寧の追っ手もうまくまけた」

「あ、ありがとうございます」

相変わらず人懐っこい笑みを向けられて、慈空はややほっとした。使い込んだ革の手袋と、首に下げた黒い硝子の入った面のようなものが目を引く。

「すでに沈寧に目をつけられていたなんて、全然気づきませんでした……」

風天と日樹の来訪は想定外だったが、結果的にそのおかげで沈寧から逃れることができた。

「そう？ 結構わかりやすく狙われてたと思うけど」

「ほ、本当ですか？」

「うん、薬来堂に来た日も、それっぽいの見かけたし」

あっけらかんと日樹が言うのを聞いて、慈空は背中を粟立《あわだ》たせる。要するに、襲われるのは時間の問題だったということか。

「……なんで、ばれたんだろう」

慈空は、石の入った包みを抱きかかえる。自分があの日留久馬と接触し、『弓の心臓』を託されたことなど、誰も知らないはずなのに。唯一知っているとしたらあの従者だが、彼も留久馬と一緒に命を落としている。王族でもない慈空を特定して探しに来るのは、どう考えても妙な話だった。それほど必死だということだろうか。

「あのー、それでさ、しつこいけどちょっとお願いがあって」

日樹が、顔の前で両手を合わせる。

「今すぐ『弓の心臓』を寄こせとは言わないから、ちょっと『種《たね》』を調べさせて――」

「日樹！　日樹！　お前聞いてたんだろ？　こいつの神殺し発言！」

「黙れ瑞雲！」

「どんな感じだったか教えろよ！　あーやっぱ俺も行けばよかった！」

「二人ともいい加減にしてよ、話が進まな――」

「そんなに黙らせてほしいか！」

「お、やるか？　久々に腕が鳴るぜ！」

風天が腰の剣に手をかけ、瑞雲が懐《ふところ》に手を入れ、じりじりと両者が間合いを取ろうとした瞬間、日樹が突き出した左の手首の蔦《つた》から白い膜のようなものが飛び出し、あっという間に二人の顔面を包んだ。

「ちょっと黙っててよ。今大事な話してるんだからさぁ」

呆れたように息を吐く日樹の向こうで、視界を奪われた二人はその場でのたうち回る。

「日樹！　早く外せ！」

「もうこれやるなって言っただろ！」

すっかりやり合う気を失くして喚《わめ》く二人と、しかめ面でそれを眺めている日樹を、慈空は呆然と見ていた。この三人の力関係は、思ったより複雑なのかもしれない。

◆

志麻が人数分のお茶を用意してくれたあとで、慈空は自分の置かれている境遇をためらいつつ語った。弓可留《ゆっかる》の歴史学者であること。家族はもう亡いこと。その代わり、王太子である留久馬と兄弟のように育ったこと。しかしその留久馬も、『弓の心臓』を慈空に託し、王と王后と一緒に命を落としたこと。おそらくは沈寧が手に入れている『羅《ら》の文書《もんじょ》』と、慈空の持つ『弓の心臓』は対《つい》になっていること。風天たちが味方になってくれるかどうかなどわからないが、こうなった以上、話しておくべきだと思ったのだ。

「なるほど、それで『弓の心臓』を持ってるお前さんが狙われたってことか」

お茶の香りを嗅ぎ、瑞雲がそこに数滴の酒を垂らす。

「沈寧は弓可留の六百余年の歴史が欲しいんだろう。宝珠を手に入れたらそれが叶うと思ってる。まぁそういうお国柄だからなぁ」

沈寧の貪欲さと、あたかも征した国に成り代わるような歴史の改変ぶりは、彼もよく知るところのようだった。

「面倒くさい国が隣にあったもんだな。波陀族《ばだぞく》を壊滅させたのも、確か奴らだっただろ?」

瑞雲が凮天を見やる。先ほどまで二人の顔面を覆っていた白いものは、日樹の「戻って」という一言でまた左手首の蔦の中に納まった。おそらく森の中で使っていたものと同じものだとは思うのだが、慈空にはそれの正体が何か、未だに見当もつかなかった。

「……ああ、沈寧の北西にあった波陀族の国、燕国《えんこく》は、沈寧に征され、吸収されている。四十年ほど前のことだったはずだ。その際鉱山を手に入れたので、財政はそこそこ安定したと聞いている」

腰から外した剣を自身の左側に置き、凮天は真っ直ぐに背筋を伸ばして端座している。あまり弓可留では見かけない座り方だった。

「まさか、弓可留にまで手を出すとはねぇ」

日樹がため息まじりに言って、慈空は目線を落とした。あの日、どれ位の人があんな惨事を予想できただろうか。弓可留の王をはじめとする州司《しゅうのつかさ》や役人たちも、国の歴史に執着を持つ沈寧の性質はよくわかっていたはずだ。そのために、頻繁《ひんぱん》な交流を持ち、物品の輸入や輸出においてもかなりの好条件を提示するなど、摩擦が起きないための予防策も講じていた。それなのに沈寧は、すべてを踏みつけてなだれ込んできた。おそらくは、王の代替わりという不安定な時期を狙ってのことだろう。

「沈寧から『羅の文書』を取り戻したら、その中身を読んで欲しいと留久馬は言いました。だからこそ、『弓の心臓』を私に託したんだと思います」

あの日のことは、未だに夢に見る。きっと一生忘れないだろう。

「中身を読んで欲しいって……慈空にしか読めないの？」

「『羅の文書』は古代弓可留文字で書かれているんです。私は歴史学者だった父の研究を引き継いで、古代弓可留文字の勉強をしていましたから」

「あー、なるほど」

日樹が納得した様子でお茶を啜《すす》る。

「古代弓可留文字が読めるのは、お前しかいねぇのか？」

瑞雲に問われて、慈空はしばし思案した。

「父が亡くなった今、第一人者は私だと言っていいかと……。しかしまだ勉強中だったことと、訳字典が焼失してしまったので、完璧に訳せるわけではありません。半分もわかればいい方です。他の歴史学者の中にもある程度わかる人はいましたが、今はもう生死がわからず……」

同僚がどれくらい生き残ったのか、それすらもわからないまま弓可留を飛び出した。

仮に生き残っていたとしても、これまで通り研究が続けられるとは思えない。

「……慈空、と言ったか」

何か考え込んでいた様子の風天に名を呼ばれて、慈空は顔を上げた。

「お前が持っているそれは、弓可留の宝珠『弓の心臓』で間違いないんだな？」

問われて、慈空はやや間をおいて首肯した。

「……間違いなく、あの日弓可留の神殿から持ち出された、『弓の心臓』です」

慈空は手元にある石をしっかりと抱きしめた。あの日からずっと、一度も手放すことなく傍に置いている。宿の店主の話によれば、熱にうなされながらも抱えていたらしい。

「あの、こんなことをお尋ねするのはどうかと思いますが……。斯城王は、弓可留をお救いくださらないのですか？」

あさましい問いだとわかっていながら、慈空は尋ねた。このまま憎き沈寧の一部になるより、お互いに友好的だった斯城の保護下においてもらえる方が随分とましだ。

「あ……慈空、それは――」

何か言いかけた日樹を制して、風天が続ける。

「残念ながら、今のところそのお考えはないご様子だ。王族が亡き今、弓可留国を立て直すにしても頭となるべき人物がいない。しかも相手が沈寧となれば、わざわざ無関係の斯城国が手を出すのは得策ではない、とのご判断なのだろう」

はっきりと言われて、慈空は肩を落とした。それは特別非情なことではない。一番に自国と自国の民を守ることを考えれば、妥当な判断だろう。ただそれでも、最後の頼みの綱さえ望めないことに、気持ちは塞ぐ。

「しかし、このまま宝珠まで沈寧の手に落ちるのは忍びないと、主《あるじ》は我々を派遣した。こちらで『弓の心臓』を保護した方が、安全性は遥かに高いと思うが、どうだ？」

問われて、慈空は手元の石に目を落とした。確かに自分には、沈寧に対抗する力もなければ、一緒に戦ってくれる仲間も財力もない。斯城国が出てくるのなら、任せてしまった方が安全だというのはよくわかる。

――しかし。

「……お話はありがたいのですが……、私はこれを他の人の手に渡すつもりはありません。王太子は、留久馬は、私だから託したのだと思っています」

石を包んでいる留久馬の上着を含め、そうやすやすと手放すことはできない。それに風天たちのことも、斯城の国章が入った鏡を見せられたとはいえ、全面的に信用していいのかどうか、まだ迷っている部分もある。

「……まあ、この状況じゃ、疑うのも無理はないよねぇ」

慈空の内心を見透かすように日樹が口にして、慈空は申し訳なく俯いた。傷の手当てをしてもらったり、食事を与えてもらったりしたことを考えれば、期待に添えないことは単純に気が引ける。

「慈空」

風天に名を呼ばれて、慈空は無意識に背筋を伸ばして顔を上げた。

「その石が、お前にとって大切なものだということは理解している。しかしそれ以上に、その石が持つ意味と価値を、お前は知っているか？」

問われて、慈空は戸惑って眉根を寄せた。『弓の心臓』が持つ意味と価値、それは弓可留の宝珠ということ以外に、思いつきもしない。

「主《あるじ》はそれを確かめるため、近々弓可留を訪ねるつもりでいたようだが、間に合わなかった……」

風天の冷静な表情にひと欠片《かけら》の寂しさのようなものが混じるのを、慈空は感じ取った。彼もまた、主同様羽多留《わたる》王と親しかったのだろうか。

「……宝珠について公《おおやけ》に言われているのは、初代王の『心臓』だと。それを二代目の王が宝珠とし、その経緯を記したものが『羅の文書』だと、言われていますが……」

それ以上のことを、慈空は知らない。いや、慈空だけでなく弓可留の民のほとんどが知らないだろう。

「あの宝珠は、弓可留の歴史どころか、『神』の存在を示すものかもしれない」

風天が静かに言って、慈空は問い返す。

「神とは、四神《ししん》のことですか？」

「いや、四神ではない。この世のどの神でもない、正神《まことのかみ》だ」

「まことの……？」

その言い方に、慈空は眉を顰《ひそ》める。それではまるで、四神が偽の神だと言っているようなものだ。

「我が主はその正神をお探しになっている。『弓の心臓』と『羅の文書』が、その手掛かりになるのではないかと」

淡々と説明してみせる風天の言葉を聞きながら、慈空は無意識に拳を握り、やや焦って口を開いた。

「弓可留では、初代王弓羅《ゆら》と、その弟妹が神です。偉大なる四神です。それ以外に正神などありはしません……！」

慈空の脳裏に、信仰とともに暮らしてきた日常が蘇《よみがえ》った。季節ごとに行われる祭祀も、建国記念日を祝う夜も、神殿で見上げる神像の表情も、すべての記憶は未だ鮮やかだ。

「国の宝珠たるものが、四神以外の神を示すものでなんか、あるはずがない」

胸元の月金板《しろがね》を握って、慈空は声を振り絞る。

「四神と宝珠は、弓可留の誇りであり魂です。侮辱しないでください！」

それを黙って聞いていた風天の蒼《あお》の双眼が、じわりと熱を帯びるようにその色を薄くした気がした。

「……ではお前は、あの石が本当に人の心臓だとでも思っているのか？」

尖鋭《せんえい》な棘《とげ》のような問いに、慈空は息を詰める。

あの石が、人の柔らかな心臓などではないことは、自分もよくわかっている。

では、あれは一体何なのか。

いつから弓可留で祀られるようになったのか。

そんなことは、四神に祈りを捧げる生活の中で、考えもしなかった。

「四神が正神であるなら、なぜ弓可留を救わなかった？」

蒼から徐々に赤味を帯びて、夜明けの空のような紫に染まっていく風天の目を、慈空は吸い込まれるように見ていた。

風天、と日樹が制するように声をかけたが、彼はかまわず続ける。

「そもそも弓可留は、なぜ沈寧の動きに気付かなかった？　監視を怠らなければ、沈寧が武器や食料を買い集めていたことにだって気付けたはずだ。それとも四神に祈ってさえいれば、攻め入ってこないと信じていたのか？」

断罪のごとく口にする風天に、慈空は拳を震わせた。そんなことはわかっている。確かに沈寧の動きに気付けなかったのは、弓可留の甘さだ。沈寧は攻めてこないとどこかで高を括っていたのだろう。まして王の病気や譲位《じょうい》のこともあり、どうしても目が内側に向いていた。そこを突かれたということについては、反論の余地もない。

「なぜ四神は王を救わなかった？　なぜお前の親友を見殺しにした？」

黎明色《れいめい》の瞳の中に、ちりばめられた金色の斑《はん》。

星を宿す眼で風天は容赦なく問う。

「それは本当に、『正神』だったのか？」

体が痺れたように動かなかった。

腹の底から湧き出る怒りと、この美しい空の前にひれ伏してしまいたい衝動が慈空の中でぶつかり合う。思考すら追い付かず、頭の中が白くなって、ただ自分の呼吸の音だけが大きく聞こえた。

「信心が足りなかったか？ 何らかの罪の代償か？ どういう理由で、自分を納得させてんのかって訊いてんだよ！」

その抉《えぐ》るような問いに、心臓が大きく脈打った。

腹の底の、何かとんでもなく大きな感情が、ねじ伏せる力に抗《あらが》って牙をむく。

気がつくと慈空は、風天の胸倉を乱暴に摑んでいた。

「納得なんかしてると思ってるのか⁉ あの、血の匂いの充満した、人間の中身が飛び散った神殿で、王の首が刎《と》んだ時の虚しさも！ 大弓門《だいきゅうもん》の前で、留久馬の首級を見つけた時の絶望も！ 納得なんかできるわけないだろ‼」

叫びながら、慈空は泣いていた。今まで何とか堪えていたものが、堰《せき》を切ったように溢れて止まらなかった。失った悲しみに浸る間もなく、生きねばならなかったのだ。泣いたら泣いただけ腹は減り、放っておいても陽が沈んで明日が来る。その中で必死に、もがきながら、どうにかして、生きねばならなかった。

「慈空、ちょっと落ち着け。風天、試すにしても煽《あお》りすぎだ。もうちょっと言葉を選べ」

慈空を後ろから抱えるようにして、瑞雲が風天から引き離した。どの口が言うのかと、風天は納得いかない様子で瑞雲に目を向けていたが、やがて襟元を直して、ひとつ息を吐く。

「……少し、言葉が過ぎた」

いつの間にか、その双眼は深い蒼色《あおいろ》を取り戻していた。

「ごめんね慈空、風天の目はちょっと特殊で、あれに抗うのってよっぽどの信念がないとできないんだよ。意志の弱い人は、すぐに自分の嘘や、やましいところを認めてひれ伏しちゃうから。でも今ので、慈空の話が嘘じゃないって俺たちもわかった」

日樹が申し訳なさそうな顔で謝罪する。それを聞いて、ようやく慈空は徐々に冷静さを取り戻す。風天の目の仕組みはよくわからないが、信用できなかったのは、あちらも同じということか。

「慈空、俺たちの主は、その石のことが知りたいんだ。その石が一体どこから来て、どういう理由で弓可留に祀られることになったのか。何か知っていることがあれば、教えて欲しい」

そう言う日樹の言葉を聞きながら、慈空は足が萎《な》えてその場に座り込む。左足の傷も痛んだが、首を斬られる方がもっと痛かっただろう。いや、それとも、それすら感じないまま逝ったのか。

「……歴史書に書いてあること以外、本当に知らないんです……。私は、王族ではないので、知らされていないこともたくさんあったでしょうし……」

いくら王太子と親しかったとはいえ、所詮はただの歴史学者だ。それに王家は往々にして、王統に不都合なことは口にしない。少なくとも弓可留では、あの石を初代王の心臓であるとして祀っていた。

「……もしかしたら、『羅の文書』には何か、書かれているのかもしれませんが……」

「慈空は、それを見たことないの？」

「神殿に安置されていたり、運ばれたりするところは見たことがあります。御樋代《みひしろ》から取り出されるところも何度か。しかし、中身は……。あれは、王しか読めない決まりで、何が書いてあるのかも、公の場で口にすることを禁じられているんです……。それに古代弓可留文字で書かれているので、そう易々《やすやす》と読むこともできないし、今は王族にすら口伝《くでん》で伝わっていると……」

だからこそ留久馬は、自分に読んで欲しいと頼んだのだ。

「王太子から、ちらっと聞いたこともなかったのか？」

瑞雲に問われて、慈空は思い出を遡《さかのぼ》る。留久馬とそういう話をしたことは、果たしてあっただろうか。

「あれは、王位についた者のみが知ることを許されるので、留久馬も詳しくは知らないはずなんです。……でも、確か……」

まだ幼い留久馬と、神殿の中を探検したときに、『弓の心臓』と『羅の文書』が安置される祭壇を指して言っていたような気がする。

「あそこに置かれるのは、『はじまり』と『かけら』だと……」

「はじまりとかけら？」

問い返した日樹に、慈空は頷く。

「『せかいのはじまり』と『せかいのかけら』を、祀るのだと」

二、

ここのところ浮き立っている、と薫蘭《くんらん》は思った。

王宮内に限らず、町の中もどこか軽薄な空気が流れていた。それは、隣国弓可留を制圧したという自信と、満足感からくるものだろう。乱立しては消えていく国々が多い中で、弓可留は古くから王の血を繋いで国を存続させてきた。決して大きい国ではなかったが、その歴史と伝統が、薫蘭の父である沈寧《じんねい》王、沈源嶺《じんげんれい》にとっては、喉から手が出るほど欲しかったのだ。

「見ろ莉華《りか》、この首飾りは年代物だぞ。もうこの細工ができる職人はおるまい」

「まぁ、見事だわ！　金の色合いが美しくて、私の肌にとても映えそう」

源嶺王はここ数日、弓可留からの戦利品を手にとっては、悦に入る日々を過ごしている。薫蘭の母であり、王后である莉華妃も、手に入れた宝飾品で我が身を飾ることに熱心だった。もともと母は、政治には興味がない。毎日美しいものと美味しいものに囲まれていれば、それで満足できる人だ。

「父上、弓宮《ゆぐう》があった場所に、別宮を建てましょうよ。そこにはぜひ私を住まわせてください。新たな領地をお守りいたします」

「兄上は安蘇州《あんそしゅう》の屋敷をもらったばかりだろ。順当に行けば、旧弓可留を任されるのは俺だ」

「いや、それなら僕だよ。父上は僕に新しく領地をくださるとお約束してくださった」

薫蘭には腹違いの弟が三人いる。皆側室の子で、表向きは仲の良いように振舞っているが、水面下ではお互いにどう出し抜くかを考えていて、足の引っ張り合いは日常茶飯事だ。そのうち誰かが殺されても驚きはしないだろう。

「別宮は建てる気でいるが、誰に任せるかはおいおい考える。まずは、薫蘭に預けるというのもありだろう」

息子たちを眺めながら、源嶺王は満足そうに口にする。沈寧国では代々、男女にかかわらず王の長子が王位を継承することが習わしで、源嶺王も正妃の子であり長女である薫蘭を後継ぎにすると明言している。しかし同時に、王はいつでもその宣言を覆《くつがえ》す気でもいる。そのことを、薫蘭はこの十九年間でよくわかっていた。

「父上の仰せのままに」

薫蘭は、微笑みもせずに頭を下げる。奪ったばかりの弓可留に薫蘭を赴任させるなど、ほとんど嫌がらせのようなものだ。王を失って消沈しているとはいえ、現地でどんな反発を食らうかわからない。しかしそれでも父に行けと言われたら、薫蘭は行かねばならない。父の命には、それがどんなものであれ、従順に、逆らわず、素直に頷くと決めたのだ。

「沈寧の国土が広がり、我が民も喜んでいることだろう。弓可留の民は好きに使え。気に入らぬ者は斬り捨ててかまわん。どうせ、亡国にしがみついているだけの虫けらのようなものだ」

侮辱罪という理由で、王に殺された民の数は、五年前の即位以来二百を超えている。それでもこの王は、自らが民に尊敬され、愛されていると信じて疑わない。厳しく税を取り立てて私腹を肥やすことを、王族として当たり前の権利だと思っている。

「……畏《おそ》れながら父上、ひとつ申し上げたき儀がございます」

薫蘭は恭《うやうや》しく拝をしたまま告げる。しかしその声に、不満の色は含ませない。感情を露わにするだけ無駄だと悟ったのは、六歳の時だ。可愛がっていた小鳥が死んで大泣きしていた時に、父からうるさいと怒鳴られ、これだから女はだめだと罵《ののし》られた。王位を継承する者として、情けないと。母は子育てには無関心で、父上を怒らせてはだめよとおざなりに言ってのけるだけだった。そしてそれからさらに六年後に起こったことが決定打になって、以来、薫蘭は泣きもしなければ笑うこともなくなった。それで父の機嫌が取れるなら、安いものだった。

「弓可留を我が沈寧のものとしたことについては、甚だ喜ばしいことではありますが、そのせいか王宮内、軍部、国民に至るまで、少々気の緩みが目に付いてございます。このようなときこそ、今一度国境の守備を見直し、警護の体制に力を入れることが肝要であると――」

「あー、まーた姉上の堅っ苦しい話が始まった！」

薫蘭がすべてを言い終わらないうちに、末の弟が口を挟んだ。

「姉上は心配性なんだよ。弓可留の王族も州司も要人も全部殺したんでしょ？　軍だって解体して、こちらが管理してるんだから、何を警戒することがあるのさ」

「そうですよ。こちらの軍部の働きぶりを、姉上だってご覧になったでしょう？　紀慶《きけい》との国境の守備だって抜かりありませんよ」

「もしかして、旧弓可留に行くのが怖いのか？　俺が代わってやろうか？」

好き勝手に囃《はや》し立てる弟たちを、薫蘭は何の感情も込めない双眼で見つめる。いつか、父王の気が変わってしまったら、自分ではなくこの三人のうちの誰かが沈寧の王になってしまうのだ。それだけは、避けねばならなかった。

「なんだよその目は。いつもいつもこっちのこと見下しやがって！」

激昂《げっこう》しやすい二番目の弟、翔宜《しょうぎ》が立ち上がったが、源嶺に制されて渋々座り直す。

「薫蘭が言うことにも一理ある。今一度気を引き締めるよう軍部にも言っておこう。それより――」

薫蘭が礼を言う暇もなく、源嶺王は続ける。

「『弓の心臓』が見つかったという連絡は、まだか」

その一言で、弟たちが目線を交わしほくそ笑んだ。『弓の心臓』の捜索は薫蘭に任されている。未だ献上できないことを引き合いに出して、王は牽制《けんせい》したのだ。

進言したいのであれば、任された役目をまずは果たしてみろと。

「申し訳ありません。しかしながら情報は集まりつつあります。もうしばらくの御猶予《ゆうよ》を」

薫蘭はためらわず頭を下げる。弓可留の宝物《ほうもつ》の中で、源嶺王が最も欲しがっているのが『弓の心臓』なのだ。対になる『羅の文書』は、弓可留の神殿から首尾よく持ち出せている。だからこそ、片割れを血眼になって探しているのだ。あれこそが、弓可留という国の象徴なのだと。

襲撃の際に王太子が持っていたのは目撃されているが、その後投降した際には手ぶらだった。おそらくは誰かに託したか、隠したのだろうということで、生き残った知人や関係者を片っ端から調べ、その中で若い歴史学者が浮上した。彼が逃亡している万莉和まで部下を派遣し調べさせたが、あと一歩のところで姿を消されてしまった。しかし彼が『弓の心臓』について仲間らしき者らと話していたという情報もあり、何らかの経緯を知っていることは確かだろう。

「『弓の心臓』と『羅の文書』を見せて欲しいと、羽多留王に何度か頼んだことがあったが、その度にのらりくらりと躱《かわ》され続けた。王族しか見られないなどともったいぶって……。だがどうだ？　今『羅の文書』は私の手にある。ついに弓可留の長き歴史を手に入れたのだ！」

源嶺王は、王后とともに侍《はべ》らせてある宝物の中から、古い革張りの書物を手に取って掲げてみせる。表紙も中身もすべて鹿革で作られたそれこそ、弓可留の宝珠のひとつである『羅の文書』だ。ただし、そこに書いてある内容は古代弓可留文字のため、解読することは難しい。しかしそのことについて、父王はあまり気にしている様子もなかった。そもそも、きちんと中身を見たのかどうかも疑わしい。

「……私に、もう一度喜びを味わわせてくれることを、期待しているぞ」

源嶺王は薫蘭にそう告げ、再び手にした宝物に目を落とす。すぐさま機嫌を取ろうとして、弟たちがその周りに群がった。

薫蘭は丁寧に拝をして、その場を辞した。


沈寧の起こりは薫蘭の高祖父まで遡《さかのぼ》る。しがない山菜売りだった高祖父が、その地域の剛者《ごうのもの》の従者となり、そこから這い上がって、主《あるじ》を殺し成り代わったところから始まる。その成り立ち自体は、決して珍しいものではなく、今は燕国を征した際に手に入れた鉱山のおかげで、鉱石や玉《ぎょく》の輸出が主な産業だ。

しかしいつからか、まだ浅い沈寧国の歴史を捻じ曲げるようにして、征した国や部族の歴史を我が物のごとく語るようになった。食べ物や、衣服ひとつをとっても、沈寧の手にかかればすべてが自国の伝統文化になってしまう。そしてそのやり方は、今なお源嶺王に受け継がれていた。

周りの国と比べて、歴史の長さにしろ、所持する宝物にしろ、自国が少しでも劣っていることは、沈寧王家にとって耐えがたい屈辱なのだ。建国からまだ七十年ほどしか経っていないが、公式の歴史は、征した国や部族の歴史と功績を繋ぎ合わせて、二百年程度になっている。薫蘭自身、王太女としての教育を受けるうち、国民に知らされている公式の歴史と事実があまりに乖離《かいり》していることに愕然とした。現在の国教である手寧教《しゅねいきょう》ですら、沈寧古来のものではなく、波陀族の宗教を改変したものだ。円老子《えんろうし》と呼ばれる神は、今でこそ厳《おごそ》かに廟《びょう》に祀られているが、本来の名前からは改名されており、沈寧とは何の関係もない。それなのに国民は、その神を仰ぎ祈る。王が、それを神だと決めたからだ。この国の本当の歴史を知っている者もいるはずだが、国内でそれを口にすることは死を意味する。源嶺王は、恥をかかされることをいたく嫌い、それを逃れるためならためらいなく人を殺す。国民のことなど、塵芥《ちりあくた》程度にしか思っていないだろう。

ここで平穏に暮らしていたければ、王を崇め、神に祈り、ただただ搾取《さくしゅ》されることと、わずかに与えられるものを受け入れて、ぼんやりと息をしていることが最良だ。

「表に黒鹿《くろじし》を引け。出かける」

薫蘭は従者に告げて、外套を羽織った。母が着ているような、鎖骨を見せる薄く軽やかな服は身に着けたことがない。鹿に乗りやすいよう短い丈の袍を着て、袴の裾を革長靴の中に入れ込む格好を見て、男に間違えられることもしばしばあった。しかしそれでいいと薫蘭は思う。性別という小さな括《くく》りに、一体何の意味があるというのか。

「薫蘭様」

外廊を抜ける途中で、薫蘭は廟に仕える僧に声をかけられた。ゆったりした臙脂《えんじ》色の法衣を纏《まと》い、首から淡い黄色の領巾《ひれ》をかけている。後ろに二人の弟子を引き連れて中央に立つのは、廟の責任者であり、神司《かんづかさ》の役職にある白叡《はくえい》だった。源嶺王よりも少し年下の彼は、王からの信頼も厚いばかりか、薫蘭のすぐ下の弟である宗満《そうま》と仲がいい。おそらくは、次期王を彼だと読んでいるのだろう。薫蘭への当たりは、柔らかいものではなかった。

「お出かけでございますか」

「……ああ」

「たまには、我が廟にもお立ち寄りくださいませ。薫蘭様はあまり、我が手寧の老子がお好きではないご様子」

父母や弟たちに比べて、廟へ足を運ばない薫蘭に、彼はいつもこうやって嫌味を言いに来る。廟とそこに祀られる神は国のもののはずだが、我が廟、我が老子、という言い方をする白叡のことが、薫蘭は苦手だった。仮に弟が王になれば、彼の権力は否応なく増すことになるだろう。

「そんなことはない。いずれまた、時間のある時に……」

「いつもそう仰せになる。もう待ちくたびれましたぞ。神に国民の安寧を祈ることは、王族の務めでもありますれば」

「すまない、今日は用事がある」

薫蘭が彼を真っ直ぐに見据えて再度断ると、白叡はやや鼻白んだ様子で咳払いをする。

「まあ、そういうことでしたら……。では次回はぜひ」

両手の袖口を合わせて拝をし、白叡は薫蘭に道を譲る。その前を横切り、数歩進んだところで薫蘭は振り返った。

「白叡」

呼ばれて、彼が顔を上げる。

「円老子とはどんな神だ？」

唐突な問いに、白叡が意味を量《はか》りかねる様子で眉を顰《ひそ》めた。

「祈れば国を救ってくれるか？」

薫蘭はその問いを残し、あとは振り返らずに王宮の外へ向かった。


風天と言い争ったその日、夜になって熱を出した慈空は、そのまま二日をそこで過ごした。三日目には多少動けるようになり、四日目からは普通に立って歩くこともできるようになったので、志麻に断って炊事場で簡単な仕事をもらうことにした。食事も寝床も提供してもらっているのに、ただ寝ているだけなのは気が引けたのだ。

「なんだ、あんた意外と役に立つじゃない」

慈空が寝かされていた洞窟の傍に巨岩がせり出した場所があり、炊事場は、その下に設けられていた。ここならば雨風の影響を受けにくい上、煮炊きした煙は逃がすことができる。ただ、近くに沼はあるのだが水が濁《にご》っていて飲用に向かないため、澄んだ水を手に入れるためには、少し離れた井戸まで歩かねばならない。不知魚人が掘ったという井戸は、野営地に来るたびに改良が重ねられていて、街中で見かけるものと遜色なかった。野営地を出るときには念入りに蓋をして、動物や砂が入り込まないようにしているという。水を運んでくるのは各人の義務なのだが、まだ満足に歩けない慈空はそれを免除してもらう代わりに、野菜などの皮むきと皿洗いを引き受けた。六青館で下働きをしていたおかげで、そのあたりはお手の物だ。

「ひょろっとしてるから全然期待してなかったけど、上等上等。手伝いの分は請求から引いとくわ」

様子を見に来た志麻が、上機嫌で慈空の背中を叩く。思ったよりも随分力強い志麻の掌に、ずれた眼鏡を直しつつ、慈空は無事な右足で踏ん張った。

「志麻は人のことを体で計りすぎなのよ」

炊事場を取り仕切っている未芙《みーふぁ》が、呆れた目を向ける。志麻よりも幾分年嵩《としかさ》の彼女は、幼い頃から一緒に育っているので、ほとんど姉妹のようなものだという。

「何言ってんの、金《かね》と体は嘘をつかないってのはうちの家訓よ。怠け者の体が美しかったことなんてある？　あと金が裏切ることもないでしょ」

志麻は腕を組んで堂々と言い放つ。兄の体があれだけ引き締まっていることに、慈空は何となく合点がいった。そうなればここのお頭は、一体どんな巨軀《きょく》なのだろうか。

「今、俺がなんとかっていう話をしたか？」

そこに件《くだん》の兄がひょっこりと顔を見せ、志麻が露骨に顔をしかめて追い出しにかかる。

「してないし呼んでないし用もない。あっちいけ」

「そんな邪険にすんなよ」

「残念ながら厨房に兄貴を近づけるなって、お頭から命が出てんの。肉菜汁を生臭い泥みたいな味付けにしたこと、忘れたとは言わせないから」

「若気の至りだ。それより酒――」

「酒ばっか吞むな糞兄貴！　ここにあるのは皆の物であって、お前のもんじゃない！　吞むなら金払え！」

「ちょっとくらいいいだろ⁉」

二人のやり取りに、まーた始まった、と未芙がぼやく。

苦笑していた慈空がふと天幕の方に目を向けると、そちらはそちらで、舞踏用の衣装のような、光沢のある鮮やかな紅紫色の長衣を羽織って歩く風天を、日樹が追いかけていた。

「待って風天！　その服どこから持ってきたの⁉」

「売れ残ってるのをもらった」

「もうちょっと他にあったでしょ⁉」

「着られたらなんでもいいだろ」

「よくないよ！　どこの踊り子さんかと思ったよ！」

しれっと答える風天の腕を摑んで、日樹が引きずるようにして歩いていく。

あの一件以来、彼らは『弓の心臓』をこちらに寄こせとは言わなくなった。しかし彼らにとっては、『弓の心臓』と『羅の文書』を持ち帰ることが主命なので、おそらくあきらめてはいないだろう。慈空の回復を待って、もう一度話をするつもりでいるのかもしれない。とりあえず『弓の心臓』に付着している種を調べさせてほしいと言われたので、慈空の監視の元それを採取することだけは許可した。

こちらの脆く弱い部分を、風天に容赦なく指摘されたことに関しては、未だ腹を立てているが、四神はなぜ弓可留を救わなかったのかという問いが、それ以上に慈空の中でくすぶっていた。四神は正神であり、絶対的に正しいのだと思えば思うほど、ならばなぜ弓可留は滅び留久馬は死んだのかという問いに、答えが出なくなってしまう。

慈空はひとつ息を吐き、作業の続きに取り掛かった。今はまだ、このことについて深く考えたくはない。

炊事場にいると、当番以外の人間も何かと顔を出して、他愛無いおしゃべりをして戻っていく。中には慈空がいるのが珍しくて、わざわざ顔を見に来る者もいた。

「へぇ、これが兄貴の拾ってきた奴か」

昼食作りの最中に、まだ十歳にもなっていないだろうと思われる少年たちが何人かで顔を出し、ガリガリだの弱そうだのと、勝手な評価をはじめた。確かに、必要な筋肉に覆われ、日焼けをした肌の彼らと比べると、細くて色白の自分はその通りに見えてしまうだろう。毎日閉じこもって本ばかり読んでいたら、こうなったのだから仕方がない。

「ねぇあんた、なんでここに来たの？　その怪我どうしたの？」

少年たちは興味のおもむくままに尋ねてくる。どう答えようかと迷って、慈空は言葉を探した。瑞雲たちがどういう話をしたのかは知らないが、沈寧に追われていることを考えると、あまり正直に話し過ぎれば、彼らを巻き込む可能性もあった。

「こら！　あんたたち今日、不知魚《いさな》の世話当番でしょ？　こんなとこで油売ってないで、さっさと散った散った！」

どさくさに紛れて干し肉の欠片をつまんでいこうとする少年を、志麻が追い払う。少年たちは悪態をつきつつ、蜘蛛《くも》の子を散らすように退散した。

「あの子たちも、瑞雲さんの……志麻さんの弟なんですか？」

彼らが兄貴、と口にしていたことを思い出して、慈空は尋ねる。

「血の繋がりはないよ。ただ、兄貴のことは皆『兄貴』って呼ぶ。あとは『糞長男』とか『放蕩息子』とか。あだ名みたいなもんね。ここの皆は、でっかい家族みたいなもんだから」

「家族……」

「そう。不知魚人はね、どの国にも属しない行商集団であり、行き場のなくなった人たちの受け入れ先でもあるの。国を失った、親兄弟を失った、もう帰る場所がない、そんな人たちの集まり」

志麻は干し肉を適当な大きさに切りながら、そんな説明をした。

「あんたの事情は、ほんの一部の限られた人間にしか知らされてないけど、ここに来た時点でみんな察するのよ。ああ、この人もそういうことなんだって」

確かに、あの少年たち以外に、ここに来た事情を根掘り葉掘り訊かれたことはない。単に興味を持たれていないのだと思っていたが、そういうことだったのか。

「訊くとしたら故郷くらい？」

「そうね。それは訊くこと多いかも」

志麻に尋ねられて、未芙が頷く。

「でもそれも世間話を広げる程度だけど。ただ、ここにいる人は生まれた国なんか知らないっていう人も多いからね。志麻んとこだって、よくわかってないでしょ」

「うん。うちは全員野営地で生まれてるから、そこがどこの国だったかなんていちいち覚えてないなぁ。すぐに移動しちゃうし」

あっけらかんと志麻が言うのを聞き、そういう生き方もあるのかと、慈空はある意味感心して二人を眺めた。

「ちなみに、私の生まれは紀慶国《きけい》よ。といっても、そのあとすぐ両親と一緒に不知魚人になったから、あんまり故郷って感じはしないけど」

「紀慶国……」

聞き覚えのある国名に、慈空は無意識に奥歯を嚙《か》み締める。紀慶は沈寧の北にある国で、弓可留とも国交があった。だが沈寧と紀慶は、表立った戦こそしていないが、長年領土問題で対立しているのではなかったか。

「私ね、波陀族《ばだぞく》なの。両親が生まれた頃に燕国《えんこく》は沈寧に滅ぼされたから、あんまり自覚はないんだけど」

そう言って、未芙は左腕の袖をまくって独特の入《い》れ墨《ずみ》を見せた。腕をぐるりと一周する模様は、確かに波陀族のものだ。彼らは家族ごとに模様の違うこの入れ墨を全員が持っていて、結婚すると相手の家の模様を、実家の模様の下に入れる決まりだ。弓可留にも何人か波陀族の出身者がいて、そんな話を聞いたことを慈空は思い出した。

「波陀族……。ああ、だから紀慶に……」

燕国が沈寧によって制圧された際、多くの波陀族が紀慶国に逃げ込んだと聞く。慈空の生まれる前の話だが、当時の出来事を記した本を読んだことがあった。

「……私は、弓可留の生まれです」

慈空は、迷った末にそれだけを告げた。事情を知っていたらしい志麻は、少し心配するような顔をし、未芙はその一言だけですべてを理解したようだった。弓可留が沈寧に攻め込まれたことは、すでに噂となって広まっている。商いをする不知魚人であれば、その情報はいち早く手に入れているだろう。

「ああ、そういうこと……。よく無事だったね」

苦い笑顔を含んだ未芙の目元が、慈空を労《いたわ》っているようだった。

「今は大変だと思うけど、がんばろ。波陀族も散り散りになっちゃったけど、生きてるもんが勝ちだからさ。生きてることをあきらめたら、それこそ沈寧の思い通りになっちゃう」

たとえ自分が直接その現場を目にしていなくとも、故郷を奪われた憎しみは、彼女たちも忘れていないのだろう。味方だと言ってもらえた気がして、慈空は口元を緩めた。

「ただね、ここで生活するなら、うちには混《ま》ざり者《もの》が多いから、その辺は覚悟しといてよね」

「え、混ざり者ですか!?」

慈空は思わず手を止めて声を大きくする。混ざり者とは、体の一部に鱗《うろこ》があったり、尾が生えていたりする人間のことだ。普段は普通の姿でも、感情の高ぶりによって発現することもある。両親が普通の姿でも子が混ざり者として生まれることもあり、人間がかかる病狂《やみぐるい》の一種だと言われているが、定かなことは何もわかっていない。その異様な姿は本能的な恐怖心を呼び起こすのか、差別を受けることが多く、人々は彼らと同じ町に住んだり、同じ店を利用することを嫌がるのが常だ。

「弓可留にはいなかったの？」

慈空の驚き様に、志麻が尋ねた。

「噂はありましたけど、本当にそうだったのかは……。服を着ていれば誤魔化《ごまか》せてしまえますし、尾が生えていたり獣の耳があったりする、明らかな変異がある人には、会ったことがありません……」

「なんだ、じゃあ免疫なしか。そりゃ驚きもするかもね」

「こ、ここの人たちは、混ざり者でも一緒に暮らしてるんですか⁉　天幕を分けたり、食器を分けたりしているわけでもなく？　それとも混ざり者が、下男下女の仕事をしてるんですか？」

慈空の慌てぶりに、志麻と未芙は顔を見合わせ、一拍置いて噴き出した。

「うちはお頭だとか舎弟だとかの身分はあるけど、それ以外で分けることなんかないよ。普通の人間も、混ざり者も、たとえ杜人《とじん》がいたって皆一緒」

当然のように志麻が言うのを、慈空は呆然と聞いた。少なくとも町では考えられない価値観だ。

「だいたいさあ、混ざり者だって杜人だって、会って話せば別に普通だよ？　普通の人間にだって悪い奴はいるし、混ざり者にだって良い奴はいる。それと同じ」

「で、でも……」

慈空は不意に焦燥に似たものを感じて周囲を見回した。自分の視界に入る不知魚人のうち、どのくらいが混ざり者なのか。今まで何気なく使わせてもらっていた寝具は、彼らが使ったものではないのか。食べていた食事は、彼らが作ったものではないのか。志麻たちは気にしないというが、こちらは区別するのが当然の世界で育ったのだ。混ざり者も杜人も、蔑《さげす》むべき対象だと。

「じゃあ今度、海群《うみむれ》の若頭《わかがしら》紹介してあげよっか。ほぼ蜥蜴《とかげ》だよ。泳ぐのがすっごい速いの。その辺の船には余裕で勝つよ。だから若頭なんだけど」

「え、と、蜥蜴……」

大きさ的には、蜥蜴に近いのか人間に近いのか。いやそれよりも、そんな混ざり者でも、ここでは実力さえあれば若頭にもなれるということが驚きだった。

「あんたもう行くとこないんでしょ？　世話になってたっていう宿屋だって、もう追手にばれてるだろうし。しばらくここにいたら？」

志麻にそんなことを言われて、慈空は即答できず、複雑な想いで手元に目を落とした。そう言ってもらえるのはありがたいし、実際行くところなどないのだが、このまま甘えていいのだろうかという葛藤がある。混ざり者たちと一緒に暮らす不安もあった。

「まあ、ゆっくり考えればいいよ。まずは怪我を治してからだね」

未芙が気遣うように言って、慈空は小さく頷いた。

三、

不知魚人の野営地に食堂のような場所があるわけもなく、彼らは天幕から張り出した上布の下や、洞窟の中、岩に腰かけたり、不知魚にもたれたりと、自由な場所で食事を摂る。夕食で大きな肉や魚を焼くような時は、一カ所に集まることもあるようだが、それぞれが鹿の世話や物資の補充などの仕事をしている昼間は、食事を摂る時間帯も様々なので、各々好きに食べているという感じだった。

給仕の仕事がひと段落して、慈空は未芙に許可を取り、炊事場の上にせり出した巨岩の上にあがって食事を摂ることにした。不知魚人には混ざり者が多いと聞いてから、なんとなくあちらに近寄りがたくなってしまったのだ。岩の上からは辺り一面が見渡せるが、視界いっぱいが荒野か山で、どの方向を向いても変わり映えしない。唯一、梯子《はしご》の闇戸《くらと》の御柱《おんばしら》が微かに見えて、あちらが東なのかと思ったくらいだった。生えている植物や、気温からして、弓可留よりは南にいるようだが、果たしてここがどこなのかはよくわからなかった。

野営地にちらほらと見える不知魚人の数は、二十人程度だろうか。そして荷を運ぶためにに甲羅の天辺が平らになっている、家ほどの大きさの不知魚が一頭と、それより少し小さい不知魚が一頭。今は世話係に水をかけてもらって、気持ちよさそうに手足を伸ばしている。本来はもう二頭いるとのことだったが、今は買い付けに出ている隊に同行させているとのことだった。加えて、人が乗るための黒鹿《くろじし》と、乳を採るための赤鹿《あかじし》が何頭か繋がれている。

慈空は何となく深呼吸して空を見上げ、乾いた空気の匂いを嗅いだ。弓可留も乾燥する土地だったが、こちらの方が段違いだ。昼夜の寒暖差も大きく、夜には凍えるほどの寒さになる。弓可留の冬は厳しく、寒さには慣れているつもりだったが、あまりの落差に未だ体がついていかない。熱を出したのは、きっとそのせいもあるのだろう。

「よ、おつかれさん」

しばらく岩の上でぼんやりと景色を眺めていた慈空は、先客がいることに気付くのが遅れた。もっとも彼は、慈空が立っているところより人間一人分ほど高い段差の上で悠々と寝転がっていたので、声をかけてもらわねば気付かなかったかもしれない。

「休憩か」

「はい。瑞雲《ずいうん》さんは？」

「俺は今のところ毎日が休憩だ」

そう言って、瑞雲は酒瓶を振ってみせる。一体どこからくすねてきたのか。

「俺のことは気にせずに食え。どうせこの後も未芙に使われる気だろ？　腹ごしらえは大事だぞ」

この場所にいていいものかと逡巡《しゅんじゅん》した慈空を見透かすように、瑞雲はひらひらと手を振ってみせる。今更立ち去るのも気が引けたので、慈空はそのまま岩場の上に腰を下ろした。

昼食は、肉や野菜を細かく刻んで甘辛く味付けしたものを、穀物の粉で作った生地で巻いて食べるものと、香辛料の入った菜汁だった。どちらも慈空には食べ慣れない味だったが、それよりも肉巻きの中身をこぼしてしまいがちで、綺麗に食べることがなかなか難しい。

「うまいか？」

慈空の頭より高いところに寝そべったまま、瑞雲が尋ねる。

「はい、美味しいです」

「そりゃよかった」

ふ、と笑う瑞雲の顔が、そのまま絵画になりそうな美しさで、慈空はしげしげと見つめる。持っているのが酒瓶でなければ、もっと良かったのかもしれないが。

「あの……、瑞雲さんは、もう不知魚人じゃないって言ってましたけど、今は斯城の、その、やんごとない御方に仕えていらっしゃるんですか？」

昼食を半分食べ終えた頃、慈空は素朴な疑問をぶつけた。志麻の話によれば不知魚人を出奔したということだが、関係が険悪というわけではなさそうだ。現に慈空も、不知魚人の輪の中に入って談笑したり、冗談を言い合っている彼の姿を何度か目撃している。

志麻が冷たく当たっているのは、出奔が関係しているのではなくて、単に普段の行いの結果のような気がしていた。

「あー、仕えてるっつーか、なんとなくつるんでるっつーか……」

「風天さんや日樹《ひつき》さんのお仲間なんですよね……？」

三人の付き合いがそれなりに長そうだというのは、ここ数日見ていてよくわかった。それにしても、斯城の御方も個性豊かな三人を派遣したものだ。もっとも慈空には、そのやんごとない御方が誰をさすのか、はっきりとわかってはいない。斯城王だとすれば「主上」と呼ぶはずなのだが、彼らはずっと「主」という呼び方をしている。ならば王とは別の、高貴な身分の御方なのだろうか。

何か答えようとした瑞雲が、ふと慈空の後方に目を向ける。するとすぐに下から登ってくる茶色の頭が目に入った。

「あ、いたいた」

先ほどまで風天を強制連行していた日樹が、軽やかに岩の上にあがってくる。なんというか彼は、普通の人より身のこなしが軽い気がする。おまけに人の懐にするりと入ってくる言動の柔らかさもあって、慈空も彼には随分心を許していた。もっとも、風天と瑞雲という極端な比較対象がいるからこその結果かもしれないが。

「あれ、瑞雲もいたんだ？　何してんの？」

「見りゃわかんだろ」

「だらだらしてる」

「正解」

他愛無いやり取りをして、日樹は慈空の隣に腰を下ろした。

「足の傷どう？　熱、ぶり返してない？」

「おかげさまで、順調です」

「そっか、よかった」

「日樹さん、食事は？」

「もう食べたよ。不知魚人のごはん、いろんな国のいろんな料理が組み合わさってて、結構好きなんだよね」

無邪気に言って、日樹は自分の懐を探る。

「これ、結果出たよ」

彼が取り出したのは、掌ほどの大きさの光沢のある葉を、丁寧に折りたたんだ物だった。広げると、『弓の心臓』から採取した泥のような『種』がある。

「何か、わかりましたか？」

慈空はその葉を受け取って尋ねた。

「結構すごいことがわかったよ」

日樹は懐から別の包みを取り出して、覆っていた布を解いた。

「これね、俺たちの主が見つけた『種の石』。『弓の心臓』とそっくりでしょ？」

そこには、『弓の心臓』と同じような色の石があった。慈空は思わず、懐に入れっぱなしにしている『弓の心臓』を取り出して見比べる。断面や形こそ一致しないものの、色や質感、触り心地など、同じものかと思うほどよく似ていた。ただ、日樹が持っている物の方が『弓の心臓』よりもひとまわり小ぶりだ。

「慈空が持ってるその『弓の心臓』は、おそらくこれと同じ『種の石』だよ。硬化した『種』っていうとわかりやすいかな」

「硬化した『種』……?」

慈空は、無意識に息を呑む。心臓ではないと思ってはいたが、まさか石そのものが種だったとは。

「うん。でもこっちの『種の石』は、もう死んでるんだ。だから『種』の匂いはするけど、本物かどうかわからなかった。でも『弓の心臓』は、まだ生きてる。力は随分弱まってるけど、『種』が表面化してるのが証拠。しかも、『種』の種類がひとつじゃない。三種が混じってる。これね、めちゃくちゃすごいことなんだよ。普通『種』は同族でしか引き合わないから」

慈空は、手の上の『弓の心臓』に目を落とす。空に掲げて角度を変えると、表面化した『種』が虹のように色を変えながら煌《きら》めいた。薬来堂で、『種』は小さな生き物なのだと教わったことを思い出す。

「……俺の故郷に伝わる古い昔話があってね、もしかしたらそれを、その種が証明してくれるかもしれないんだ」

慈空の隣で『弓の心臓』を見上げていた日樹が、ぽつりと口にした。

「昔話、ですか?」

「うん、もうほんとにおとぎ話と言ってもいいくらいなんだけど、斯城《しき》国の主はそれを信じて、スメラを探してる」

「すめら……?」

「スメラはね、俺たちをここことは違う『新世界』に連れていってくれるんだって。『新世界』っていうのは、別の世っていう意味らしいんだけど、どんなとこなんだろねぇ」

空を仰ぐ日樹につられて、慈空も空を見上げた。まだ浅い春の空は、やや霞《かすみ》がかっている。それを見ているうちに、慈空はふと夢で見た空のことを思い出した。

「……前に、『弓の心臓』を枕元に置いて眠ると、不思議な夢を見たことがあったんです。知らない男性がいて、でも夢の中の私は彼を知っているような気もして……」

説明しながら、慈空は自分でも何を言っているのかわからなくなって言葉を切った。あの不思議な感覚を、どう言い表せばいいのだろうか。

「……その人は時々、小さい箱の中から何かを噴射して吸うんです。嗜好品のようなものなのかもしれません。夢の中の私はそれの名前を知っていて――」

「香霧《こうむ》?」

こちらの言葉にかぶせるように日樹が口にして、慈空は目を見開いた。

「そうです……！　香霧……確かに、その名前でした！」

「香りを楽しむ嗜好品、だよね」

「知ってるんですか⁉」

「いや、実は俺も聞いたことがあるだけで、見たことはないんだ」

日樹は慈空の顔を改めてまじまじと見つめる。

「びっくりしたなぁ、『種の夢』まで見てるなんて」

「種の、夢？」

「うん、種が見せる夢。種術師《しゅじゅつし》でも感応できる人はすごく少ないんだよ」

そう言って、日樹は慈空の持つ『弓の心臓』を覗き込む。

「そうかぁ、お前、力は弱まっても、夢は見させてくれたんだなぁ」

よしよしと、まるで小動物を労わるように彼は口にする。

「あ、あの、その夢って、一体どういう意味が……。『種』が、私に見せたんですか？」

慈空はやや混乱して尋ねた。どういう仕組みなのかさっぱりわからないし、種術師という言葉も初耳だ。

「意味……意味かぁ。実のところ、俺にもよくわからない。でも種が見せる夢は未来だって言われてる。いつかスメラが導いてくれる、『新世界』だって」

「あれが、新世界……？」

じわりと心が高揚するのを、慈空は感じ取る。

「だとしたらあの男性は、私が未来に出会う人なんでしょうか？」

「うーん、どうだろ。スメラだったら知ってるのかもしれないけどねぇ」

「そのスメラというのは、一体どういう人なんですか？　……人、なんですよね？」

確認するように、慈空は尋ねる。

「スメラは、命を招く正神だ」

不意に声がして、慈空は体を強張らせた。いつの間にか慈空の後ろで、風天が緋《ひ》色《いろ》の混じる髪をなびかせて立っていた。羽織っている長衣は、先ほどより無難な柄のものに替わっている。

「おそらく『新世界』とは、スメラが新たに大地や命を生んで作る世界のことを指す」

「スメラが……正神……？」

慈空は半ば呆然とつぶやいた。この間彼が言っていた、この世のどの神でもない正神とは、このことなのか。

「かつてこの世界のはじまりに現れて、三柱の御柱《おんばしら》を建てたのはスメラだと言われている。それまで俺たちの先祖は、夜空で満ち欠けする星のひとつにいたらしい」

風天は、今は見えない星を探すように空を仰ぐ。

「この世界で命を生んだスメラは力を使い果たし、御柱を杜人に託して眠りについた。スメラが眠りから覚めた時、御柱をお返しするのが杜人の役目。目覚めたスメラは、人々を『新世界』に連れて行くだろう。……そういう話が、日樹の故郷に伝わっている」

「本当に、そんな話が……？」

「うん、間違いないよ。うちの闇戸に住んでる人なら皆知ってる。ほとんど伝説みたいなもんだけど」

さらりと返答した日樹に、慈空は眉を顰めた。

「……うちの闇戸って、どういう意味ですか……？」

自分の聞き間違いだろうか。それとも、闇戸に近い場所ということなのだろうか。そうでなければ――。

「日樹は、生まれも育ちも梯子の闇戸。つまり、杜人《とじん》だ」

「――え!?」

風天の暴露《ばくろ》に、慈空は思わず叫んだ。そして反射的に、日樹から距離を取る。

「嘘でしょう!?」

まさか、そんなことがあるだろうか。日樹は自分が知っている杜人とはあまりにも特徴がかけ離れていて、疑いもしなかった。むしろ、いい友人になれそうだとすら思い始めていたのに。

「あー……ごめんね、騙《だま》すつもりじゃなかったんだけど……」

日樹が、申し訳なさそうな顔で手を合わせる。

「し、斯城国は杜人を雇ってるんですか!? それに、薬来堂は……！」

慈空は困惑して尋ねる。確かに斯城国は梯子の閭戸と隣接しているが、まさかやんごとない御方の部下として杜人が採用されているなど。

「うちの主、そういうの気にしない人だからね。薬来堂は、潜伏させてもらう代わりに、ちょっと手伝ってただけ。あそこ、秘密だけど不知魚人の舎弟店なんだよね」

相変わらず口角が気持ちよく上がる笑顔で、日樹は答える。その顔を見て、慈空はいよいよ言葉を失った。勝手に思い描いていた杜人像は、もっと知性のない、意思疎通すら困難を極めるような人種だったのだが、彼は少々変わった服を着ているだけで、どこからどう見ても自分たちと何も変わらない。慈空は思わず瑞雲を振り仰いだが、彼はなんの反応も見せずこちらを見下ろしている。つまり、日樹の生まれなど百も承知だということだ。もしかしたら志麻も日樹が杜人だと知っていたのだろうか。

「お前、今までどんな箱庭で暮らしてたんだ？」

風天が、呆れ気味に息を吐く。

「杜人なんか別に珍しくもないだろ」

「珍しいですよ！」

慈空は思わず声を大きくする。いや、それよりも、なぜもっと早く言ってくれなかったのか。

「杜人より、その『弓の心臓』の『種』の方がよっぽど珍しいんだぞ」

風天がしかめ面で、慈空の持つ石を指さす。

「その『種』は、信じられないことに三種が混じってる。この世界に三つある闇戸——梯子の闇戸の『種』、うねりの闇戸の『種』、そして縊《くび》れの闇戸の『種』。さっき、日樹が確認したから間違いない。三種の混種は七色に輝くと伝わっているが、実際に見た者はおらず、もはや伝説だと誰もが思っていた。それが見つかったんだぞ？　しかも闇戸に伝わる話によれば、三種の『種』がひとつになるとき、それは『聖なる神籬《ひもろぎ》』になると言われている。そしてその三種の『種』をひとつにできるのは、スメラだけだ」

「ちょ、ちょっと待ってください」

怒濤のように話す風天を、慈空は慌てて制した。

「その前に、闇戸の『種』って何ですか？　闇戸に『種』があるんですか？」

『種』というものの存在すら、ついこないだ知ったばかりだというのに、闇戸まで関係してくるなど、頭が追い付かない。

「闇戸に『種』があるっていうか……、御柱が『種』そのものなんだ」

少し言葉を探すようにした日樹が、そう口にする。

「御柱が……『種』……？」

慈空は、遠くに霞んで見える御柱に目をやった。弓可留からもかろうじて見えていた、天にかかる梯子。ただここからでは、巨大な一本の棒のようにしか見えない。

「正真正銘、生きてる『種』だよ。今でも、定期的に種を吐き出して飛ばしてる。俺たちはそれを、できるだけ最小限になるようにいろいろ手を尽くしてる。せめてこれ以上、闇戸が大きくならないように」

「……どういうことですか？」

慈空は眉を顰める。御柱が『種』であるということと、闇戸が広がるかどうかに何の因果があるのか。

「病狂は、御柱の『種』が原因だ」

風天の言葉に、慈空は愕然と彼を見上げた。

「御柱から飛んだ『種』が、植物に寄生して病狂は起こる。御柱に近い闇戸の植物は大量の『種』に寄生されているために、どこの森より狂暴だ。『種』は、人間の目に見えないくらいの小さな形になって、風に乗って飛んでいく。杜人《もりのたみ》がいくら手を尽くしても、すべてを防ぎきることは不可能だ。だから『種』が飛んでいった先で、病狂が起こる」

信用していいのかどうかもわからない話だったが、慈空はそれを聞きながら思い出したことがあった。爆棘に襲われた際、彼が巨大な根を元の姿に戻したことだ。確か種溜《たねだ》まりという言葉を、日樹が使っていた気がする。

「……病狂の原因がわかっていたから、あの時、爆棘をおさめられたんですか？」

「まあそういうことになるな。日樹に病狂の『種』が嫌う匂いを持たされてたおかげで、苦労せずにすんだだけだ。普通なら、種溜まりを斬る前に即死だろう」

「そ、そんな匂いがあるなら、どうして皆に広めないんです!?　病変した植物に襲われて、何人の人が亡くなっているか――」

「土老《どろう》は闇戸の奥でしか採れない。病狂の植物が枯れて土になったものに、特殊な『種』を混ぜる。その技術を継承してるのは杜人だけだ。そもそもお前、杜人に『種』の話をさせて、他の連中があっさり信じるとでも思ってんのかよ」

慈空は、先ほどの自分の言葉を思い出して、風天の視線から逃げるように目を逸らした。杜人は自分たちよりもずっと劣った人間だという蔓延《はびこ》った考えは、そう簡単には覆らないだろう。現に自分も、日樹とごく普通に言葉を交わしていたくせに、彼の正体を知った途端、はっきりと差別する思考が浮いて出た。

「風天、あんまいじめんなよ」

岩の上から、瑞雲が口を挟む。

「この世で普通に暮らしてりゃ、混ざり者も杜人も、虐《しいた》げんのが当たり前だ。そういうふうになってる世だ。慈空だけを責めんな。うちの主が変わり者なだけだ」

珍しく笑みを含まない目を向けてくる瑞雲に、風天が聞こえないふりをして腕を組んだ。それを見て苦笑した日樹が、慈空を振り向く。

「俺のことは気にしないで。瑞雲が言った通り、慣れてるし」

「……すみません」

慈空は小さく口にした。初めから杜人だとわかって出会っていたら、自分はどんな対応をしていただろうかと考え、いたたまれなかった。

「植物を病変させる種は三種類だけで、他は無害なものがほとんどなんだよ。だからこそ御柱の『種』は特別で、あらゆる命の源だとも言われてる。そんな御柱を、俺たちは神として崇めていて、傷つける者には容赦しない。病狂は、御柱の防御反応なんだと思う。自分を守るための兵を、自分で作り出してるんだよ」

日樹は、膝を抱えて座る。長い手足が圧縮されるように収まるのが、なんだか不思議だった。

「羽多留王から『弓の心臓』に時折光る泥が浮き出ると聞いて、我が主はそれこそが『聖なる神籬』ではないかと考えていた。そして『弓の心臓』から確かに三種類の『種』が発見された今、『弓の心臓』こそが『聖なる神籬』であり、スメラの存在を証明しうるものとなった。それまではただの伝説だと思われていた話の一角が、確実に崩れた」

そう語る風天の双眼が、陽の光を受けて煌めく。

「どこかで眠りについていたというスメラを、我が主は見つけ出したいと願っている。だからこそ、これを持っていた弓可留が倒されたこと――、王が倒れたことは、口惜しい……」

風天は、主が見つけたという『種の石』を日樹から受け取って、陽にかざした。白く乾燥したそれには、『弓の心臓』のような種は見当たらない。

「慈空、お前弓可留の歴史学者だと言ったな。父親の名は英空《えいくう》か？」

不意に尋ねられて、慈空は息を詰めた。

「どうして、その名前を……」

「弓可留の歴史を知ろうとしていろいろな文献を読んだが、お前の父が書いたものが一番詳細な上にわかりやすかった。国の伝承を鵜呑みにせず、考古学の観点から調べ直すのは新しい試みだ。いい学者だったんだな」

吹き抜ける風が、風天の髪と服を揺らしていく。慈空は思いがけず父を褒められて、鼻の奥を熱くした。本人が亡くなり、残した本も焼け、国すらも滅んだ今、そんな風に言ってくれる人に巡り合えるとは思ってもみなかった。

「……スメラを探し出すことが、あなたたちの主の目的なんですか？　そのために、『弓の心臓』と『羅の文書』が必要だってことですか？」

四神を信仰して生きてきた慈空にとって、そのスメラとやらの話はにわかには信じがたい。そのために弓可留の宝珠を探していると言われても、あまり気分のいいものではなかった。

「お前が不快に思うのもわかる。弓可留の信仰を根底から覆しかねないからな。しかしこれが、羽多留王も望んだことだったとすればどうする？」

風天の言葉に、慈空は息を呑んだ。

「そんな……まさか羽多留様が……。あんなに熱心に、四神に祈りを捧げていた御人が……」

「今ここに証拠がないんでな、信じるかどうかは好きにすればいい」

風天は、緋色の混じる黒髪を風になびかせて、遠くに見える御柱に目を向ける。

「……我が主は、ただ見定めたいだけだ。スメラが正神たり得るものであるのかどうか」

慈空はその横顔を見つめる。彼も信じているのだろうか。主が探しているという、スメラのことを。

「……でも、スメラにかかわるものがどうして弓可留に、四神の宝珠として伝わってるんです？　それなら弓可留こそスメラを祀っていなければ――」

自分でそう口にして、慈空は思い至って言葉を切った。

もしかすると、羽多留王は気付いていたのではないか。

四神とは関係のないものが、宝珠とされている矛盾に。

だからこそそれを調べようとしていたのか。

慈空は、言葉の続きを静かに呑み込んだ。四神と宝珠を信仰してきた自分が、軽々に口に出せることではない。

「慈空」

名を呼ばれて、慈空は顔を上げた。

見下ろす双眼の深い蒼。

「『弓の心臓』は、今しばらくお前に預けておく。形見なら命がけで守れ」

高飛車に、ともすれば横柄にすら聞こえる口調で、風天は告げる。

「俺は『羅の文書』を取り戻しに行く。あちらに『弓の心臓』についての詳しいことが書かれているのかもしれない」

「ま、待ってください！　『羅の文書』だって、私にとって大切な国の形見なんです！　たとえ斯城国でも渡すわけには――！」

慈空は、即座に立ち上がって反論する。スメラ探しは自由にすればいいが、宝珠のことは話が別だ。

「一人で沈寧に乗り込む気か？　武術もまともに身についてないくせに」

「そ、そうかもしれませんが、でも！」

「あと嘘も下手すぎる」

「根が正直なんです！」

「走るのも遅いし、ひ弱だし、一文無しの家無しだろ」

「だったらなんなんです⁉　あなたなんて服選びの感性死んでるじゃないですか！」

「服なんか着れりゃいいだろうが！」

「はーい、じゃあここで俺から提案でーす」

もはやただの悪口大会になりそうなところで、日樹が二人の間に割って入った。

「協定を結ぶってことでどう？」

「協定……？」

杜人である彼に対して、やや距離を取りながら慈空は尋ねる。

「そう。慈空は俺たちと協力して『羅の文書』を取り戻す。俺たちは慈空に、『羅の文書』を訳してもらう」

　それを聞いて、風天がようやく思い出したような顔をした。

「……そうか、『羅の文書』は古代弓可留文字で書かれてるんだったな……」

「そう、だから取り戻しても慈空じゃないと読めない」

　日樹からの思わぬ助け舟に、慈空は自信を持って頷いた。訳字典もないので完璧に訳せるわけではないが、今はこれが自分の出せる唯一の武器だ。はったりでもなんでも、とりあえず『羅の文書』を取り戻すまでは言い張っておけばいい。

「いいんじゃねぇの？　訳者まで連れてきたとなりゃ、主もお喜びだろうよ。なあ風天？」

　岩の上に寝そべったまま、にやにやと笑みを浮かべて瑞雲が同意する。

「わ、私も、それでかまいません。でも所有権は、お譲りできません」

　慈空は風天に気圧《けお》されぬよう、ぐっと足に力を入れた。目の色が変わろうが変わるまいが、彼には不思議な威圧感があるのだ。

「風天も、それでいいよね？」

　日樹に問われ、眉間に皺を寄せていた風天が、やがてあきらめるように息を吐いた。

三章　神なき故郷

一、

「沈寧《じんねい》に行きたい？」

　慈空が不知魚人の野営地に転がり込んで一週間後、実の兄から告げられた言葉に、志《し》麻《ま》が盛大に顔を歪めて問い返した。

「なんで？　何か用あるの？　あそこ、弓可留《ゆっかる》を占領したばっかりで気が立ってるでしょ。今行って何の得があるわけ？　まさか敵討《かたきう》ちでもやるつもり？」

ちらりと視線を投げられて、慈空は思わず背筋を伸ばす。お頭《かしら》の娘である志麻は、陸《おか》群《むれ》の筆頭を任されているうちの一人であり、事実上の若頭《わかがしら》だ。お頭が不在の間は、彼女が隊を取り仕切っているだけあって、可愛らしい容姿ではあるが、声と態度に迫力がある。

「風天《ふうてん》がな、どうしても欲しいもんがあるんだってよ」

瑞雲《ずいうん》は自分の後ろに立っていた風天の腕を無理やり引っ張って、自分の隣に立たせた。

「なんで俺を引き合いに出すんだ！」

「俺がお願いして聞いてくれると思ってんのかよ。兄としての権威なんざ残ってねぇわ！」

「だったら日樹《ひつき》か慈空を使えばいいだろ！」

「お前の方が意外性があっていいんだよ！」

二人のやり取りを、志麻が口を引き結んで聞いている。これは絶対に怒っている顔だ。

「……まあそんなわけで、ちっとばかし人員を貸してほしくてな。あと鹿《しし》も」

「なにがそんなわけだ！　今ので理解できるか馬鹿ども！」

志麻に一喝されて、瑞雲が舌打ちする。その隣で、馬鹿どもの中に含められた風天が、心外だと言わんばかりの顔をしていた。

「志麻さん、実はその、風天が欲しいものっていうのが、慈空にも関係があって……」

腹を立てた志麻がその場を立ち去ろうとする前に、絶妙な間で日樹が割って入る。

「慈空が兄のように慕った人の形見でもあるんだ。今は沈寧が持ってる可能性がある」

日樹からの視線を受け、慈空は平静を装って、志麻に向かって頷いて見せる。

正直なところ、まだ日樹との接し方に正解を見いだせていない。彼と一緒に食事を摂ったり、談笑したりすることに、まだまだ違和感を覚えてしまう。しかしそれと同じくらい、日樹が自分たちと変わらない、意思疎通のできる人間であることに戸惑いを覚えていた。しかもこの野営地において、彼を差別的に扱う者はおらず、友好的な日樹はむしろ慕われている。それを見ていると、自分が今まで常識だと思ってきたものが果たして正しかったのかと、不安になってくる。

「なんでそれを風天が欲しがるのよ。慈空に返したいって言うんならわかるけど……」

「まあその辺はいろいろあってな。こっちにも旨味があるというかなんというか、なぁ風天？」

瑞雲の呼びかけには応えず、風天は押し黙る。

「無視かよ！」

「……不知魚人を、危ない目には遭わせない」

やがて風天は、瑞雲には目も向けず口を開いた。

「不知魚人の方が道に詳しい。沈寧の見張りが少ない場所を通って行けるだろ」

「つまり道案内が欲しいってこと？」

志麻が呆れ気味に尋ねると、風天は頷いた。

「でも、なんで？　沈寧は別に立ち入り禁止になってるわけじゃないでしょ？　行くだけなら、堂々と行けばいいじゃない」

「慈空を連れて行くからな、できれば目立ちたくない。見張りが少ない場所を通る必要もないし」

風天がそう言ってこちらを指差し、慈空は思わず目を瞠《みは》る。

「え、わ、私も行くんですか⁉」

「お前が行かなくてどうするんだ」

「俺たちじゃ、どれが『羅《ら》の文書《もんじょ》』かわかんないしねぇ」

「で、でも私、自分で言うのも何ですけど、沈寧に狙われてる身で、あと、怪我してるんですが……」

彼らが言うこともっともだが、逆に足手まといにならないだろうか。手負いな上に、体力にも運動能力にも自信がない。

「まぁどうにかなんだろ。どうせ道中は黒鹿《くろじし》だから歩くより負担は少ねぇし」

瑞雲に肩を叩かれ、慈空はその衝撃でよろめいた。全然どうにかなる気がしない。

「それに、沈寧に行く前に弓可留にも寄らなきゃいけねぇしな」

「え……弓可留に、ですか？」

慈空は思わず彼を仰ぐ。なぜ今更、その必要があるのだろう。

「『羅の文書』を本当に沈寧が奪ったのかどうか、その裏付けのためだ。襲撃の前に『羅の文書』が神殿内に置かれていたんだとしたら、それが本当になくなっているかどうかも見ておく必要がある。十中八九、残ってないだろうが……」

風天に言われて、慈空は顔を曇らせた。あの場所に、また行くことになるとは。

「できたら聞き込みもしたいよねぇ、誰か目撃してるかもしんないし、っていう話を、昨夜したとこ。でも、本当に沈寧にあることがわかったら、一旦帰って来て作戦会議かなぁ。さすがに王宮に忍び込むならそれなりの手筈がいるよね」

日樹が腕を組む。あの岩の上で様々なことを聞いて以降、彼らの中でいろいろと話し合いがあったようだ。自分が杜人だと知られてからも、彼の慈空への態度は何も変わらない。

「あー、なんかもうよくわかんないけど、その羅のなんとかって、本当に慈空の大事なものなの？」

志麻が面倒くさそうにこめかみを押さえる。

「あ、そ、それは本当です！　本当に、形見のようなもので……」

「兄貴たちの変な遊びに付き合ってんじゃないわよね？　スメラがなんとかっていうあれ」

「ち、違います」

風天から無言の圧を感じて、慈空は首を振る。

「遊びじゃねぇぞ、主命だ、主命！」

瑞雲が風天の肩越しに野次を飛ばしたが、志麻には残飯を見るような一瞥《いちべつ》を向けられただけだった。

「……まあ、道案内くらいならうちの隊員出してもいいけど。でも、お頭の許可が出てからね。連絡飛《と》ばしてみるから、早ければ六日で返事がくると思う」

不知魚人は、離れた隊との連絡のために、長距離を飛べる灰がかった月金色《しろがね》の事葉《ことのは》という鳥を飼いならしている。こちらも不知魚《いさな》と同じくらい貴重な鳥で、王家や、よっぽど官位の高い者でないと所有できない。不知魚人が持っていると知って、慈空が驚いたほどだ。

「よーし、上々じゃねえか。お頭からの返事を待ってる間に準備を整えときゃいい。まあ俺は、お前らの帰りをのんびり待ってるからよ」

瑞雲に首を抱え込まれ、慈空は右足で何とか踏ん張り、眼鏡が落ちないよう支えた。なんというかこの男は、自分の力の強さがよくわかっていないのではと思うことが多い。それともわかってやっているのか。

「何言ってんの瑞雲。瑞雲も行くんだよ?」

日樹に無垢な目を向けられて、瑞雲がはたと動きを止める。

「なんで⁉ 俺が行くと目立つからなしだろ?」

「瑞雲なら、目立たないようにもできるよね?」

「おま……」

「何なら沈寧への侵入もお願いしたいんだけど」

「……報酬くれんのかよ」

「それにそろそろ留守番ばっかりで退屈してきた頃でしょ? せっかく手掛かりが見つかったんだから、行こうよ」

日樹に、にっこりと微笑んで誘われ、瑞雲が苦い顔をする。どうやらこの人懐っこい笑顔に逆らい難いのは、彼も同じのようだ。

「瑞雲、どうせここにいてもお頭が帰ってくるだけだぞ。仲良くおしゃべりでもしたいんなら残ればいい」

颪天はそれだけを言い残して部屋を出ていく。お頭が帰ってくる、と聞いた瑞雲が神妙な顔で身震いをして、それもそうだな、とつぶやいた。

「しょうがねぇ、行くか……」

瑞雲が盛大なため息をついて、慈空の頭をぐしゃぐしゃと撫でた。慈空は抵抗もできないまま、複雑な思いでされるがままになっていた。

お頭からの返事は、志麻の言う通りちょうど六日後に届いた。その手紙には、必ず全責任を瑞雲が負うことを条件に人員と黒鹿の貸与を了承する、という旨が書かれてあり、結局瑞雲の同行は必然となった。志麻は自身の隊から、把爾《ばじ》という中年の男と、その息子と娘の三人を選び、沈寧への付き添いを命じた。そしてそこからさらに五日をかけて、慈空たちは沈寧への行程を煮詰めた。沈寧へ行くだけならばそう難しくないが、弓可留にも行くとなれば話は別だ。慈空に追っ手がかかっていることを考慮し、二手に分かれて移動するのがいいだろうという結論と、万が一の際に落ち合う場所なども決められ、出発の準備は刻々と整っていった。

「うちの備蓄を持ってくと志麻がうるせぇから、食料は途中の町で買い集める。お前の分はツケとくから、今までの治療費とかと併《あわ》せて出世払いな」

連れて行く鹿《しし》の数を確認していた瑞雲にそんなことを言われて、慈空は恐る恐る彼を見上げた。

「出世……する保証がないんですが……」

そもそも働き口も失っている状態だ。今後歴史学者としてやっていけそうな見込みは、ゼロに等しい。

「じゃあ分割払いにしといてやる。言っとくけど、不知魚人《うち》の金勘定は厳しいぞ。びた一文まけねぇからな」

なぜか自信満々に瑞雲が言うのを、彼の隣で帳面をめくっていた把爾が大仰に頷いた。

「利子がないだけ、ありがたく思ってもらわにゃあ」

「お、お気遣い恐れ入ります……」

慈空は神妙に礼を言っておく。傷の治療をしてもらって、食事と寝床まで与えてもらっているのだ。それくらい請求されて当然だろう。

「あ、あの、今更ですけど、もちろん、日樹さんも一緒に行くんですよね……？」

声を潜めて慈空は尋ねた。長身の瑞雲が身をかがめてそれを聞き、鼻先で笑う。

「お前まだ杜人だのなんだのにこだわってんのか。難儀な奴だな」

「で、でも、私の生まれた場所ではそれが普通だったので……！」

「把爾、こいつ混ざり者《もの》と杜人が怖いんだってよ」

瑞雲が面白がって、把爾に話を振《ま》った。

「おやおや、それでよく不知魚人の中にいますねぇ」

「べ、別に怖いわけでは……！」

「いや、実際怖いんだよ、お前は」

反論しようとした慈空の言葉に、瑞雲が被《かぶ》せて否定する。

「知らないから怖いんだ。混ざり者も杜人も、お前は人から聞いたり書物を読んだりした知識しかないだろ。実際に言葉を交わして、触れ合ったことがあるか？」

問われて、慈空は言葉に詰まった。確かに、自分は彼らについては知識でしか認識していない。今まで、血肉のある人間として触れ合ったことがないのだ。だからこそ、自分と何も変わらない日樹に戸惑いを覚えている。いっそ彼がもっと野蛮な人物であれば、迷わないでいられたのに。

「日樹は連れて行くし、把爾やその息子や娘が混ざり者かもしれねぇぞ。知らないから怖いなら、自分から知りに行け。お前が知らないことなんか、まだまだこの世に死ぬほどあるっつーの」

瑞雲はあくまでもさらりと口にする。風天たちより幾分年上の彼にそう言われてしまうと、納得せざるを得ないような雰囲気があった。

「それに、俺はお前と違って混ざり者や杜人が大好きなんだよ。不完全さがそそりまくるだろ」

艶《なま》めかしく笑む瑞雲を見て、慈空は自分の背中を鳥肌が駆け上がるのを感じた。きっとその言葉の深読みはしない方がいいだろう。

「まあ、普通に生きていれば、混ざり者や杜人を恐れるのは仕方がないことではありますけれどねぇ」

何やら帳面に書きつけていた把爾が顔を上げる。

「一緒に暮らしてりゃ、嫌でも慣れますよ。尻から尻尾が生えてるのも、かわいく見えるもんです。日樹さんなんて、その辺の人間よりいい人ですしねぇ」

「あいつを嫌う奴の方が珍しいかもなぁ」

二人に言われて、慈空はいたたまれずに目を逸らした。ここでは混ざり者より、杜人より、自分が異端になってしまう。

「あ、それから慈空、お前は最初の町に着くまで目隠しな。野営地の場所は、一応極秘事項なんだよ」

あっさりと話を戻して、瑞雲が把爾の持つ帳面を覗き込む。

「わ、わかりました」

慈空は神妙に返事をする。町に着くまでの日数などでも、ある程度の場所は絞り込めそうだが、彼らはその辺も考えているのだろう。しかし不知魚人の野営地がどこであるかということは、今の慈空にとってあまり重要なことではない。その上彼らが秘密にしたいというのなら、それでかまわなかった。

翌日、慈空は言われた通り目隠しをしたまま黒鹿に乗せられて出発した。幸い足の傷は随分よくなっており、ある程度走ることもできるようになっている。それに不知魚人の旅に慣れた黒鹿は従順で、慣れない慈空でも安心して身を任せていられた。

一日目の夜を野営し、二日目の夕方に最初の町に着いた。そこで慈空は目隠しを外され、食料などの買い出しに奔走し、その日は町の宿で眠った。上等とは言い難い宿屋だったので、大部屋に全員で雑魚寝《ざこね》となったが、土の上で眠るよりは随分マシだと思えた。部屋の隅《すみ》で体を丸めながら、慈空はこっそり未芙《みーふぁ》に預けてきた『弓《ゆみ》の心臓《しんぞう》』のことを考える。少なからず沈寧に恨みを持っている波陀族《ばだぞく》の彼女なら、きっと悪いようにはしないだろう。

弓可留への行程は順調に進み、ようやく慈空も聞いたことのある町の名前が出てきた頃、自分たちは弓可留の南東にいるのだということがわかり始めた。西にある万莉和《まりわ》を通らず、東にある黄湊国《おうそうこく》を通っているのだ。こちらには湖沿いに発展している町がいくつかあり、水路を介して人や物の往来が多い。その中に紛れ込もうということなのだろう。この人数で移動しても、万莉和より目立ちにくいはずだ。

慈空の考え通り、把爾はずっと湖沿いに北上し、弓可留の国境よりひとつ手前の町で最後の宿を取った。ここからは、慈空と風天と日樹、そして把爾の息子である把座《ばざ》が弓可留に向かうことになる。瑞雲と把爾、それに彼の娘の把苑《ばえん》は、この宿で慈空たちの帰りを待つという算段だ。慈空たちに何かあれば、すぐにここを引き払って野営地に戻ることになる。

「把座の案内は国境まででいい。そこからはすぐにこの宿に引き返せ」

夕食後の最終的な打ち合わせで、地図を見ながら風天が告げた。

「でも……」

「できるだけ人数は少ない方がいい。それに不知魚人を危ない目には遭わせないと、志麻に約束したからな」

律儀にそう口にする風天を、慈空は少しの驚きを持って見つめる。口と目つきは少々悪いが、父の名前を知っていたことといい、義理がたいところといい、意外性のある男だ。

「結局俺は留守番じゃねぇか」

寝具の上で胡坐《あぐら》をかいて、瑞雲が不満げにつぶやく。

「兄貴がそのまんま行くと、目立つんでしょうがないっすよ」

「そうよ、それに兄貴はお頭から全責任負えって言われてるんだから、私たちを安全に志麻さんの元に戻す義務があるの」

把座と把苑に言われて、瑞雲がつまらなそうにため息をついた。いくら彼でも、お頭の命には逆らえないらしい。

「あの……、すみません、私のせいで」

慈空はおずおずと口を開いた。『羅の文書』を取り戻したいのは風天たちも同じだが、自分が狙われてさえいなければ、不知魚人の彼らまで危険に巻き込まずにすんだはずだ。

「慈空のせいじゃないよ。君があれを持ってなかったら、俺たちも伝説を伝説だと思ったままでいたかもしれない」

彼なりに気を遣っているのか、慈空からわざと少し離れた場所で、日樹が笑う。

「それに、不知魚人の同行については、ちゃんと日当がついてるはずだよ。誰が払うのか知らないけど」

「ついでに危険手当も出ておりやすよ」

愛想よく言う把爾と目が合って、慈空は素早く瑞雲を振り返った。

「あの、もしかしてこれも……」

「分割にしてやるっつったろ」

気だるげに言われて、慈空は喉の奥で唸る。三人分の人件費が一体いくらになるのか知らないが、借金が増えたことだけは確かだ。しかし不知魚人の同行を希望したのは風天たちの方なのだが、それは考慮されないのだろうか。

「明日からは歩きだ。黒鹿は目立つから、荷運びのために赤鹿《あかじし》だけつれていく。遅れたら置いていくからそのつもりでいろよ」

慈空の葛藤など気づかない様子で風天は言い、さっさと眠る体勢に入った。それを見て、把爾たちも寝床に向かう。

「ここから先が正念場だからね」

励ますように日樹が言って、慈空は複雑な顔で頷いた。

正念場。確かにそうだ。沈寧の兵に見つかる可能性もそうだが、弓可留に再び足を踏み入れること。あの神殿に、向かわねばならないこと。

いつか払わねばならない金のことより、明日生きているかどうかを考えねばならないのかもしれない。

けれどそれも、考えても詮無きことだと言われればそれまでだった。


翌日、慈空たちは昼過ぎには弓可留との国境に到着し、そこで把座と別れた。事前に彼が調べてくれたところによると、王都可留多《かるた》に入る際には、関所で沈寧の兵士から、どこへ何をしに行くかという尋問を受けねばならないということだった。そのため慈空たちは、自分たちの設定を頭に叩き込んでいる。まず日樹は、弓可留に住む親戚の生死を確認しに来たということにして、慈空が教えた町内の適当な住所を暗記した。そして慈空と風天は赤鹿を連れて行商人を装い、物資が不足していると聞いたので商売をしに来たと嘯《うそぶ》くことにした。

「まず日樹が先に行け。入り込んだら適当なところに潜んで待て。夜になったら王宮前で落ち合う。半日待って俺たちが来なければ、中止して瑞雲の元に戻れ」

把座と別れてから二日歩き通しになり、三日目は日の出とともに出発した。そしていよいよ関所へ到達する最後の休憩で、風天がそう指示を出した。すでに三人とも古着に着替え、素性を偽る準備は整っている。

「わかった。じゃあ、後で」

慣れた様子で、日樹が先に出発する。慈空は逡巡《しゅんじゅん》した後で、気を付けて、と日樹の背中に声をかけた。少し驚いたように半身振り返った日樹が、了解だというように小さく手を振った。

「問題は俺たちだ」

日樹を見送っていた風天が、こちらに目をやる。

「俺は弓可留国内のことはわからない。お前が赤鹿を引いて先に行け」

「わ、私が?」

「追われているとはいえ、全兵士に顔が割れてるわけじゃないだろ」

「そ、そうですが……」

てっきり風天が赤鹿を引いて、自分は後から顔を隠しながらついて行くものだと思っていた慈空は、予想外の成り行きに口ごもった。少し危険すぎやしないだろうか。

「俺より、お前の方がまだましだ」

風天がつぶやくように言ったが、すぐに出発の準備のためにその場を離れた。慈空はどういう意味かと問い返すこともできず、彼の後姿を見つめた。日樹については杜人だということがわかったが、風天と瑞雲に関しては、斯城国《しきこく》のやんごとない御方の部下だということ以外、よくわからない。爆棘《はぜとげ》をおさめた時の身のこなしから、文官ではないだろうなとは思うものの、軍人かと言われるとそれも違う気がして、なんとなく訊きづらい。

慈空は気分を切り替えるようにひとつ息を吐き、悠々と草を食《は》んでいる赤鹿の首をひと撫でした。

日樹が出発してからしばらくして、慈空と風天も関所に向けて出発した。この時期に弓可留に行く人などそうそういないだろうと思っていたが、関所への道には意外なほど人がいる。弓可留方面から大きな荷物を赤鹿に引かせてやってくる者もいれば、慈空たちと同じような商売人風情の者もいる。弓可留を沈寧の兵士が占領しているということは、それだけ食料や日用品が売れるということでもあるのだ。また、破壊された町を建て直すための仕事もある。さらに、王都可留多への関所は全部で四カ所あるが、慈空たちが通ろうとしているのは南門で、王宮へ行くには東門を通る方が早い。しかし現在そこは封鎖されているらしく、そのせいもあって南門に人が集まっているのかもしれなかった。

弓可留の人々が水門《みずもん》と呼んだ南門は、積み上げた石を白く塗った門壁に同じ色の石柱が付随し、それと勾配《こうばい》のゆるい直線的な屋根の間に、水の神である都羅《とうーら》を表す水紋が鮮やかに描かれている。しかし今は石柱に、沈寧軍を表す六枚羽の鳥の国章が入った、濃緑の旗が堂々と翻っていた。確かこの鳥も、制圧した部族に伝わっていた伝説上の生き物だったはずだ。屋根の上には、四神《ししん》を表す金色の飾り塔。それを遠くから目にしたとき、慈空は不覚にも泣きそうになる。国が滅んでなお、そこには四神に祈る人の想いがあるように思えた。

「門を通る者は、目的と行き先を告げるように！」

門の手前で、槍を持った沈寧の兵士がそう叫んで知らせた。慈空は深呼吸をして、門を通る人々の列に並ぶ。三組前の男が、荷車に積んだ荷の確認を要求され、兵士に槍を突きつけられながら、蓆《むしろ》を剝いで中身を見せた。それが何の変哲もない鍋などの日用品だとわかると、行け、と顎で示され、追い立てられるように町の中に入っていった。慈空は緊張で頰を強張らせながら、思わず後ろにいる風天を振り返る。誤魔化《ごまか》せるよう、赤鹿には穀物の粉を積んであるが、慈空の顔に反応されたら一巻の終わりだ。風天の剣も巻いた蓆の中に隠したため、万が一のときも素早く取り出すことができない。

「普段通りにやればいい」

髪の緋色《ひいろ》が目立たないよう布を被り、頰もわざと泥で汚した彼は、慈空に小声で告げる。

「弓可留の兵士だと思って受け答えしろ」

「はい……」

慈空は頷いて、前を向く。先ほどから、足が震えている気がする。足どころか、全身が震えているのかもしれない。背中を嫌な汗が伝い、一歩歩くごとに動悸が激しくなった。逃げたい。捕まりたくない。殺されるのは嫌だ。そう思う反面、自分こそが行かねばならないとも感じていた。

「次！」

兵士に呼ばれて、慈空は歩を進める。頭を覆う布でできるだけ顔を隠しながら、伏し目がちに告げた。

「商いをしに来ました。市《いち》が立つなら、そこに並べようかと思っています」

沈寧の急襲により、可留多内の商店はほとんど機能していないだろう。しかしそこで暮らしている人はいるのだから、食料は絶対に必要になる。赤鹿の後ろでは、風天が黙って頭を下げていた。

「荷を見せろ」

兵士に言われ、慈空は風天とともに、赤鹿の背に乗せた荷を解いて見せた。兵士は粉に手を突っ込み、中に何も隠していないことを確認すると、行け、とぶっきらぼうに告げる。手早く荷を包み直し、慈空は平静を装って歩き出した。しかし数歩も歩かぬうちに、別の兵士が呼び止める。

「待て」

慈空は息を呑む。

全身が心臓になったのかと思うほど、鼓動が大きく聞こえた。

「……はい」

慈空は兵士の方をおそるおそる振り返り、頭は下げ、あえて顔は見ないようにする。

風天も足を止め、赤鹿をなだめるふりをして、そっと剣の入った蓆の傍に寄った。

「市なら明日立つ。西の大通りだ。それまで勝手に商いをすることは許さん」

慈空はその言葉に虚を突かれたように顔を上げ、慌ててもう一度頭を下げた。

「わ、わかりました。ありがとうございます」

慈空に続いて、風天も頭を下げる。そして兵士の注意は次に向けられ、慈空はそのまゆっくりとその場から離れた。

町の中は、いたるところが無残に破壊されていた。可留多の誇りとも言える四神の神殿は、あの日見た通り四つとも崩れ落ちたままだ。町の中で一番目立つ建物なので、それがないだけで異様な光景に思える。民家も焼けていたり、半壊していたりするところが多く目につき、地面には血の跡のような黒い染みがあちこちにあった。踏み荒らされた水たまりに目を向ければ、誰かが落とした小さな人形と、片方の靴が泥に汚れていた。

出歩いている町の人より、沈寧の兵士の方が多く目につくが、何をするわけでもなく、立ち話をしていたり、道端に小卓をだして賭け事に興じたりしている。一部では瓦礫《がれき》を運び出す作業も始まっており、土埃の中で幾人もの人が怒声を浴びながら手を動かしていた。

中央広場から王宮のある東の高台を望むと、そこには焼け焦げた残骸があるだけだった。輝くように白かった弓宮《ゆぐう》も羅宮《らぐう》も、そこにあった神殿も、すべて原形がわからないほどだ。

「夜まで潜める場所はあるか？　できれば赤鹿をつないでおけるところがいい」

風天が尋ねた。我に返り、慈空は目元を拭う。

「私の家に行ってみましょうか」

「兵が張っている可能性はないのか？」

「大丈夫だと思います。逆に、安全かもしれません」

そう言って、慈空は赤鹿の轡《くつわ》をとった。

留久馬《るくま》の死を知ったあの日、慈空は我が家に一旦戻ってみたが、その辺り一帯で火事があったらしく、慈空の家も延焼を受けて右半分が焼け、屋根が落ちて半壊していた。特にそちらは父の書斎があり、書き残した原稿なども保管していたのだが、それらもすべて焼けてしまっていた。帰る場所をすべて奪われたあの時の絶望は、今でも胸の中に巣くっている。

中央広場を北へ向かい、民家の並ぶ路地を慈空は迷いなく進む。沈寧が火をつけたのか、それともその後で出火したのかはわからないが、焼け焦げた家々に人の気配はなく、不気味な静けさだけが漂っていた。近所の顔見知りたちも散り散りに逃げたらしく、行き先など到底わからなかった。

「……火の原因はわからないが、焼け残った金目の物を持ち去ったのは沈寧だろうな。兵士の足跡がある」

風天が一軒の敷地に入って焼け跡をぐるりと見回し、地面に残った足跡を指した。一般人とは違う、特別に誂《あつら》えられた革靴の跡だ。

「……彼らは、どこまで私たちを苛《さいな》めば気が済むんでしょうか」

慈空はやり切れない思いを吐き出す。せめて、民間人を巻き込まないようにすることはできなかったのか。それともそれも、上からの指示だったのか。

慈空の家は、あの日見たそのままの姿でそこにあった。兵士の足跡はあったが、何が持ち出されたのかはもはやよくわからない。それくらい、原形を留めていないのだ。金《かね》目《め》の物は、元から何もなかったはずだ。父も自分も王宮に仕えた歴史学者ではあったが、報酬は資料集めに消え、貯蓄など微々たるものだったし、宝石や装飾品にも興味はなかった。

「……やっぱり、夢じゃなかった」

かろうじてくっついている、という状態の扉の前で、慈空はつぶやいた。そんなことはわかっていたはずだったのに、どこかで期待していたのだろう。すべて、悪い夢ならよかったのにと。

「こんな状態では、兵も家主が帰ってくるとは思ってないでしょう……」

力なく口にする慈空をよそに、近くを見回ってきた風天が隣に並ぶ。

「生きて帰ってきたことを誇りに思え」

唐突に言われて、慈空は顔を上げた。

「お前は今のところ、王太子との約束を果たしている。それ以上に、今のお前に重要なことなんかあるのか?」

重く苦しい胸の中に、小さな灯りが灯ったようだった。慈空は潤む瞳を、瞬《まばた》きをして誤魔化した。そうだ、留久馬に託された『弓の心臓』を、自分はきちんと守っている。生きているからこそ、それが叶っている。

「ここで夜まで待つぞ」

風天は比較的被害がましな厨《くりや》を見つけて、そこを居場所に決めた。赤鹿を繋いで荷物をおろし、風天は蓆から取り出した剣を傍に置いて壁にもたれ、即座に眠る体勢に入る。無駄な体力は使わない主義らしい。

慈空は慌てて顔を拭うと、瓦礫の中から無事だった毛布を引っ張り出して、夜まで短い休息をとることにした。

二、

陽が落ち、可留多の町を宵闇が包み始める頃、慈空は風天とともに軽い食事を摂った。とはいえ、口にしたのは炒った木の実と蜜を入れたお茶だったので、腹が膨れるとまではいかない。もっとも、今ご馳走を目の前に出されたとしても、到底食べることなどできなかっただろう。これから向かうのは、あの神殿なのだ。

「王宮の入口には、羅宮へ続く大弓門《だいきゅうもん》があります。神殿は羅宮の南側なので、大弓門を入って右に進むようになりますが……」

「まあ、見張りはいるだろうな」

完全に陽が落ちてから、慈空と風天は外に出た。赤鹿を繋いでいる綱は切ってある。大人しいのでしばらくはここにいるだろうが、最悪慈空たちが戻って来られず食料が尽きれば、どこへでも好きなところに行くだろう。

夜の帳《とばり》がおりた町は、昼間より随分気温が下がり、出歩く人の数が目に見えて減った。平和だった頃は、この時間でも店が開いていたのでそれなりに人通りがあったのだが、今は一般人をほぼ見かけず、たまに見つける人影は全て沈寧の兵士のものだ。彼らは長い外套を着こんでいるので、遠くからでもすぐにわかる。慈空は風天と一緒に、兵士を避けながら少しずつ王宮への距離を詰めた。半壊した家とはいえ、あそこで休息できたおかげで、かなり体力も回復している。

大弓門が見えてきた頃、もうそこにおぞましい光景がないことを確認して、慈空はほっと息を吐いた。しかし同時に、あの山のような首級は一体どこに葬られたのだろうかという疑問も浮かぶ。きちんと埋葬してもらえたとは思えなかった。

「おい」

ぼんやり考え込んでいた慈空を、風天が小突く。彼が指す方を見ると、近くの樹上で鈍い光が規則的に点滅していた。慈空たちは城壁に沿って身を隠しながらそちらに向かう。

「遅かったね」

案の定、そこでは日樹が待機していた。彼の左手首に巻かれた蔦《つた》が、ほのかに白く発光している。風天が見つけたのはこの光だったのだろう。

「お前ほど夜目が利かないだけだ。それで、見張りは？」

「あそこの門に二人。羅宮の前に一人。その他に警戒中で歩き回ってるのが三人。あとは中に入らないとわかんないな。でもそんなに多くない印象だよ」

日樹が手首の蔦を撫でると、光はすぐにおさまった。一体彼はあそこに何を仕込んでいるのか。

「どうせ目ぼしいものは運び出した後だ。それほど警戒する必要もないんだろう。好都合だな」

門の方にちらりと目を向けて、風天が口にする。

「城壁を越えて侵入する。神殿に一番近い場所を案内しろ」

「わ、わかりました」

慈空は頷いて、頭の中に王宮の地図を広げる。何度も留久馬と探検した敷地だ。忘れるはずもない。

慈空たちは再び城壁に沿って移動し、目当ての場所まで来ると念入りに周囲を確認した。石を積み上げ、その上から白く塗ってある城壁は、優に人の背丈の二倍はある。周りに足場になるようなものもなく、どうやってよじ登るのかと思っていたら、日樹の手首から出た白い糸が、いとも簡単に城壁に吸い付き、それを支えにして日樹があっさりと駆け上がった。そして壁の向こうに誰もいないことを確認すると、今度は風天に向かって白い糸を出す。糸は風天の胴にうまく絡まり、彼はそれを綱のように使って、慣れた様子で壁をよじ登り、そのまま向こう側に消えた。

「次、慈空いくよ」

「え、あ、はい！」

壁の上に残っている日樹が、風天にしたのと同じように、白い糸を慈空の胴に巻き付けた。見た目は細い糸であるというのに、まるで幅広の固い帯を締めたかのような安定感がある。それに感心していると、糸が引っ張られて体ごと壁にぶつかり、慈空は鼻を打ってしばらくそこにしゃがみ込んだ。どうにか眼鏡が無事であることを確認する。

「ごめんごめん、大丈夫？　もう少しゆっくりやるから」

日樹がそう言って、手首の蔦に何やら話しかけた。すると今度は先ほどよりも緩やかに、慈空の体が持ち上がる。風天のようによじ登らないといけないかと思っていたが、慈空はそのまま壁の上まで吊り上げられた。

「はい、到着」

「あ、ありがとうございます……」

日樹が何もせずとも、糸は自動的に慈空を離れて蔦の中に帰っていく。

「あの、その白い糸は、一体何なんですか？」

「ん？　ああこれ？　これは羽衣《はごろも》だよ」

「羽衣？」

「うん。俺たちが飼い慣らす『種』」

「それも『種』なんですか⁉」

「闇戸にいる杜人なら皆持ってるよ」

ごく当たり前のことのように言われて、日樹は唖然として彼を見つめる。薄々思ってはいたが、もしかすると自分たちは、杜人についてとんでもない勘違いをしているのではないだろうか。

「おい、さっさとしろ。見張りが来るぞ」

風天に言われて、慈空と日樹は慌てて壁を下りた。慈空は少々着地に失敗したが、怪我はしなかったので及第点だろう。

歩いてきた兵士をやり過ごして、三人は神殿に向かった。建物はかろうじてそこにあったが、入口の扉は壊されている。見張りがいないところをみると、もはや彼らにとって用のない場所なのだろう。中に入る前に、慈空は持ってきた携帯用の灯火器に火を入れ、ひとつを風天に手渡した。

「行くぞ」

周囲を警戒しつつ、風天が先頭を切って神殿内に足を踏み入れた。さすがに遺体は片付けられていたが、内部はもはや原形を留めていないほど、祭壇も何もかも破壊し尽くされていた。

「うわあ、こりゃ酷いね……」

夜目が利くらしい日樹は、灯りを持たないまま神殿内をぐるりと見回し、珍しく眉間に皺を寄せた。

「こういう色の床……じゃなかったんだよね？」

問われて、慈空は頷く。神殿の床は、本来磨き上げられた白石が敷き詰められていた。しかし今は、茶色い塗料が塗られたのかと思うほど変色している。

それはすべて血液だ。

ここで命を奪われた、誰かの。

昼間に来なくてよかったと、慈空はふと思う。灯りで照らせば、おびただしい血の跡や、乾いてこびりついた肉片がそこかしこに残っているのがわかる。それらを明るい陽射しの中で見ることを考えれば、暗闇の中に目を逸らすことができる今の方が、随分ましに思えた。

「慈空、この中にいて、よく無事に生き残ったね」

日樹がつぶやくように言って、慈空は目を伏せる。それが幸運だったのか不運だったのか、今となっては明確に答えられない気がしていた。

「『羅の文書』はどこに置かれてたんだ？」

ずっと無言のままだった風天に問われて、慈空は顔を上げる。

「あそこの祭壇にある台の上に。左側に『弓の心臓』、右側に『羅の文書』を置きます。あの日も、確かそう置かれていて……」

沈寧の侵入に気付いた羽多留《わたる》王は、すぐに『弓の心臓』を息子に手渡し、逃げるよう言った。その場面を、慈空は昨日のことのように覚えている。そして王は、自ら『羅の文書』を持ち、護衛と一緒に脱出しようとしたのだ。しかし、間に合わなかった。

「羽多留様はその後、あの辺りでお倒れになりました……。その時『羅の文書』がどうなったのかまでは、見ていません」

目の見えなかった王への無慈悲な一撃は、きっと一生忘れることはないだろう。

風天は、慈空が指した場所へ歩いていき、しゃがみ込んで床を念入りに調べた。瓦礫の隙間や、台の下も覗き込み、日樹もそれを手伝う。

「十中八九、沈寧が持っていってると思うよ。だってさあ、見てよこの祭壇。装飾品が根こそぎ剝がされてる。あいつらが弓可留の宝珠を置いとくわけないって」

「だが『羅の文書』は革本だ。見逃されてる可能性もあるだろ」

風天は立ち尽くす慈空に目を向け、お前も探せ、と口にする。

慈空は我に返り、彼らの元に歩み寄った。

「……『弓の心臓』と『羅の文書』は、それぞれ御樋代《みひしろ》という木箱の中に収められていました。本というより、木箱を探した方がいいかもしれません」

「どのくらいの大きさだ？」

「このくらいの……一抱えある大きさです。懐《ふところ》には入れられません」

慈空は両手で大きさを示して見せる。神殿に運び入れられるときは、神官がそれを頭より高くに掲げ持つのが決まりだった。

「それなら絶対見つけられてるよ。だいたい、沈寧が欲しいのは弓可留の歴史を表す宝珠だったんだろうし。それならなおのこと――」

そこまで言いかけた日樹が、ふと口をつぐんで入口を振り返った。

「誰か来る」

小声で告げられ、風天が素早く灯火器の火を消した。慈空も慌てて火を吹き消す。話し声は徐々に近くなってきて、慈空たちは祭壇の陰に身をひそめた。

「自ら見回りか。ご苦労なことだな」

「いえ、私が一番詳しいだけのことです」

「好き好んでここに近寄る奴はおらんと思うが」

「四神の熱心な信奉者が、時折ここへ来るんですよ。あの惨状を目にするよりは、その前に帰ってもらった方がいいでしょう」

「そりゃそうだなぁ」

兵士同士のやり取りかと思ったが、一人の声にはなんとなく聞き覚えがあった。

「夜の間に神殿の中に入り込む者もいるので、見回っておきます」

「ああ、よろしくな」

その声がした後で、神殿の入口にひとつの人影が現れる。片手に持った灯火器を、顔のあたりまで上げて周囲を照らすその姿を見て、慈空は思わず息を詰めた。

「――呂周《ろしゅう》さん」

吐息とともに、漏れた声。

「知り合いか？」

風天が短く尋ねた。

「上位の神官です。私と留久馬に、四神について教えてくれた師です」

口早に説明して、慈空は気持ちを抑えきれずに祭壇の後ろから飛び出した。

「呂周さん！」

一瞬身構えた呂周が、灯火器の明かりで慈空を照らす。

「……慈空？　慈空なのか？」

慈空は、胸を熱くしながら彼に駆け寄った。親しかった者は、皆死んだのだと思っていたのに。

「ご無事だったんですね⁉」

「慈空こそ！」

「親しい人にはもう会えないとばかり思っていました……！」

「私もだ。まさか君とここで会えるなんて！」

呂周と手を取り合って、慈空は涙ぐむ。夏の終わりに、留久馬と一緒に中庭で彼と会ったことが、脳裏に蘇《よみがえ》った。

「お怪我はなかったんですか？　神官は皆殺されたとばかり」

「ああ、運よく助かったんだ。だが、沈寧に捕まってしまって……。今は捕虜のようなものだよ」

呂周は苦笑する。しかしその顔はやつれてもおらず、体形も以前と変わりない。着ている服も、以前と同じ上質の装束だ。ひどい扱いを受けているわけではないらしい。

「きっと四神の御導きだろう」

呂周は首飾りの月金板に触れて拝をする。慈空も続いて、胸の前で両手を交差させて拝をした。

「ところで慈空、こんな時間にここで何を？」

呂周に問われて、慈空は我に返る。もしかしたら、彼なら何か知っているかもしれない。

「『羅の文書』を探していました」

「『羅の文書』を？　一体どうして？」

「あれは、弓可留という国の宝珠であり、今や形見でもありますから……。行方をご存知ではないですか？」

呂周は、思案するように口元に手を当てる。

「あれは確か、沈寧王に献上されたと聞いた気がするよ。私も見たわけではないんだけれど……。ただ『弓の心臓』がまだ見つかっていなくて、王太女が探しているとか」

「そうですか……」

やはり『羅の文書』はあちらの手に渡っているようだ。ここに来たのは無駄足になってしまった。

「その『弓の心臓』を、俺たちも探している」

祭壇の後ろから、ゆらりと風天が姿を見せた。日樹の方は別のところに移動したのか、気配すら感じさせない。

「……どなた、かな？」

「あ、ええと」

「慈空の友人だ」

戸惑う慈空の代わりに、風天が答える。

「『羅の文書』と対《つい》になる『弓の心臓』。このふたつが揃ってこその弓可留の宝珠だ。どこか心当たりはないか？　誰かが持って逃げたのかもしれない」

あくまでも、『弓の心臓』の在りかについて知らないふりをする風天を、慈空は何も言わずに見つめる。何か考えがあるのだろうか。

「留久馬様が持って逃げたという証言はありましたが、投降された際にはお持ちになっていなかったと……。御樋代だけは見つかったと聞いています」

証言はありましたが、という言葉が妙に引っかかる。慈空は呂周の顔を見上げ、できれば思い出したくないあの日の記憶を探った。

神殿の中で呂周を見かけたかどうか、確信が持てない。

「あんた、上位の神官にしては、えらく冷静だな」

腕を組んだ風天が、呂周を値踏みするように眺めた。

「ただの歴史学者の坊ちゃんが、血眼になって弓可留の宝珠を探してるっていうのに、その宝珠を王とともに守らねばならなかった神官にしては、あまりに興味がないように見える」

懐に踏み込んで斬りつけるような風天の言葉に、慈空は腑に落ちた思いがした。

そうだ、違和感の正体はこれだ。

宝珠に対してあまりにも他人事のような、呂周の言い方。

「そ、そんなことはありません！　私だって、あの宝珠の行方は気にして――」

「さっき、今は捕虜のようなものだって言ってたな。それにしては見回りの兵士とやけに仲が良さそうだったが？」

「な、仲がいいわけでは……！」

「その上こんな時間に一人で動き回っても咎められない。それが捕虜だと？」

畳みかける風天に、呂周が焦りを顔に出す。おそらく風天も、確信があって問い詰めているわけではないはずだ。

「……呂周さん、あの日、呂周さんも神殿の中にいたんですよね？」

慈空の問いに、呂周が言葉を失くして息を呑んだ。

「羽多留王が『弓の心臓』を留久馬に託すのを、見ていなかったんですか？」

「わ、私は……」

尋常ではない汗が呂周の額に浮かび、頬を流れていく。

「私はあの日……、体調が悪くて、神事には……」

「呂周、正直に言ってやればいい」

不意に入口から声がして、慈空は弾かれたようにそちらを振り向く。

「お前たちがあの低俗な祭壇に祈りを捧げている間、自分は沈寧の兵を引き入れていたと」

いつの間にか、神殿の入口に二十名ほどの兵士が揃っていた。中でも、ひと際巨軀《きょく》の兵士に目がいく。背丈も横幅も、他の兵士の倍はあるだろう。兵士が揃いの装具を身に着けている中で、彼だけが異質な光沢の鎧《よろい》を身に着けていた。

「綜《そう》傀《けい》以《い》様……」

呂周が呆然とつぶやく。慈空は、その巨軀に覚えがあった。怒りと憎しみと悲しみの入り混じった感情が瞬時にこみ上げて、無意識に拳を握る。間違えるはずなどない。きっと、死ぬまで覚えている。

羽多留王の首を刎《は》ねたのは、こいつだ。

「なるほど、お前が沈寧に通じていたのか。だから奴らは易々と侵入できた」

風天が入口にちらりと目を向けた。いくら彼が剣の名手でも、さすがに数が多すぎる。

「ち、違う！　違うんだ慈空！　私は脅されていて……！」

呂周が慈空の肩に手をかけて、必死の形相で訴える。

「妻と子を人質に取られたんだ！　最初は……弓可留の武具の備えについて訊かれて、それを教えるだけでよかった。でも彼らの要求はどんどん吊り上がって……だから仕方なく！」

「仕方なく、国を売り渡したか」

風天が軽蔑の眼差しを向けた。その冷たさに呂周は一瞬怯んだが、すぐ口の端に泡を乗せながら弁解する。

「こんなことになると思わなかったんだ！　王を殺すなんて聞いていなかった！　まさ

か殲滅《せんめつ》だなんて！」

血塗られた神殿の中に、呂周の絶叫がこだまする。

「信じてくれ慈空！　まだ妻と子は帰ってこない！　今更宝珠なんてどうでもいいんだ！　どうか二人を無事に――」

呂周がそう言い終わらないうちに、慈空は胴を強く掴まれたかと思うと、凄まじい力でそのまま後方へ吹っ飛ばされた。ほぼ同時に、風天も床を蹴って転がるように距離を取る。

「ごめん、ちょっと強かった」

床を擦って着地した慈空が、わけのわからないまま体を起こすと、今までずっと姿を見せなかった日樹が、こちらに目を向けないままそう口にした。そして慈空は、その背中越しに異様な光景を目にする。

先ほどまで、自分の目の前に立っていたはずの呂周の頭から、何かが噴き出している。

いや違う。そこにあるべきはずだった頭がないのだ。

一瞬で切断されたそれが、足元に鞠《まり》のように転がっている。

兵士たちの照らす灯りの中、微かに見える赤色が、首の断面から噴水のように湧き出して床を汚していた。

「呂周さん……」

慈空は小さくつぶやいたが、声にはならなかった。

「呂周さん！」

駆け寄ろうとして、日樹に腕を摑まれる。振り返って見た彼の眼は、真っ直ぐに巨軀の兵士へ注がれていた。その手には、慈空の胴など易々と切断できるだろうと思わせる、湾曲した大剣。瞬きの間に呂周へ近づき、ためらうことなく首を刎ねたのは、奴だ。

「主上の探しているもんをどうでもいいとは、ちょっと口が過ぎたなぁ呂周？　あと、しゃべりすぎだ」

綜傀以は振り下ろした大剣を担ぎ直し、首のない体に話しかける。

「ああ、もう、聞こえてねぇか」

下卑《げび》た笑い声が響く。噴き出す血の勢いが弱まり、立ったままだった呂周の体がぐらりと傾いて倒れた。その瞬間、動いたのは日樹だった。

「風天いくよ！」

首に下げていた、目の部分を覆う黒硝子の面をかぶり、日樹は左手首の蔦を一度叩く。と、驚くほどまばゆい白閃光が放たれた。それをまともに食らった兵士たちが、呻《うめ》き声を上げながら目を押さえる。その隙に、日樹は同じく目のくらんだ慈空を羽衣で縛り、祭壇上の窓によじ登った。そして追いついた風天に手を貸して窓まで引っ張り上げ、そのままためらいなく飛び降りる。慈空はほとんど尻もちをつくようにして地面に落ちたが、羽衣に吊られていたおかげで幾分勢いが弱まった。

「走れ！」

促され、痛がる間もなく立ち上がる。入口の兵士たちも、回復した者から順にこちらに気付いて動き出している。

風天と日樹の背を追って走りながら、慈空は言いようのない感情が胸にせりあがるのを感じた。呂周の言ったことは本当だったのか。もっと早くに、彼の事情を聞かねばならなかったのではないか。そんな想いが、あとからあとから溢れてきて涙になった。

裏切られたことは悲しかった。腹が立った。許せないと思った。

けれど死んでしまえなどとは思わなかった。

――いや、本当にそうだろうか。

あの時の自分は、本当にそう思っていなかったのだろうか。

「追え！　あそこだ！」

兵士の足音がする。左足の傷が痛んだ。近くに見えていたはずの風天と日樹の背中が、随分遠くに感じる。その直後、慈空は足をもつれさせて地面に突っ伏した。強《した》か《た》打った顎の痛みが、脳天に突き抜ける。外れた眼鏡が、乾いた音をたてて遠くへ転がった。

「慈空！」

日樹が呼んだ。

足音が迫る。

ふらつく頭を振って、慈空は顔を上げた。

「行ってください！」

風天と日樹だけならば逃げ切れるだろう。自分は、足手まといにしかならない。

「日樹さん、あの石は未芙さんに預けてあります！　あとを頼みます！」

なぜだか自然に、その言葉が口から出た。

彼ならばきっと、あれを大切にしてくれると。

驚いたように、日樹が目を瞠ったのがわかった。慈空は無理矢理体を起こし、あえて彼らとは違う方向に走り出した。足は思うように動かず、眩暈《めまい》はひどくなり、それでも彼らと兵士を引き離さなければと思った。どうせ狙われているのは自分なのだ。風天たちを捕まえたところで、兵士には何の褒美も出ない。

「こっちだ！」

挑発するように叫んで、慈空は走った。息の続く限り、足が動く限り走った。

その先に留久馬がいるのだとしたら、もう何も怖くはなかった。

三、

「弓可留に賊《ぞく》が出ただと？」

その日、朝の身支度を終えて朝議に出席しようとしていた薫蘭《くんらん》は、議場へ向かう道すがら部下から報告を受けた。

「賊は三名、うち二名は取り逃がし、一名は確保しましたので弓可留の地下牢に繋いでいるとのことです」

「なぜ二名も取り逃がしている。見張りは何をしていた？」

「申し訳ございません。賊が不思議な術を使ったとかで、初動が遅れたと」

「責任者に報告書を提出させろ。逃がした以前に、侵入を許した時点でたるんでいる」

弓可留よりも北にある沈寧は、まだこの時期の朝は冷える。王宮の外廊を早足で進みながら、薫蘭は自分の白い息が後ろに流れていくのを横目で見送った。結局弓可留には、今の王宮を取り壊して沈寧の別宮を建てることになったが、それに加え可留多の町の立て直しに関するすべてのことを、薫蘭が任されることとなった。しかし今後美しく整えられるであろう町を一望できる別宮に住む者を、王はまだ決めていない。十中八九、それは自分ではないだろうという予感はある。いずれにせよ、王が薫蘭の働きを注視していることは確かだった。

「薫蘭様」

引き下がろうとした部下の高潤《こうじゅん》が、今一歩距離を縮めて小声で呼びかける。

「捕らえた一名ですが、弓可留から逃げ出した歴史学者だという情報があります。以前取り逃がした、『弓の心臓』を託された者ではと……」

その言葉に、薫蘭は足を止めた。

「……確かか？」

「本人は否定していますが、仲間と『弓の心臓』の話をしているのを、万莉和で兵が目撃しておりました。身を寄せていたらしい宿にも捜索を入れましたが、それらしいものは見つかりませんでした。どこかに隠している可能性もあります」

『羅の文書』と対をなす弓可留の宝珠、『弓の心臓』が一体どんな姿をしているのか、薫蘭は見たことがない。祖父から伝わる話では、拳よりもひと回り大きな白い石だということだが、弓可留国内でもその姿を見た者は限られている上、ほとんどが死んでしまった。正直なところ、偽物《にせもの》を摑まされてもわからないのが現状だ。

「……その話、父上には？」

「まだご報告しておりません。しかし、お耳に入るのは時間の問題かと」

薫蘭よりも年上の高潤は、この王宮内で信用できる数少ない者のうちの一人だ。王や弟たちの振る舞いを苦々しく思っているのは、薫蘭だけではない。

「わかった。父上には私から報告する」

『弓の心臓』が入っていたはずの御樋代と呼ばれる木箱は、王宮の裏で空になって発見された。王太子である留久馬に手渡されるのを見ていた兵士がいたため、すぐに彼を探させたが、投降してきた彼の手に宝珠はなかった。『羅の文書』は、羽多留王の傍で発見され、御樋代から取り出された古びた革の本に、父王は大いに喜んだ。残すは、『弓の心臓』だけだと。

読めない文書に何の意味があるのか。

出どころのわからない石にどんな価値があるのか。

薫蘭には父王の思考が理解できない。力ずくで踏みにじり、奪い取ったものは、自分が所有することはできても、会得することはできないのに。弓可留の歴史を、自らが生きたことにはできないのに。

それでも語り続けていれば、いつか嘘は真になるのか。

けれどそれを父王に指摘できない、自分の弱さも知っている。今はただ、父の機嫌を損ねないよう、従順に、おとなしく、それでいて優秀な娘でいるほかないのだ。

革長靴の踵《かかと》を鳴らして石畳を進み、薫蘭は未だ春の来ない沈寧の空を見上げた。

薫蘭が、弓可留の神殿で賊が捕らえられたと聞いてから、三日が経っていた。一日ごとに経過を聞いているが、まだ『弓の心臓』の在りかについては、沈黙を貫いているという。弓可留に派遣されている兵士たちは、時折翔宜《しょうぎ》から差し入れられる酒を楽しみにしているだけで、他に娯楽もなく、罪人への拷問は彼らの捌《は》け口でもある。決して楽なものなどではないはずだが、賊は一向に口を割らないのだと。

「そんなに苦痛の中にいるのが楽しいか」

四日目に、ちょうど弓可留まで行く用事があった薫蘭は、可留多の西の端、東の丘の上にある王宮からちょうど真反対の場所にある、牢舎へと足を運んだ。案内された牢は地下にあり、罪人の中でも最も罪の重い者を閉じ込めておく場所だという。陽の射さないそこは、一歩足を踏み入れるだけで、淀んだ湿っぽい匂いがする。

「お前が『弓の心臓』を託されたのだということはわかっている。さっさと吐いてしまえ」

格子越しに薫蘭が目にしたのは、汚れた床に横たわる小柄な若い男だった。度重なる拷問で顔は腫れあがり、指は何本か妙な方向に曲がっている。服はあちこちが破れ、袖は片方がちぎれてなくなっていた。裸足の足の爪も、何枚か無い。

薫蘭の呼びかけに、ゆっくりと男の目線が動く。腫れのせいで開きづらそうな目が、ようやく薫蘭を捉えた。

「……る」

男の口が動いたが、聞き取れなかった薫蘭は、もう一歩格子に近寄る。

「なんだ？　何か言いたいことがあるか？」

「……見たこと……ある。どこかで……顔を……」

淀《よど》んだ目が、薫蘭を見上げる。沈寧がまだ弓可留の友好国を装っていた頃、薫蘭は国賓として弓可留を訪れたことがある。その時のことを、覚えているのだろうか。

「無礼者め！　沈寧国公主であり王太女であらせられる、沈薫蘭様だぞ！」

薫蘭の後ろにいた兵士が叫ぶ。それを薫蘭は、軽く手をあげて制した。

「よく覚えていたな、公式に弓可留を訪れたのは一度だけだったはずだが。記憶力はいいのか。だったら早いところ『弓の心臓』の在りかを教えてくれ」

「……そんなもの……知らない……」

呻くような声だった。激痛に叫びすぎて、声も嗄《か》れているのだろう。このまま尋ね続けても同じ答えが返ってくるだろうと考えた薫蘭は、少し思案して質問を変える。

「『弓の心臓』の片割れである『羅の文書』を父上にお見せいただいた。あれは古代弓可留文字で書かれているな。歴史学者であるお前なら、あれが読めるのか？」

ほんの思いつきの質問だった。薫蘭自身、『羅の文書』の中身にそれほど興味はない。きっと、弓可留建国までの英雄譚などが書かれているだけだろう。

しかしその質問に、今まで暗く沈んでいた男の目が、一瞬憎悪に燃えるように煌《きら》めいた。

「……古代文字はまだ……覚えている途中、だった……」

「なるほど、それは残念だ」

「先人が残してくれた、訳字典を……全部燃やしたのは……あんたたちだろ……！」

男は床に手を突き、激痛に耐えながら体を起こした。凄まじい怒りと恨みのこもった、鋭利な視線が薫蘭を貫く。

「なぜ……弓可留を襲ったんだ……。王や……留久馬を殺したことを、絶対に許さない……。弓可留の四神が、必ずお前たちに罰を下す……！」

「貴様！　なんだその口の利き方は！」

兵士が格子の隙間から長棒を差し込んで、力いっぱい男の腹を突いた。倒れ込んだ男は、苦しそうに咳き込んで背を丸める。

憎まれたものだな、と薫蘭は思う。同時に当然だろうとも思う。こちらも生半可な覚悟で他国に乗り込んだわけではない。しかしこの世において、国同士の乗っ取り合いなど日常茶飯事だ。なぜだと問われても、貪欲な父王がそう決めたからとしか言いようがないし、薫蘭からすれば、弓可留の脇が甘かったと言わざるを得ない。隣国が沈寧であることに、彼らはもっと慎重になるべきだった。そうすればこの男も、ここでこんなに惨めな思いをしなくて済んだだろう。

「薫蘭様、いかがいたしますか?」

侍従の高潤が囁《ささや》く。牢にいる男の状態から見て、このまま拷問を続ければ、あと三日と持たないだろう。しかし死なせてしまえば、せっかく手に入った『弓の心臓』の手掛かりをもう一度探し直さねばならない。ただでさえ、『弓の心臓』が見つからないことに父王は苛立っている。いっそ父にこの男を差し出して好きなようにさせれば、それなりに気もおさまるだろうか。

「何を……迷ってる……?」

息も絶え絶えに、格子の向こうから男が口を開く。

「生かしておく価値もないだろ……。早く……殺せ……!」

その瞬間、薫蘭は密かに息を呑んだ。

記憶の中の、あの日と重なる。

「薫蘭様？」

兵士に呼びかけられて、薫蘭は我に返った。ゆっくりと息を吐いて、王太女の意識を取り戻す。

「……少し考える。今しばらく生かしておけ」

薫蘭はそう告げて、牢舎をあとにした。


人は皆、生きているだけで尊いのですよ。

そう教えてくれたのは、生母の侍従であり、幼い薫蘭の面倒を見てくれた恵瑪《えいめ》だった。彼女だけが、薫蘭と十歳下の妹である李蘭《りーらん》を温かく慈しんでくれた。本来であれば、母が子に対してやるべきことのすべてを彼女がやり、かけるべき愛情すらも代わりにくれた人だ。

薫蘭様、この世に生まれただけで、人は尊いのです。

そうだよね？　そうだよね？

何度も念を押すように尋ねた。そうしないと、大切な妹が遠くに行ってしまいそうな気がしていた。薫蘭にとって李蘭は、この王宮で守ってやりたいと思える唯一の存在だった。

しかしそれも、父という王の前ではあっさりと砕け散る。

そもそも生かしておく価値もないのに、ここまで育ててやった恩を忘れおって。

父が言い放ったその言葉を、今でもよく覚えている。

それ以来薫蘭は、父の顔色を窺《うかが》って生きるようになった。

十九になった今でも、その呪縛から逃れられないでいる。


「薫蘭、弓可留で捕らえた賊は、『弓の心臓』の在りかを吐いたか?」

沈寧の王宮である沈嘉宮《じんかぐう》の奥宮、王族と親しい者以外の立ち入りが禁じられているそこは、いわゆる王の私邸だ。弓可留から戻った次の日、薫蘭はそこで、若い妃を脇に侍らせた父に呼び止められた。

「いいえ、それがまだ……」

「ぐずぐずするな。『羅の文書』も、相棒がいなくて寂しがっている。私に跪《ひざまず》く民も、早く沈寧の歴史にこの宝珠が加わることを待ち望んでいるだろう」

そうは言いつつも、妃に酒を注がれている父の機嫌は良さそうだった。相変わらず父王は、自分のやっていることが民のためだと信じて疑っていない。取り巻きたちが口にする「当代の沈寧王は随一の賢帝だ」という言葉を、鵜呑みにしている。

「……父上は、『弓の心臓』を手に入れて、どうなさるおつもりですか?」

薫蘭はふと、思いついて尋ねた。いつもならそんな質問は意味がないと、口に出すこともないのに、その時はなぜか、するりと滑り出るように問いかけていた。

「どうする、となし」

酒を口に運ぶ父王が、興味深げに片眉を撥ね上げた。

「何言ってんだ姉上。宝珠はそこにあるだけで宝珠なんだよ。ふたつが揃ってることに意味があんだろ。ね、父上？」

傍で甘い焼き菓子を頬張っていた弟の一人が、薫蘭を馬鹿にするような目線を投げてくる。

「そうだな。弓可留の宝珠はふたつ揃っていないと意味がない。薫蘭、お前にはそれが不服だと言うのか？」

「いえ、そういうわけでは……」

「あ、わかった！　姉上は、『弓の心臓』がなかなか手に入らなくて焦ってるんでしょ？」

「情けないですね、王太女ともあろう御方が。これを機会に、父上にもう一度誰が王位を継ぐべきかお考え直しいただきましょうか」

好き勝手に口を挟んでくる弟たちに、薫蘭は一瞥《いちべつ》をくれて黙らせる。怖い怖い！　と大袈裟に身をすくめてみせる彼らは、完全に姉を舐めている。王太子の位など、いつでも奪い取ってやるとでも思っているのだろう。

「薫蘭、私はあれが石であろうと木であろうとなんでもよいのだ。少しばかり建国の歴史が長いことを鼻にかけ、こちらを常に下に見ていた羽多留王が、心底大切にしていたものを奪い、我が国の歴史として呑み込んでやりたい。ただそれだけのことだ」

王は、硝子の器に入った酒を呑み干す。

「あの世で悔しがる羽多留王の姿を見られないのが残念だ」

そう口にして、源嶺《げんれい》王は上機嫌に笑った。

「出過ぎたことをお尋ねしました。申し訳ございません」

薫蘭は頭を下げる。

一体自分は、何を期待して父王に尋ねたのだろう。

こんな答えが返ってくるのは、わかりきっていたのに。

「よい。だが、くれぐれも『弓の心臓』の捜索に手を抜くな」

「御意《ぎょい》」

機嫌がよかったことも幸いして、父王はそれ以上薫蘭を責めることはなかった。


息の詰まるような奥宮を出た薫蘭は、そのまま高潤をはじめとするわずかな供を連れて町に出た。少しでも多くの税を集めるため、沈寧では薫蘭の祖父の時代から自国民に人頭税を課していて、たとえ赤ん坊であっても税を取り立てるべしという政策を続けている。薫蘭の父の治世になってからは、見栄を張ることが常になり、活気に溢れた王都を演出するために、王都景寧《けいねい》の人口を増やそうとした。そこで景寧で暮す者は一定額を免除するという方針を打ち出したところ、居住希望者が殺到したが、結局高い物価について いけず、暮らしは地方にいるときと変わらないか、むしろ苦しくなったという。そのため町の中には一定の貧困層がいるのだが、今のところ父王はそれに見て見ぬふりをしているばかりか、勝手に景寧を出ていくことをも許さない。毎年店舗や家の壁を塗り替えることが義務付けられているので、王都はいつ来ても真新しい、清潔な雰囲気を保っているが、それはあくまでも表通りだけだ。一歩裏道に入れば、汚水が染み出し、小動物の死体が転がり、死んだ人間が横たわっていることも珍しくはない。物乞いが食べ物をねだり、痩せ細った子どもが恨めし気な目線を向けてくる町の一角は、汚物に蓋をするようにないものとされている。このままでは子も増えず、国の将来は先細りだと、薫蘭をはじめ何名かの部下や学者が陳情したが、今日まで父王の耳には届いていない。

あの王ではだめだ。

愚王の中の愚王。

今年は何人殺されるのか。

表立って口には出さないものの、ほとんどの民がそう思っていることが、町に出ればひしひしと伝わった。

馴染みの店で移動中に齧《かじ》る干し肉を買い求めた薫蘭は、店主に見送られながら店を出た。本来であれば王宮で用意できるのだが、薫蘭はできるだけ金を町で使うようにしていた。微々たるものだが、それで民の懐が少しでも温まればいいと思う。それにこうして町を歩くことで、見えるものもあった。

歩き出した矢先、薫蘭の目の前で一人の幼い女の子が、ぬかるみに足を取られて派手に転んだ。薫蘭は思わず膝を突き、大丈夫かと抱き起す。少し擦りむいてはいるが、怪我はなさそうだ。しかし少女は、驚きと痛みで火が付いたように泣きだした。

「申し訳ございません！」

近くにいた母親が走り出てきて、薫蘭の前でためらいなく平伏する。

「どうかご容赦くださいませ……！」

そう口早に言って、女の子を抱きかかえると、そのまま逃げるように走り去った。

薫蘭は、膝の土を払って立ち上がる。周囲の人々からの、敬意の裏に隠された煙たがる視線が交差する。この国で王族は愛されていない。王を諫められない周りの者も同罪だと、国民は囁き合っている。そのことを、薫蘭はよくわかっていた。

――王や……留久馬を殺したことを、絶対に許さない……。

そう言ったあの男のことを不意に思い出して、薫蘭は瞬きする。

自分が殺されたとき、そう言ってくれる国民は一人でもいるのだろうかと。


体の痛みのせいで、浅い微睡《まどろ》みに落ちては目覚めることを繰り返していた慈空は、横向きに寝ころんだまま石の壁を見つめていた。ここに連れてこられてから、どのくらいの時間が経ったのだろうか。窓もない、外の音も聞こえないここは、ただ黴臭くて湿っぽい空気が淀んでいるだけだ。風天と日樹は無事に逃げられただろうか。今のところ捕まったという話は聞かないが、もしかすると意図的に隠されているだけかもしれない。できるならどうか、無事に逃げていて欲しい。自分たちの間には血縁もなければ、友情すらあったのかどうかわからない。だからこそ、彼らは自分を助けに来ないだろうという確信めいた予感があった。『羅の文書』が沈寧の手に渡っているということがわかり、なおかつ『弓の心臓』は不知魚人の野営地にある。彼らが危険を冒してまで、自分を助けに来る意味はない。しかしそれでいいと、慈空は思う。『弓の心臓』が沈寧の手に渡ってしまうより、ずっとましだ。

これ以上の拷問を続ければ、死んでしまうかもしれないという危惧からか、その日慈空は牢の中から出されることはなかった。その代わりに、兵が格子の前まで来ては大声で怒鳴り散らしたり、大きな音を立てて威嚇《いかく》したりしてくるが、慈空にとってそんなものはもはや鳥のさえずりのように感じられた。そもそも、すでに片方の鼓膜が破れてしまって、音が聞こえづらいのだ。おまけに眼鏡も失くした上、瞼が腫れて視界が悪い。そのため、彼女が再訪した際も、話しかけられることがとても億劫だった。

「留久馬王太子とは、どういう関係だったんだ?」

薫蘭は、兵士をすべて牢の前から引き上げさせ、ちょうど座り込んだ慈空の目の前に椅子を置き、そこに腰を下ろした。甲冑《かっちゅう》と外套を身に着け、腰に剣を佩《は》いた姿は、彼女自身が指揮者である以上に、兵力の一部なのだろうと思わせる佇まいだった。

そんなことを聞いてどうするのかと、慈空は口にしないまま薫蘭に目を向けた。耳鳴りがひどい。体中の痛みは、すでに飽和して麻痺《まひ》していた。

「別に意味はない。訊きたいだけだ。留久馬と呼ぶからには、相当親しかったのかと」

そう口にする彼女の目に、捕虜を嬲《なぶ》る兵士のような愉悦はない。むしろどこか、深い孤独すら感じさせた。

「王とも懇意だったのか？」

答えない慈空に、薫蘭はさらに問いを投げかける。

「王は、皆に慕われていたか？　どういうお人だった？」

慈空は、乾いた舌を無理やり動かして答える。答えなければ、永遠に問い続けられそうな気がした。

「嫌いだった者なんていないだろう……。お優しい人だった……」

「そうか……」

そうつぶやいたきり、何か物思いにふけるように口をつぐんだ薫蘭を、慈空はやや疎ましく思いながら見つめる。一体この王太女は、何を聞き出そうとしているのだろう。

「……沈寧は、誰もが王家を尊敬し、敬愛の念を持って暮らしている……が、それは表向きの話だ」

やがて薫蘭は、少し声を落とし、吐息に混ぜて吐き出した。

「そう装わねば罰される。暮らすための物資にそれほど不自由はないが、お互いがお互いを監視し、息が詰まるような暮らしをしている。特に王都は、まるで作り物のような場所だ。高い税を喘《あえ》ぎながら払って生きることに嫌気がさし、監視をかいくぐって脱国する者もいる」

慈空はその時、薫蘭が自分よりも若い女性なのだとようやく気付いた。いや、女性であることは以前からわかっていたが、鉄仮面のような表情を貼り付けていた彼女が、思っていたよりもずっと若いのだということに、今更ながら驚きを覚えた。

「可留多の暮らしは、幸せだったのだろうな」

問うわけでもなく、まるでそうであってほしいという願いすら込めるような独白だった。

「なぜ、裏切った……？」

ぽつりと、慈空は掠《かす》れた声で尋ねた。

「裏切ったわけではない。父上は最初からそのつもりだったのだろう。機会をうかがっていただけだ」

「騙していた、と……？」

「そういう国だ。昔から……」

薫蘭が、一瞬だけ痛みを堪えるような顔をした。そして、ひとつ息を吸って立ち上がる。

『弓の心臓』の在りかを思い出したら、すぐにでも解放してやる。このままでは体が持たんぞ」

「あんたは……あれが何か知っているのか……?」

慈空は、念のために尋ねる。これほどまでに執拗に欲するのは、風天たちのようにあの石の秘密に気付いているからなのだろうか。それとも単なる物欲と支配欲なのか。

「知らぬ。興味がない。ただ父上が欲しているので探している。そうでなければ、王太女でいられぬのだ」

いずれ王になるはずだった留久馬の顔が、慈空の脳裏をよぎる。彼が王になっていればきっと、羽多留王と同じくらい、いやそれ以上に、民に慕われる王になっただろう。

「そこまでして……王になりたいか……」

慈空の精いっぱいの嫌味だったが、薫蘭は真っ直ぐにこちらを見据えて頷いた。

「ああ。私は王になりたい」

その瞳の強さに、慈空は息を呑む。

「あの国では、王にならねば何もかも変えることができぬのだ。だから、私は王太女であらねばならない」

彼女の途方もない決意の一端に、慈空はこの時初めて気がついた。

薫蘭の再訪問のあと、慈空への拷問は再開され、何も話そうとしない慈空に対し、ほとんど兵士の鬱憤《うっぷん》晴らしのようなことが続いた。それでも上から死なせるなと命じられているらしく、彼らは絶妙なところで折檻《せっかん》を切り上げる。慣れているのだろうなと、慈空は苦痛から切り離した思考の向こうで思う。沈寧ではお互いがお互いを監視し、息が詰まるような暮らしをしている、と言った薫蘭の話を信じるのであれば、密告された者には何らかの罰が与えられているはずだ。たとえば自分と同じような、暴力が。

あの王太女は、それをどう思っているのだろう。

「呆れたな。まだあきらめないのか」

塞がりかけた傷が抉《えぐ》られ、再び血を流すことを何度か繰り返した後で、三度《みたび》薫蘭は牢舎に顔を出した。人払いされた牢の前で、前回と同じように簡素な椅子に腰を下ろす。

「何度訊いても、無駄だ……。知らないものは、知らない……」

慈空は壁にもたれたまま、掠れた声で口にする。いつからか、息を吸うたびに喉がひゅうっと鳴るようになった。いっそのこと殺してくれた方が楽になれると、ここ二、三日で真剣に思うようになった。さっさと留久馬のところへ行った方が、うっかり『弓の心臓』について漏らす危惧もなくなる。

「一体その意地はどこからくるんだ。己の命より大切か？」

心底理解できないという顔で、薫蘭が息を吐く。

「……早く……殺せばいい」

慈空の言葉に薫蘭は立ち上がり、格子に歩み寄った。

「慈空と言ったか。私には不思議でならない。『弓の心臓』などと大層な名前がついているが、ただの石なんだろう？　そんなもののために自分の命を投げ出してかまわないのか？　死ねば、何も変えられず、何も起こせなくなるんだぞ」

説得というより、本当に疑問に思っている様子で、薫蘭はこちらと目線を合わせるために膝をついてしゃがみ込んだ。

「お前の人生を、そんなに簡単に終わらせていいのか？」

薫蘭の視線を受け、慈空はやや困惑して瞬きする。まるで本当に、生きろと言われているようで。

「……留久馬たちの人生を、簡単に終わらせた奴が……今更何を言ってる……」

口の中に血の味を感じながら、慈空は声にする。しかし薫蘭は目を逸らさなかった。

いつもそうだ。彼女は、慈空がどんなに恨みを込めて睨んでも、呪詛《じゅそ》の言葉を吐いても、決して自分から目線を外さない。最初はそれすらも苛立ってしょうがなかったが、今になって徐々に答えが見えてきた気がする。

それが、王になろうとする者の覚悟なのかと。

「……あの石は、留久馬の形見だ」

慈空は声を振り絞る。

「王と留久馬と……殺されたすべての人の……形見だ。それを守って死ねるなら……これ以上の本望はない」

薫蘭が目を瞠ったように、慈空には見えた。しかしその表情は、すぐにいつも通りの冷たい温度を取り戻す。

「王太子から直々に、手渡されたのか？」

薫蘭の問いに、慈空は答えなかった。そんなことまで正直に言ってやる必要はない。

「王太子とは、以前、公式訪問をした際に少しだけ話したことがある。骨董を集めるのが趣味で、部屋に溢れかえっていると言っていた」

慈空からの返答がないことをさほど気にも留めず、薫蘭は続ける。

「そういえば羅宮の地下に、面白い部屋があった。古道具や古書があるかと思えば、たくさんの草比良《くさびら》が栽培されていた。その中に古い革の表紙の――」

「やめろ」

慈空は、湧き上がる怒りに息を荒らげながら薫蘭を睨《ね》めつけた。

「何も知らないあんたが、あの部屋のことを語るな……。全部燃やしたくせに……」

あの場所で過ごしたかけがえのない日々の思い出が、砂になって零《くず》れていく。

初めてあの部屋を見つけた時のことも、秘密の場所にしようと約束した時のことも。

「あそこには、私と留久馬の思い出しかない……。そこに、土足で入って来るな……」

もう戻れないのだ。どんなに望んでも。心の中の思い出しか縋《すが》るものはないのに。

それまで穢《けが》しに来ることは、絶対に許せなかった。

「……すまない。父上と同じことをするところだった」

意外にも、薫蘭はためらうことなく謝意を口にした。その様子に、慈空は毒気を抜かれて戸惑う。

「私には弟が三人いるが、私を含め、いつ誰が誰に殺されてもおかしくはない。お前と留久馬王太子の関係が、少し、羨ましかった……」

どこか疲れたようにつぶやき、薫蘭は立ち上がった。

「父上がそろそろ痺れを切らしそうだ。このままではお前を沈寧に連れて行くことになるぞ」

「連れて行きたければ、連れて行けばいい……。処刑したいならしろ……」

慈空は喉を鳴らして呼吸しながら、仇国《あだこく》の王太女を見上げた。

「絶対に……『弓の心臓』は渡さない」

薫蘭が何か言おうとして口を開いたが、結局無言のまま牢をあとにした。

牢舎を出た薫蘭は、すでに暗くなった空を見上げる。月はない。もう沈んでしまっただろうか。しかしその暗闇が、今の薫蘭にはちょうどよかった。きっと迷いが出ている顔を、部下たちに見られなくてすむ。今日、慈空と話してわかったことがひとつあった。

拷問のせいで随分声が変わってしまって、今まで確信が持てないでいたが、おそらく間違いないだろう。

薫蘭は、身に着けた鎧の上から胸に手を置いた。出かけるときには、いつも懐に忍ばせているものが、今日もそこにある。

「薫蘭様、あの賊は落ちそうですか？」

外で待っていた高潤が尋ねた。源嶺王の機嫌が徐々に悪くなってきているのを、彼も感じているのだろう。

「いや……、あいつは、落ちない」

きっぱりと言い切って、薫蘭はこちらを睨みつける慈空の目を思い出す。

「『弓の心臓』は、形見だと言った」

高潤は何も言わなかったが、彼が何を思っているのかは充分に伝わった。彼もまた、薫蘭の妹に何があったのかを知っている。

胸に手を置いたまま、薫蘭はひとつ息を吸う。そして自分に喝を入れるように、胸の上を、どん、と拳で叩いた。

「……高潤、ひとつ頼みがある。万莉和に潜《ひそ》んでいる者に事葉を飛ばして——」

一本芯の通った顔で、自分の後ろに控える侍従を、薫蘭は振り返る。

「いや、その前に……。お前も巻き込んでしまうことになるが、かまわないか？」

意外な問いかけに、少し驚いたような顔をした高潤が、すぐに両拳を胸の前で合わせる敬礼をした。

「私は、薫蘭様をお守りすることが役目でございます」

彼の武芸の才と、頭の回転の良さを見抜き、ここまで引き立てたのは薫蘭だ。身寄りのない彼は、そのことをいつも恩に感じてくれている。

「ならば賭けてみるか？　私に」

夜闇の中で密談が始まる。

黎明《れいめい》は、まだ空に遠い。


彼女の訪問はいつも唐突だが、その日は前触れすらもなくやってきた。窓のない地下牢とはいえ、拷問による取り調べの終わる時間や、食事、兵士の交代などで、慈空はだいたいの時間感覚がつかめるようになったが、その感覚が正しければ、おそらく真夜中、夜明け前だった。

罪人には休む時間すらも与えられないのかと、もはや感覚のなくなった手足を投げ出した慈空がぼんやり格子の向こうに目を向けると、見張りの兵士と入れ替わるように入ってきた彼女は、珍しく二人の部下らしき者を連れていた。そしていつも通り椅子に座るのかと思えば、部下の一人が牢の鍵を開ける。

「出ろ」

黒の外套を纏《まと》った薫蘭が、低く口にする。そして牢の中に部下が入って来て、慈空を無理やり立たせた。しかし度重なる鞭打ちや殴打による傷と疲労、それに栄養失調も重なり、慈空はすぐに床へ崩れ落ちる。それに舌打ちした部下がもう一度引っ張り上げるようにして立たせ、ほぼ引きずって牢の外へ歩かせた。なんとか格子をくぐると、牢の外にいたもう一人の部下が、すでに原形を留めていない慈空の服を脱がせ、古着の袍《ほう》を着せる。そしてその上から兵士たちが着ているものと同じ濃緑の外套を羽織らせ、爪のはがれた足に布を巻いて靴を履かせた。

「では、後を頼む」

「御意」

「お前はこっちだ」

そこに部下を一人残し、薫蘭は歩き出す。慈空は意味がわからないまま、壁に手を突いて体を支えながら歩いた。薫蘭に連れられて階段を上り、廊下を歩き、入口とは反対方向にある牢舎の窓から、ほぼ担がれるようにして外へ出る。

何日ぶりかの外の空気に、慈空は思わず空を仰いで息を吸った。黒の天幕に、零れ落ちるような月金《しろがね》が煌めいている。

「こっちだ」

周囲に気を配りながら、薫蘭が誘導する。このあたりの住居はほとんどが破壊されてしまっているので、人の気配はなく静まり返っている。薫蘭は時折瓦礫に身を隠しながら、徐々に町を囲む外壁の方へ移動した。慈空は、戸惑いながら必死でその後を追う。何しろ体は思うように動かない。骨こそ折れていないが、どこもかしこも塞がりきらない裂傷ばかりだ。

「どこへ……連れて行く気だ……？」

沈寧へ連れて行くなら、こんなに周囲を気にする必要はない。処刑ならばあの牢でやった方が始末がいい。慈空の問いには答えず、薫蘭はあらかじめ決めていた順路があるかのように、迷いなく進んだ。そして外壁が見える場所まで来ると、ようやく慈空を振り返る。

「このまま外壁に沿って進めば、一カ所壊れているところがある。そこから外に出ろ。この時間に見張りはいないはずだ。さっき酒を差し入れたので、機嫌よく呑んでいる頃だろう」

薫蘭の言葉の意味が理解できなくて、慈空は眉を顰《ひそ》めた。

「……逃げろと、言うのか？」

「お前は死んだことにする。死体はこちらで用意するので心配するな。ちょうど同じ背格好のものが手に入った」

薫蘭は、表情を変えることなく告げた。

「……あんたの独断か？」

　慈空が尋ねると、薫蘭は自嘲気味に笑った。

「それ以外何がある。まさか沈寧王が、このように情けをかける人間だとでも？」

「こんなことをして、ただじゃすまないぞ……！」

「わかっている。すでに策は練った」

　その時遠くで声がした気がして、慈空たちは身を低くした。可留多にいる沈寧の兵士たちは、王宮はともかく、町の警備にはそれほど熱心ではない。入り込んだところで、盗るものなどないに等しいからだ。

「……お前は、『弓の心臓』の在りかを吐かない。ならば、拷問は時間の無駄だ」

　暗闇の中で、薫蘭の双眼が真っ直ぐに慈空を貫く。

「形見なんだろう？　それなら仇《かたき》になど渡すものか」

　初めて至近距離で見つめ返した彼女の目は、憂いを帯びていた。

「……あんたにも……形見があるのか……？」

　その問いに、薫蘭は少しだけ微笑んだ。まるで泣くことを堪えるような、悲しい笑みだった。

「私には、十歳下の末の妹がいた。しかし生まれつき盲目で、言葉も遅く、二歳の時に父上の大切にしていた硝子の高杯を割って手打ちにされた。私たち姉妹の母代わりだった侍従も、責任を取らされて死んだ。その家族は国外追放で、今や生死すら定かではない。いつか彼女の娘に渡してやりたいと思っていた遺品の櫛も、結局渡せていないままだ。あの時の激昂《げっこう》した父上の姿は、今でも夢に見ることがある」

慈空は、返すべき言葉がわからなくて、ただ呆然と彼女を見つめた。

「墓地に葬ることも許されなかったので、二人とも寂しい場所に眠っている」

そう語る横顔を眺めているうちに、慈空はふとあの惨劇の瞬間を思い出した。

小柄な兵士が羽多留王に向かって剣を振りぬこうとした瞬間、確かに自分は叫んだ。

王は目が見えない、と。

その一瞬、兵士の手が戸惑うように止まった気がした。

「……もしかして、あんたはあの時の……」

「今頃気付いたのか」

呆れたように言って、薫蘭は立ち上がる。

「だがあれは美談ではない。私の覚悟が足りなかった。それだけだ」

自嘲する彼女の頬が、星明りに青白く見えた。

「……覚悟って、なんだよ。妹を殺されて、それでも黙って王太女をやって、父王の人形みたいに生きるのが覚悟なのか……？」

慈空は問い詰めるように尋ねた。憎しみを向けるべき相手の像がぼやけて、何を責めればいいのかわからなくなってくる。

「……父王が憎くないのか？」

その問いに、薫蘭は戸惑うように瞬きした。

「……憎いかどうかなど、とうの昔に考えることをやめた。ここで王太女として生きる限り、無意味なことだ」

「王になるんじゃなかったのか？」

「父上の在位が終われば、自動的に玉座へ登れる。それまで王太女として生きていることが私の役目だ。そう決めたのだ」

囁く声が熱を帯びる。後ろに控えていた従者が、割って入るべきかと身じろぎするのに気付いて、薫蘭は自身を落ち着かせるように息を吐いた。

「……行け。あまりここに留まるとよくない」

「でも……」

「何をためらっている？　私はお前の親友を殺した仇だぞ？」

そうだ、彼女は沈寧の王太女だ。あの混乱の中で、剣を振るっていたことは確かだ。

慈空は拳を握る。同情心など無用のものだと、頭ではわかっているのに。

「薫蘭様、そろそろ見張りが戻ってきます」

控えていた兵士がそう告げて、薫蘭が改めて慈空を見つめた。

「いいか、『弓の心臓』を絶対に父上に渡してはならない」

それは紛れもなく、国を憂う王太女の目で。

「必ずお前が守り抜け」

そう言い残し、薫蘭は部下とともにその場を足早に去った。

残された慈空はしばし立ち尽くし、行き場のない感情を逃がすように息を吐く。そして教えられたとおりの場所を目指して、歩き出した。

夜明けが近い。

東の空が微かに明るくなってきたのを目にして、慈空は思うように動かない体への焦燥と苛立ちを強くした。ここに来て、体の痛みが強くなっている。特に爪の剝がれた足は、歩くたびに激痛が走る。靴を脱いでしまった方がまだましかもしれない。背中が濡れたように感じるのは、傷が開いて出血しているのだろうか。薫蘭が言う外壁の壊れた箇所は、まだ見えてこなかった。もしかしたら嘘を教えられたのか。逃げだそうとする自分をどこかで見物して笑いものにする気なのか。そんな考えすら、頭をよぎる。

瓦礫に足を取られ、慈空は体を支えきれずに地面に突っ伏した。音に気付いて兵士が来るのではないかと、しばらくそのまま動かないようにしたが、足音などは聞こえず、束の間ほっとする。しかしもう体は限界だった。考えてみれば、ここ数日は水もろくに飲めていない。身体が熱に浮かされるように熱いのは、そのせいなのか。痙攣《けいれん》するように震える腕で、無理矢理に体を起こし、民家の崩れた壁にもたれかかって何とか座り直した。こんな状態で、外壁の穴までたどり着けるのか。運よくたどり着けたとして、そこから無事に逃げ出せるのだろうか。満足に歩けもしないのに。

地面に力なく下ろしていた手が、何か冷たいものに触れて、慈空はそれを摘み上げた。

それは、四神の一柱であり、弓可留の始祖である弓羅《ゆら》を象《かたど》った像だった。背後に炎を纏い、剣を握る雄々しい姿に、ただ祈りを捧げていたあの頃がふと蘇る。

「……して。……どうして……」

慈空は、こみ上げる感情を抑えきれずに、像を握る手に力を込める。

「どうして……お救いくださらなかったのですか……。どうして……お守りくださらなかったのですか……」

なぜ四神は王を救わなかった？

なぜお前の親友を見殺しにした？

いつか風天に言われた言葉が、今になって胸を抉《えぐ》った。

信心が足りなかったか？

何らかの罪の代償か？

どういう理由で、自分を納得させてんのかって訊いてんだよ。

納得など、今になってもできるはずがない。けれどこの感情を誰にぶつければいいのか、その神すらも、今や粉々に打ち砕かれてしまったのに。

「四神よ……どうして……」

見捨てられたのだ。

自分たちは、神に見捨てられたのだ。

それを認めるのが怖くて、ずっと考えないようにしていた。

神は、弓可留を見放した。そこに住まう民さえもすべて。

何が悪かったのか、どうすればよかったのか、その答えも示されないまま。


「お前の信じる神とはなんだ」


その声は、唐突に空から降ってきた。

「無条件に守ってくれるもの、救ってくれるもの、そんなものが本当にあると、なぜ信じられる?」

いつの間にか、目の前に見知った男が立っていた。星明りの下でなお、強い意志を示す深い蒼の双眼。腰に収まる、反りのある剣。

どうして彼がここにいるのか。ついに幻を見ているのかと、言葉も出ない慈空の胸倉を摑み、風天は強引に立ちあがらせる。

「自分の足で立て。前を向け。人間なんざ所詮、季節に舞い散る木の葉の一枚だ。それなら生きるか死ぬかは自分で決めろ。笑うか泣くかを神に訊くな」

愕然とする慈空に、風天は至近距離で尖鋭《せんえい》な眼差しをぶつけてくる。

「もう一度問うぞ、慈空」

どんな闇の中にあっても、揺るがない光。

「お前の信じる神とはなんだ」

神とは、
神とは一体何だったか。

そんなことは考えたこともなかった。生まれた時から、神は神だった。苦しい時も嬉しい時も祈りを捧げるものだった。それに縋るなと言われてしまったら、どうしていいかわからなくなる。

「四神とともに死にたいならここに置いていく」

慈空の胸倉から手を離し、風天は問う。

「どうする？　ここで死ぬか？　それとも」

それとも？

「――生きるか？」

慈空の中を、一瞬で膨大な思い出が駆け巡った。

大切な人を亡くした。何もかも失った。信じていた神の姿すら、もうここにはない。体中の傷が痛んだ。もう充分頑張った。これ以上辛い想いをしても、その先に希望など見えはしない。すべてを手放して楽になりたい。もう兄のように慕った友の元へ行ってもいいだろう。そう思っているのに。

「私は……」

口にした瞬間、意志に反して涙が溢れた。

死ねば、何も変えられず、何も起こせなくなるんだぞ。
そう言った、薫蘭の真っ直ぐな目を思い出した。
お前ならきっと、あれが読める。
だから必ず生き延びて、俺に読み聞かせてくれ。
その留久馬の声が、背中を押す。
「──生きたい」
掠れた声が選択する。
生きていなければ成し得ぬことがあると、誰よりも知っていた。

四章　動き出す思惑

一、

「ざっと計算しても、月金貨《しろがねか》五枚くらいじゃない？」

確か月金貨一枚は、地方役人の一月《ひとつき》の給与に相当する額ではなかったか。帳面をめくる志麻《しま》の言葉を聞きながら、風天《ふうてん》はぼんやり思う。

「えー五枚は多いよ。三枚くらいじゃないかなぁ」

すかさず日樹《ひつき》が抗議するが、不知魚人《いさなびと》の若頭が相手となると少々分が悪い。来るものは拒まず、去る者は追わずとも、金《かね》を払わぬ者は地の果てまで追いかける、というのは、世間の人々が口にする不知魚人の印象だ。そしてそれは決して間違っていない。

「あ、赤鹿《あかじし》は回収したからその分は勘定に入れるなよ」

豪奢《ごうしゃ》な日金《あかがね》糸の刺繍《ししゅう》が入った綿入れに寄りかかって、瑞雲《ずいうん》が口を挟む。あの日、風天と慈空《じくう》が可留多《かるった》に置いてきた赤鹿は、商人が連れた鹿に紛れて町を出て、道端の草をのんびり食《は》んでいたところを回収された。鹿《しし》は不知魚人にとって大切な足であり、食料であり、商品でもある。無駄にならずに済んだことは喜ばしい。

風天が可留多で慈空を保護し、不知魚人の野営地《やえいち》まで連れて帰って三日が経っていた。道中、日樹による手当てを受けはしたものの、追っ手がかかるかもしれないことを考慮してとにかく日夜かまわず黒鹿《くろじし》を飛ばす強行軍に慈空の体力は尽きかけ、野営地に着いたときはほぼ昏睡状態だった。昨晩薄っすらと意識を取り戻したが、また泥に沈むように眠ってしまったらしい。そしてその慈空のことで、先ほどから志麻と揉めているのだ。彼のせいで諸々かかった経費を、一旦精算したいと言われて。もちろん、寝込んでいる慈空からは取り立てることができないので、その慈空を連れてきた風天たちに矛先が向いた。

「赤鹿を回収したところで、治療費もかかってんのよ。あと人件費と食費。それに万が一を考えて野営地も移動させたから、手間もかかってる。んーでもまあそこは、お得意さんだから特別割引してあげるわ」

不知魚人の野営地は、風天が弓可留を往復する間に場所を変えている。よって帰り道は、事葉《ことのは》と呼ばれる鳥が運んでくる手紙で知らされた。

「薬は俺も出したから、そこは半額にして」

はい、と挙手をして日樹が訴える。

「そうね、そこは交渉してもいいわ。でも半額は無理」

「えー！」

「その代わり、前にくれた丸薬の仕入れ増やしたいの。杜人《とじん》の薬はよく効くから評判いいのよ。おばあさまに話してみてくれる？」

「いいけど……、絶対杜人の薬だって言わずに売るくせに」

「あらー、だってそこは商売だもの」

志麻はにこやかに言って、帳面で自らを扇《あお》ぐ。混《ま》ざり者《もの》を多く抱える不知魚人にとって、杜人かどうかなどさしたる問題ではない。要は金になるかならないかだ。不知魚人の正義はそこにあると言っても過言ではない。

「志麻」

風天は、日樹が言い負かされる前に口を挟む。そこに寝そべっている長男は中立を装っているが、実家に恩を売っておいて損のない立場だ。あからさまに兄妹で手を組まれる前に、黙らせておいた方が無難だろう。

「月金貨五枚出す。その代わり、このまま慈空の療養を頼む」

ため息とともに吐き出した風天に、日樹が嚙《か》みついた。

「そんなにあっさり出しちゃだめだよ！　不知魚人との取引はまず交渉から！　それに月金貨五枚の価値わかってる？　前に説明したよね？」

「金《かね》の価値くらいわかってる。月金貨より日金貨の方が高いんだろ？　なら、日金貨五枚よりはいいじゃねえか」

「何がいいのか全然わかんないし、詐欺に引っかかる未来しか見えないよ！」

「あら、うちは詐欺なんてしないわよ。かかった分をしっかりもらうだけ」

「そうだぞ日樹、不知魚人は信用第一だ」

「そこの兄妹は黙っててくれる⁉」

日樹が疲れたように肩で息をする。風天は憮然と腕を組んだ。さすがに湯水のように使える資金はないものの、月金貨五枚くらい出しても罰《ばち》は当たらないと思うのだが。

「……前金で月金貨二枚渡すから、残りは丸薬の件込みの交渉でどう？」

日樹の喉の奥から振り絞るような声に、しばし思案した志麻が、にっこり笑って頷いた。

「いいわよ。そうしといてあげる」

その言葉とともに、差し出される右手。

「じゃ、今すぐお支払いお願いね」

その掌《てのひら》を見つめ、日樹と目を合わせた風天は、無言で懐《ふところ》を探った。

「月金貨二枚でも結構な額なんだから、ほいほい出してたら絶対あとで根衣《ねい》さんに怒られるよ」

あの後志麻は、領収書とともに、残金の内訳もきっちり書いて寄こした。あとはここからどれくらい削れるかの交渉になるだろう。よくよく見れば、自分たちも手伝ったはずの荷物積み込み料、鹿のお世話料、荷物見張り料などもさらりと含まれているので、そのあたりから潰していくことになる。

「世話になってるのはこっちなんだから、多少多く払うくらい別にいいだろ」

なぜか不満げな顔をしている日樹に、風天は言い返しておく。そうだ、実際不知魚人には世話になりすぎている。今回に限らず、スメラを探している自分たちにとっては、世界中に人脈のある彼らはかなりありがたい存在だ。今後も繋がりを保ちたいからこそ、いい関係を築いておきたい。

「『羅《ら》の文書《もんじょ》』を読める可能性がある限り、あの坊ちゃんを放り出すわけにもいかねぇしな。他に古代弓可留文字を読めるあてさえありゃ、『弓《ゆみ》の心臓《しんぞう》』をいただいてさよならでいいんだけどよ」

何の力も能力もない難民を、こちらで背負い込んでやる意味があるのかと、初めて慈空を野営地に運んだ時に瑞雲には散々説得された。しかしそれを思いとどまったのは、彼が『羅の文書』を読めるという可能性を知ったからだ。そして何より、慈空が頑なに『形見』を手放したくないと言い張ったことも大きい。

風天は、あの日夜明け前の弓可留で満身創痍の慈空と出会ったことを思い出す。生きたいと言った彼が、その後意識を失う前に告げたのは、『弓の心臓』の在りかを誰にも話していない、ということだった。瀕死になりながらも、それだけは文字通り死守したのだと。瑞雲も、その根性だけは認めている。

「お前の懐《ふところ》だって、いつまでも金が湧いてくるわけじゃねぇだろ」

志麻のいなくなった天幕の下で、瑞雲が花茶を淹れる。不知魚人には、水分補給を兼ねて、一日のうちに何度も茶を飲む習慣があるのだ。彼自身は酒も好んで呑むが、ついに志麻に隠されてしまったらしい。

「どうするんだ？『羅の文書』、沈寧王《じんねい》が持ってるんだろ？」

単刀直入に問われて、風天は短く息を吐いた。そうだ、問題はそれを、どうやって取り返すかだ。

「もうこれ以上は、不知魚人も巻き込めねぇぞ」

「……わかってる」

白磁に青の模様が入った茶碗に注がれたお茶は、ほんのり花の香りがする。今後、不知魚人への要求が道案内程度で済めばいいが、彼らが商売をしにくい状況などになるのは、こちらとしても避けたい。それこそ沈寧に目をつけられてしまったら、後々面倒くさいことになる。

「俺もいろいろ考えてみたんだけどさ、やっぱりこっそり忍び込むのが一番手っ取り早いよね。大事《おおごと》にしたくないし」

お茶を啜《すす》っていた日樹がぼやいた。

そうだ、できるだけ騒ぎにならないように取り戻したいのが本音だ。斯城国《しきこく》が介入したと知られたくはない。

「ただ慈空が一度捕まっている以上、簡単にはいかないだろう。それにあっちには綜傀《そうけ》以《い》がいる。今度見つかったら命はないかもな」

風天がそう口にした途端、瑞雲がその整った顔面を思い切り歪めた。

「は⁉ 綜傀以雇ってんのかよ⁉ 俺、抜けていい？」

いつか聞いた思い出話が確かなら、瑞雲と綜傀以はかつて同じような仕事を請け負っていた好敵手だ。ただし瑞雲は、殺し過ぎる綜傀以のやり方を嫌っている。綜傀以の方も、顔がいい瑞雲を妬んで嫌っていたと聞いたが、そこは本当かどうか疑わしい。

「会うとなんかまずいの？」

無邪気に問う日樹に、瑞雲は顔をしかめる。

「綜傀以《あいつ》の客かっさらって、大損喰らわせたんだよ。まあ恨んでるだろうな」

「それは果てしなく自業自得だねえ」

しみじみと日樹がつぶやいて、風天に目を向ける。

「どうする？ 琉劔《りゅうけん》」

日樹が、無意識に真名《まな》を呼ぶ。その名で呼ばれると、より一層双肩が重くなった気がした。

「……ちょっと、考えさせろ」

お茶を飲み干し、琉劔は席を立つ。

風にはためく天幕が、岩場に影を落としていた。

琉劔が羽多留王《わったる》に初めて出会ったのは、まだ十代半ばの少年だった頃のことだ。その頃は、家を失った貧しい人々や、親を亡くした子どもたちが暮らしていた地下街で、真名を伏せて「風天」と名乗り、仲間たちとつるんで遊び惚《ほう》けていた。当時は、夢茸《ゆめだけ》という乾燥させた茸《きのこ》による幻覚を見るのが仲間内で大流行していて、地下街に足を踏み入れると、下水の臭いか、その茸を燻《いぶ》した煙の香りが漂ってくるのが常だった。使い続けると精神に異常をきたすので国からは禁止されていたが、あの場所ではそれが普通に流通していたのだ。その他にも、気分が高揚するお茶や、疲労を感じなくなる精油など、だいたいの禁止嗜好品には手を出した。おかげで今でも毒や薬品にはそこそこの耐性がある。なぜそんなところに紛れ込んでいたのかと言えば、つまらなかったから、としか言いようがない。五歳から神の子として寺院で育てられた彼にとって、くりかえされる退屈な毎日と、すでに進む先が決まっていた未来は、希望や意欲すらもかき消すものでしかなかったのだ。

　そんなある日、弓可留から羽多留王と王后が、一人息子の王太子を連れて斯城国を訪問するというので、琉劔はいつものようにその接待の一部を仰せつかった。とはいえ、やることといえば黙って座って、いくつか質問を受けた時に、寺院の代表として当たり障りのない美しい言葉で答えることだけだった。琉劔にそれ以上のことなど、誰も求めてはいなかったのだ。

懇談《こんだん》の時間が終わり、夜になってから開かれた宴席に、琉劔は出席しなかった。それは自分の意志とは関係なく、飲み食いするところをみだりに見せてはいけない、という戒律のせいだった。だがそれも今更のことで、琉劔は同行する供も待たず、下男下女たちが通る裏道を抜けて、さっさと寺院へ引き上げようとしていた。

「おや、そこにいるのは祝子君《ほおりこのきみ》ではないかね」

不意に現れた羽多留王を前に、歩きながらすでに装束の帯を解いて、ごてごてと髪につけられた飾りを外しにかかっていた琉劔は、その手を止めた。

「羽多留様、なぜこんなところに……」

「少し酔い覚ましに外を歩こうとしたら、迷ってしまってね。祝子君はお帰りになるところかな？」

酒が入り、少し頬を染めた王に機嫌よく言われて、琉劔は髪飾りをもう一度押し込んだ。

「……お部屋までご案内します」

「そうかい？　ありがとう」

羽多留王はそう言ったものの、にっこり笑ったまま石畳の段差に、よっこいしょと腰を下ろしてしまう。琉劔は困惑して、王についてきた護衛に目を向けたが、彼らは規律正しくそこに直立しているだけで、王を制する様子はない。

「確かここからも御柱《おんばしら》が見えるんだったね。今はさすがに暗くて見えないが……。私はあとどれくらい、あれを眺めていられるだろうかね」

羽多留王は、隣で立ち尽くしたままの琉劔に、まあ座りなさいよと促した。

「前々から目の調子が良くなくてね。特に日暮れになるとぼんやり膜がかかったようになる。年を取るといろいろなところに不調が出てきて、困ったものだよ」

なぜ自分にそんな話をするのだろうかと、琉劔は訝《いぶか》しく思いながら、言われたとおりに腰を下ろした。権力者は好きではない。彼らは上澄みにいる仲間だけの決め事で動く。どんな意見も反論も、強大な力によってねじ伏せられるのが常だ。琉劔はそれを、五歳のときから味わっている。人のよさそうな顔をしているが、きっとこの王も同じだろう。

「先ほどはいろいろと話をしてくれてありがとう。ままならないこともあるだろうが、君もお勤めを頑張っているようだね。きっと、神はご覧になっているよ」

羽多留王は、自身の首飾りにある月金板に触れ、胸の前で腕を交差する四神教《ししんきょう》の拝をしようとして、はっとその手を止めた。

「いかんいかん、ここでの作法は、違うやり方だったね」

この寺院に祀られているのは、死後神に召し上げられたと言われている聖女蓉華《ようか》天《てん》だ。彼女が神に見初められたのは、年老いた親のために尽くしていたからだという教えなので、信者は『孝養』を最も尊いものとしている。

「かまいません。羽多留様はこちらの信者ではありませんから」

琉劔は、自身の首から下げたひし形の石にそっと触れる。蓉華の信者は、妊娠してから子が生まれるまでの間に、ひし形の石を探して歩く。そしてそれを護石として、子に持たせるのが決まりだ。ただ、いつの頃からか裕福な家ではそれ用に玉《ぎょく》を加工して作らせるようになっていて、護石を見ただけである程度の貧富がわかるようになっていた。

「それに祈ったところで……神は貧しい者を救わない」

自分が外しかけた日金の髪飾りひとつで、庶民は当面困らないだけの食料が買えるのだと、地下街の仲間に聞いたことがある。そんなことを考えながらふと口にしてしまって、琉劔ははっとする。慌てて羽多留王を見ると、王は少し驚いたような顔をした後で、興味深そうな笑みを浮かべた。

「そうだなぁ、確かにそうだ。貧しい者を救うのは、国でなくてはいけない。祝子君にはそれがわかっているのだな」

否定されなかったことに、今度は琉劔の方が目を瞠った。寺院の中でそんなことを言おうものなら、すぐに道者《どうしゃ》が飛んできて、謹慎か懲罰を言い渡される。彼らにとって、神は全てだ。この国では、時に神は王よりも権力を持つと言っても過言ではない。そしてその神の依り代となるのが祝子であり、代弁をするのが法主なのだ。

「弓可留の四神教は、弓可留の始祖である弓羅《ゆら》の弟妹たちだ。火の神『弓羅』を筆頭に、水の神『都羅《とぅーら》』、風の神『栄羅《えいら》』、土の神『晋羅《しんら》』。その名の通り、そもそもは火風水土という、生きていくうえで欠かせないものに感謝する教えのはずだった。しかし時が経つにつれ、弓羅には幸運、都羅には健康、栄羅には縁結び、晋羅には子孫繁栄や商売繁盛など、様々なものが組み合わされ、本来の感謝すべき意味が忘れ去られている」

羽多留王は、向こうに見える御柱に目を向けながら、つぶやくように語った。

「きっと歴代の王も気づいていただろう。しかし誰も訂正しようとはしなかった。その方が国民をまとめやすいからだ。人はそれほど強くはない。人生でつまずいた時や迷った時には、縋《すが》るものが欲しくなる。それを王ではなく四神にしておけば都合がよかった。……しかし、それは本来の神の姿ではない」

琉劔は、隣にいる他国の王をまじまじと見つめた。王でありながら、自国の神の在り方を否定するなど、普通では考えられない。しかもそれを、他国の者に話すなど。

いや、もしかすると、他国の者だからこそ話せたのだろうか。

祈る神を別にする者だからこそ。

「……本来の意味に、お戻しにはならないのですか?」

気付いていているなら、羽多留王こそがそれを先導すればいいのではないか。王なのだから、誰よりもそれを起こす力がある。

「そうできればいいのだがね……」

羽多留王は力なくつぶやいて、自分の両手を眺めた。そしておもむろに、琉劔に目を向ける。

「祝子君、人を救うのは神ではなく人なのだよ。神とはもっと大きな、個人などに関与しない命の源のようなものだと私は思う」

「命の源……？」

つぶやくように繰り返して、琉劔は自分の心臓が強く鳴るのを感じた。

「だからこそ国を治める王の手腕が問われる。王が、王こそが、民を幸せにせねばならない」

琉劔の手を取り、羽多留王は微笑む。

「そのことをどうか、君だけは忘れないでいておくれ――」

その後、父王を探しに来た留久馬《るくま》王太子に連れられて、羽多留王は王宮内へ戻った。

「父がご迷惑をおかけしました」

去り際に礼儀正しく頭を下げた彼のことは、印象に残っている。

羽多留王が弓可留へ帰った後、琉劔は何度か手紙のやり取りをした。他愛無い話題もあれば、神について論じ合うこともあった。神とは本来何であるか、自分たちは何に祈りを捧げるべきかと、親子ほど年の離れた二人が、真剣に語り合った。琉劔にとってそれは、初めて禁忌なしで神のことを語り合える、友だったのかもしれない。

――たとえば琉劔、
君は、この世のはじまりにどんな神がいたのか、考えたことがあるかな？

この世を創り、人を創った神は、どんな姿をしていたのだろう。

別の国には、それこそが『天人《あまひと》』であるとする者たちもいるけれど、真実は誰にもわからない。できれば私も、その『神』を見てみたいものだよ。

弓可留の宝珠のひとつである『弓の心臓』は、弓可留の始祖である弓羅の心臓だということになっているが、王家には〝世界の欠片〟だと伝わっている。だが、それを証明するものは何ひとつ残っていない。対《つい》になった『羅の文書』も、古代弓可留文字をすべて読めるものがいなくなってしまって、おぼろげな口伝《くでん》が残るだけだ。しみじみとあの石を眺めていると、時折七色に光る泥のようなものが現れるときがあるのだけれど、その正体すら、私にはわからないのだよ。生きているうちに、私はそれらを知ることができるだろうか。


不知魚人の野営地は、荒野から移動して、今は山岳地帯の麓《ふもと》にある。周りには岩ばかりが転がっている、畑にも住居にも向かない場所だが、何度かその土地に野営している彼らは、土が顔を出している場所を目ざとく見つけて難なく天幕を張るのだ。風天は瑞雲らと離れて、まもなく西に傾こうとしている陽を見上げる。羽多留王から受け取った手紙は、今でも大切に保管してある。やり取りをはじめてから半年ほどは、お互いまめに手紙を出し合っていたが、以降は羽多留王の目が悪化したこともあって徐々に頻度が落ち、そのうちに季節ごとの挨拶を兼ねた形式的なものに変わっていった。もしかしたら羽多留王はどこかで、これ以上踏み込んではいけないと思っていたのかもしれない。しかしもうすでにその頃、風天の中には、盲目的に神を信じることへの抵抗が生まれ始めていた。

「……まさか、もう二度と話ができなくなるとはな」

天幕のひとつを目指して歩きながら、風天はつぶやく。弓可留が沈寧に落とされたと斯城国に事葉経由で連絡が入ったのは、羽多留王をはじめとする王族が殲滅《せんめつ》されてから五日後のことだった。群雄割拠《ぐんゆうかっきょ》のこの世で、栄枯盛衰は必至。たとえ友好国とはいえ、羽多留王から直接助けを求められたわけでもない斯城国に、その時点でできることなどなかったのだ。だからこそ王も、参謀たちも、軍を動かそうとはしなかった。しかしそんな中で、弓可留にやって来た自分たちが『弓の心臓』を託された慈空を発見できたのは幸運だった。羽多留王から、『弓の心臓』には時折光る泥のようなものが現れると聞いていなかったら、きっと見逃してしまっていただろう。

「あ、風天さんちょうどよかった！」

自分にあてがわれた天幕に着く前に、風天は手前の天幕から出てきた把苑《ばえん》に呼び止められた。

「慈空さんが目を覚ましたの。私、志麻さん呼んでくるから、ちょっと見ててくれる？」

そう言うと、風天の返事も聞かずに把苑は走り出す。風天は呼び止めようとしたが、思い直して息をつき、天幕の中を覗き込んだ。低い寝台に寝かされた慈空は、体中いたるところに薬布が貼り付けられていて、その匂いが天幕に充満している。かろうじて壊《え》死《し》などは免れたが、傷跡は間違いなく残るだろうし、手足の動きにも支障が出るかもしれない。風天がゆっくりと寝台に近づくと、ぼんやりと天井を見つめていた慈空がこちらに視線を向けた。大丈夫か、と尋ねようとして、どうにも間抜けな問いだなと思い直してやめる。

「……お前の根性だけは認めてやる。王太女とどんな取引をした？」

風天と日樹は、あの日の数日前から弓可留に入り込んで機会をうかがっていた。まさか沈寧の王太女に連れられて出てくるとは、思いもしなかった。

風天の問いに、慈空は微かに笑ったようだった。

「……してない。なにも……。ただ、彼女は……王に、『弓の心臓』を、渡すなと……言った……」

途切れがちになる慈空の声を、風天は黙って聞き取る。

「……彼女は王を……父親を憎んでる……。憎んでるのに……気付かないふりを、しているんだ……。妹を、殺されて……それでも、なお……」

その言葉を、風天は深い眼差しで受け止めた。

二、

「賊《ぞく》が逃げただと?」

慈空が逃げ出してから三日後、牢舎の責任者とともに沈寧へ戻った薫蘭《くんらん》は、その日の朝議のあとで父王に報告をした。

「申し訳ありません、私の失態です」

頭を下げる薫蘭の後ろでは、当日酒宴に参加していた牢舎の責任者が、青くなって震えている。酒を差し入れたのは、薫蘭の二番目の弟、翔宜《しょうぎ》だ。自らも一隊を率いる彼は、軍部の上官らとも仲がいい。彼が定期的に弓可留にいる兵士へ、密かに酒を送っていることはわかっていたので、その機会を利用させてもらった。薫蘭がやったことといえば、その酒の量を少しばかり上乗せし、銘柄も一級品を揃えたことだ。いつもより豪華な差し入れに、兵士たちは思惑通り羽目を外してくれた。

愛剣をこれ見よがしに磨いていた翔宜は、先ほどからこちらと目を合わせようとしない。何があったのかは、薄々わかっているはずだ。任務先での飲酒は、禁じられてはいないが推奨されてもいない。こういうことが起こり得るからだ。それを無視して、いい顔がしたくて酒を送っていたとは、到底ばらされたくはないだろう。

「すぐに周囲を捜索させましたところ、西門を出て山道へと入る途中の沢で、死んでいるのが発見されました。獣に食われたらしく、損傷がひどいのですが……」

ご覧になりますか？　と薫蘭が問うと、源嶺《げんれい》王は顔をしかめて断った。ここまでは、計算済みだ。

「その賊で間違いないのか」

王は、震えている牢舎の責任者に尋ねる。遺体を最初に発見したのは彼の部下だ。まさか父王も、その遺体が王都の暗部で人知れず飢え死んだ若者のものだとは思わないだろう。

「お、おそらくは……。着ていた服は、確かに一致しておりました。ただ顔は……獣に食われており判別が難しく……」

四十代半ば、といったところの彼は、乾き切った唇で報告する。眠れなかったのか、目の下にはひどい隈《くま》があった。

「見張りは何をしていた？　簡単に逃げ出せるような手ぬるい管理だったのか？」

「そ、それが……」

「鍵はかかっておりましたが、格子の根元を何か固いもので削り、そこを破って出て行ったのだと思われます」

口ごもる責任者に代わって、薫蘭は簡潔に説明する。当日兵士の大多数が参加した酒宴が開かれていたことについては、あえて触れない。牢舎の責任者とは、そういう約束だった。その代わり、多少おかしいと思うことがあっても口をつぐんでおけと。王の機嫌如何《いかん》では、処刑されてもおかしくない立場の彼は、救いの神を見るような目で頷いた。所詮こんな王家の面子《メンツ》より、自分の命の方が大切なのだ。それは、決して間違っていない。

「その賊ってさぁ、『弓の心臓』を持ってるっていう奴じゃなかったの？　それを死なせちゃって、姉上はどう責任取るのさ？」

末の弟が得意げに口を挟んだ。姉の失態は、彼にとっては大きな喜びだ。

「父上、ご安心くださいませ」

頭を下げたまま、薫蘭は続ける。

「なかなか口を割らぬので難儀いたしましたが、奴の漏らしたいくつかの情報を集め、『弓の心臓』の在りかは突き止めました」

その時部屋にいたすべての者が、一斉に薫蘭に注目する。源嶺王も、思わず身を乗り出した。

「まことか？」

「すでに部下を走らせております。この報告が済み次第、私も現地へ向かうつもりです」

「一体どこにあった？」

「それは、無事に持ち帰るまで内密にさせていただけないでしょうか。私が『弓の心臓』を発見したということを、喜ばしく思わぬ者もいると思いますので」

薫蘭は末の弟に目を向ける。子どもっぽく顔を歪めた弟は、不機嫌そうにそっぽを向いた。危惧するのは彼だけではない。あとの二人も、きっと同じことを考えるだろう。姉がしくじれば、自分が一歩王位に近づくのだと。

「……よかろう。ならばそれが到着するまで待つこととしよう」

薫蘭を値踏みするように眺め、父王は頷いた。

「楽しみにしている」

王の言葉に、薫蘭はただ深く拝をした。


かつて慈空の逃亡先を突き止め、仲間と一緒にいるところをあと一歩のところまで追いつめた薫蘭の部下は、彼が寝泊まりしていた六青館《ろくせいかん》の物置を念入りに調べたが、結局『弓の心臓』らしきものは見当たらなかった。その時は、本人がいなくなったこともあって、それ以上六青館に手掛かりはないだろうと思っていたのだが、慈空を逃がそうと決めた時に、ふと思い出したことがあった。

「慈空が持っていた荷物の中に、石がなかったかって?」

事葉が運んできた命令通り、薫蘭の部下はそれを宿の主人から聞き出した。

「……ああ、あったなぁ。汚い上着に包まれてたやつじゃないのかい? 熱を出して倒れても大事に抱えてて、一度転がり落ちたのを拾ってやったことがある。何の変哲もない白い石だったけど？」

薫蘭の部下は、宿の主人に絵を描かせて、できるだけ正確にその姿を思い出させた。そしてそこに合流した高潤《こうじゅん》が、その形に近い、もしくはそう加工できそうな白い石を必死で探した。

源嶺王は『弓の心臓』を見たことがない。

そして『弓の心臓』を見たことがある者は、ほとんどが死んだ。

沈寧王ですら見ることが叶わなかった宝珠を、この国内で見たことがある者などいるだろうか。

――いや、きっといない。

万莉和《まりわ》で高潤と落ち合った薫蘭は、出来上がった『弓の心臓』を目にして複雑な感情を覚えた。ただの石を削り、ここまで仕上げてくれた部下たちには心から感謝している。しかし同時に、こんな石のために弓可留で多くの命が奪われ、慈空はあんなにも傷だらけにならなければいけなかったのかと思うと、やりきれなさが募った。

「高潤、皆も、よくやってくれた。礼を言う」

部下が潜伏していた町はずれの水車小屋で、薫蘭は信頼を寄せている数少ない部下たちに厭《いと》わず頭を下げた。

「これで父上の機嫌も取れるだろう。腹いせに誰かが死ぬこともない」

薫蘭は偽の『弓の心臓』を、持参した御樋代《みひしろ》に収めた。ぴったりとはまるように、計算して形を削ってある。父に嘘をつくと決めたからには、絶対につき通さねばならない。こうでもしなければ、父は『弓の心臓』をあきらめないだろう。そのせいでまた、慈空のような被害者を出したくはない。

「……皆を巻き込んですまない」

ぽつりと薫蘭が口にすると、何をおっしゃいますか、とすぐに高潤が返した。

「我らは望んでここにいるのです」

彼の言葉に、皆が頷いた。

薫蘭は苦く笑んで礼を言う。もしも駄目だった時は、せめてその咎《とが》が自分だけに向くようにしたい。仲間の死体に慣れることだけは、避けたかった。

慈空を産んだ母は産後の肥立ちが悪く、それが回復しないまま、慈空が一歳になってすぐに亡くなった。すでに祖父母もなく、以降男手ひとつで息子を育てることになった父親は、職場に慈空を連れていくこともあったらしい。それがたまたま王后の目に留まって、二歳違いの留久馬《るくま》と一緒に育てられることになった。弟か妹を欲しがっていた留久馬は大喜びで、小さな弟の世話を焼いたという。やがて慈空が歩けるようになると、留久馬は弟の手を引いて王宮のいろいろなところを連れて歩いた。弓宮《ゆぐう》はもちろんのこと、羅宮《らぐう》も神殿も、彼らにとっては貴重な探検の地であり、遊び場だった。

「慈空、見てごらん」

その日神殿に慈空を連れてきた留久馬は、得意そうに祭壇の向こうの壁を指した。

「ここでお祈りをするときはね、あの壁に四神の絵を飾るんだ。その絵は〃しんぽう〃でね、とっても大切なものなんだって」

入り込んだ小さな探検家を、神官たちは微笑ましく見逃してくれた。留久馬が王太子であることはもちろんだが、きっとその頃から、四神への敬愛を教え込まれていた彼への信用があったのだろう。

「でもね、それよりもっと大切なものがあるんだ。四神の絵より、もっと大事なもの」

慈空の耳元でこっそり囁《ささや》いて、留久馬は祭壇の上にある二つの台に目を向ける。光沢のある濃紫の布がかけられたそれは、決して豪奢ではないが、幼い慈空の目から見てもどこか特別なもののように映った。

「大事なものって？」

まるで宝の在りかを告げられるような、小さな興奮と高揚で胸が高鳴った。

尋ねた慈空に、留久馬はそっと耳打ちする。

「〃せかいのはじまり〃と、〃せかいのかけら〃」

それを聞いた慈空は、意味が分からなくて首を傾げた。一体それは何なのだろう。

「僕が王様になったら、慈空にも見せてあげるね」

きょとんとする慈空に、留久馬は笑って告げる。

「約束だよ」

繋いだ手のぬくもりを、今でもよく覚えている。

だから必ず生き延びて、俺に読み聞かせてくれ。

約束だぞ。

深い水底から浮き上がるように、慈空は目を開ける。同時に、一筋の涙が目の端からこぼれた。

一度目の約束はやむを得ず反故《ほご》になった。

二度目の約束も、もう読み聞かせるべき相手はいない。

しかしそれでも、自分が読むことを留久馬が望んでいるような気がした。

夢の中の幼い留久馬に、そう言われた気がした。


慈空が本格的に起き上がれるようになったのは、一時戻っていたらしい不知魚人のお頭《かしら》が、再度隊を引き連れて出て行ったあとのことだった。陸群《おかむれ》は大所帯のため分散して動くことが多く、現在野営地に残っているのは、志麻の隊を含め三隊だ。お頭が引き連れて行っているのが三隊だというので、陸群は全部で六隊ということになる。一隊が約五名から八名程度で構成されていることを思えば、陸群だけでかなりの数だ。

「海群《うみむれ》もだいたい同じくらいよ。あっちは不知魚に加えて船もあるから、そのくらいの人数がいないと逆にやっていけないのよね」

慈空の傷の手当てをしながら、志麻は気の向くままに不知魚人のことを話してくれた。仲間や家族のことをはじめ、今まで行った国や、買い付けた商品のこと。

そして、信心する特定の神を持たないこと。

生まれた時から四神に祈ることが決まっていた慈空にとって、それは想像もできないことだった。朝目覚めた時から夜眠るまでの間に、一度も神を想わず、神像を仰ぐこともなく、辛い時や悲しい時に縋《すが》ることもなく、ただ、生きていくこと。それは、道しるべを失くすことと等しいようにすら思う。

「うちは、いろんな目に遭ってここへ来た人が多いから、神なんて信じてない奴もいるし、逆にずっと故郷の神を大事にしてる奴もいる。だから、〝不知魚人全員が信じてる共通の神〟はいないのよ。お頭の決めた経験則からの方針はあるけどね」

「……方針？」

「うん。鹿の乳は絞りすぎるな、海の魚は獲《と》り尽くすな、水と大地は獣と分け合い、苦労と幸せは不知魚と分かち合え」

暗唱するようにそれを口にした志麻が、一拍置いて妖艶《ようえん》に笑む。

「その代わり人間からは、ありったけの金を巻き上げろ」

思わず咳き込んだ慈空は、自分の借金がまた積みあがったであろうことを、ひしひしと感じていた。

「あ、でも安心して。慈空の支払い分は、風天が肩代わりして払ってくれてるから」

「え、そ、そうなんですか？」

「だって、慈空が生きるか死ぬかわかんなかったんだもん。死んじゃったらこっちの赤字になるじゃない」

慈空は、ぶれない若頭を神妙に見つめる。ある意味、一番嘘がない人たちなのかもしれない。

「そのうち、風天から請求されると思うよ。ま、うちよりは取り立てが甘いと思うから、ある程度は待ってくれるんじゃない？」

「そうだと……いいんですけど……」

慈空は眩暈《めまい》を覚えて額を押さえる。一体いくら請求されるのか、今は聞かない方がいいだろうか。

「あの、その風天さんは？」

そういえば、慈空が意識を取り戻した直後、天幕に現れたのを最後に、彼の姿を見かけなくなった。

「風天なら、日樹と一緒に買い出しに行ったよ。さっき出発したとこ。いろいろ頼んだものもあるし、ちょっと遠くに行く用事もあるって言ってたから、帰りは早くて十日後くらいかなぁ」

慈空には、この野営地がどの国のどういう位置にあるのかわからない。町までの距離すら予想もつかないが、とりあえず帰りを待っていろいろ交渉するしかないだろう。

「あの二人もねぇ、兄貴の連れっていうこと以外、よく知らないのよね。斯城国から来たって言ってたけど、何してる人たちなんだろ。絶対一般人じゃないよね」

志麻の言葉に、慈空は苦く笑う。やんごとない御方に命じられて、『弓の心臓』と『羅の文書』を回収しにきた人たち、ということしか、自分にもわからない。しかし兄貴の連れというだけで面倒を見てもらえるのなら、瑞雲への信頼もまだ地に堕ちたわけではなさそうだ。

「とりあえず今は、傷を治すことが先よ」

志麻がもっともらしいことを言って、慈空も痛む体で頷いた。支払いのことはさておき、今はこうして体を癒せる場所があることが、ただありがたかった。

買い出しに行くと告げて野営地を出てきた風天と日樹は、一番近い北の町へは向かわず、進路を東にとって黒鹿を走らせた。途中の町で宿を取ったり、野宿を繰り返したりして四日後に辿り着いたのは、かつて香料のための花を運ぶ鹿が列を成したという、『花鹿古道《はなじしこどう》』と呼ばれる街道沿いにある宿場町だった。この花鹿古道を辿ってさらに東へ行けば、やがて大街道とぶつかり、その先には人と物が集まる斯城国がある。風天たちが辿り着いた悦明《えつめい》という街は、こぢんまりとしているものの、宿や食事処が集まり、酒場なども多く活気がある。特に穀物の粉で打った麵を、黄鳥《おうどり》の肉と骨で取った出汁に入れた黄麵汁は、手早く食べられることもあって、悦明の名物料理となっていた。そしてそれらの食事処は、入れ代わり立ち代わりやってくる旅人たちの大切な情報交換の場所でもあった。

黄麵汁にちなんで、黄色く屋根を塗った菜栄軒《さいえいけん》は、黄麵汁の他にも酒のあてになる一品料理も出す店だ。甘辛く煮込んだ肉や、香草と一緒に香ばしく焼かれた魚介の匂いを嗅《か》ぎながら、風天はその店の一角に見知った男を見つけた。

「根衣《ねい》」

人々の話し声や、食器の触れ合う音などで騒がしい店内で、酒も頼まず、一人で串に刺さった焼貝をちまちまと食べていた男は、こちらに気付いて立ち上がろうとした。しかしそれを、風天が手振りで制する。

「久しぶりだな」

自分より十歳以上年上の根衣に、風天は軽く言って、同じ卓についた。

「お久しぶりです琉劔様。お久しぶり過ぎて、お顔を忘れそうになりました。どうしてもう少し早く——それよりなんですかそのお召し物は。どこの大道芸人かと」

几帳面な性格ゆえに袍《ほう》の首元まできっちり留めている根衣が、白地に大ぶりな青花が描かれている長衣を羽織った風天をしげしげと眺めた。

「服なんてどうでもいいだろ」

風天はむっとする。どいつもこいつも、どうしてそう服にこだわるのか。

「出かける前に汚しちゃって、これしかなくて……」

日樹が力なく笑って説明した。

「それより根衣さん、お酒も飲まずに待ってたの？　真面目だねぇ」

気分を切り替えるように、日樹が注文のために店員を呼ぶ。

根衣が鬱陶《うっとう》し気に眉を顰《ひそ》めた。

「真面目で結構！　私は酒が呑めませんから！」

「あ、そうだっけ？　呑めるのはお父さんの方か」

「父も呑めません！　うちは家系的に酒には縁がないので！　しかしそれ故に我が宿家《すくけ》は、代々重要な役職を賜《たまわ》っていることが誇り！　日樹殿は琉劔様に付きながらそんなことも——」

「根衣」

すぐに熱くなる彼を、風天は呼ぶ。

「ここでは俺の名は風天だ。真名は伏せている」

ハッとした根衣が背筋を伸ばし、申し訳ありませんと頭を下げた。日樹は捕まえた店員にあれこれ注文し始めていて、もはや根衣の話など聞いていない。そもそも根衣は、未だに杜人のことをよく思っていないので、日樹に対して強く出がちなのだ。今回の旅も、風天が日樹と行動を共にしていることを不満に思っているのだろう。対して日樹の方は、そんな彼を意外と気に入っている。真面目ゆえに、杜人相手でもきちんと受け答えするのが面白いのだと。

「詳細は事葉で送った通りだ。飛揚《ひよう》は何と言っている?」

風天は根衣に尋ねた。沈寧王が『羅の文書』を所持しているようだ、ということは、すでに然るべき者に伝えてある。それを踏まえ、沈寧に忍び込んで盗み出すしかない、ということを告げたのだが、その返事がここへ来いとの指示だった。

「わかった、無理はするな、との仰せです……」

「なんだ、随分あっさりしてるな。もっと反対するかと思った」

「私は反対です！　あまりにも危険すぎると、飛揚様にも再三申し上げましたのに、他国の王宮に忍び込むなんて最高！　わくわくするじゃん！　などと言う始末で……」

「あー飛揚さんらしいね」

日樹がしみじみと言って、根衣はがっくりと肩を落とした。

「……琉……風天様の行動については、そういう条件だからと……、好きにさせてやれとおっしゃっていまして……」

ぼそぼそと口にして、根衣は恨めしく風天に目を向ける。

「どうしても、決行なさるおつもりですか？」

風天は、運ばれてきた果実酒を飲んで口を湿らせる。相変わらず背負わなくていい苦労を背負い込んでいるな、などと無責任なことを思う。

「……もともと、飛揚が了承しようがしまいがやるつもりだった」

「もし見つかれば大問題です」

「斯城の人間だとばれなきゃいいだろ」

「しかし！」

「軍を率いて潰《つぶ》しに行く方がいいか？　その方が問題だろう。沈寧と戦になるぞ」

『羅の文書』は、弓可留の遺した宝珠であり、『弓の心臓』についての、ひいてはスメラについての何かが書いてあるかもしれないとはいえ、斯城国の者を犠牲にしてまで手に入れるべきものだとは思わない。それはきっと、飛揚も同じだろう。だからこそ、自分たちだけで行くのが一番いい。それよりも風天としては、残された弓可留の民に対して何の手も差し伸べられないことの方が気にかかっていた。沈寧が国民に課す税は重く、しかも逃げ出すことが許されない監視社会だ。そこに組み込まれることがわかっていながら黙って見ていて本当にいいのだろうかと、何度自分に問いかけても答えが出ない。そしてそれは、慈空に会ってからより強くなった気がする。

「……わかりました」

やがて深々と息を吐いて、根衣は器に入った水を一気に飲み干した。風天が折れないことは、薄々わかっていたのだろう。

「飛揚様からこれを預かってきました。時間のある時に読むようにと」

懐から一通の手紙を取り出して、根衣は風天に差し出した。

「飛揚様の方で、沈寧のことについてお調べになったようです」

「えー助かる！」

運ばれてきた肉を取り分けていた日樹が、ぱっと顔を上げる。それに苦い目を向けつつ根衣が続けた。

「現在の沈寧王、源嶺の評判はひどいものです。悪王だの愚王だの、彼を悪く言う言葉は枚挙《まいきょ》に暇《いとま》がありません。そして王太女である沈薫蘭、彼女も笑顔を見せないことから人形姫と呼ばれていて、その名の通り父親の傀儡《くぐつ》です。弓可留に攻め入った時、先頭に立っていたのは彼女だと」

それを聞いて、風天は目を覚ました慈空が口にした言葉を思い出した。

彼女は王を、父親を憎んでる。憎んでるのに、気付かないふりをしている。

傀儡でありながら、父を憎む。それと似たような感情を、かつて祝子の自分も抱いたことがあった。だからこそその憎しみが、憎しみだけで成り立っていないことも知っている。

「ただ、王太女自身の評判はそれほど悪くはありません。部下想いのところがあり、一部では支持する声もあるようで……。それでもやはり父親には逆らえないらしく、王宮内ではどっちつかずの印象を持たれているそうです。腹違いの弟たちとも仲は悪く、王位継承権を巡っていがみ合っているとか」

風天の顔色を見ながら、根衣は続ける。

「それから、国教である手寧教《しゅねいきょう》についても良からぬ噂《うわさ》がありまして……。僧主である白叡《はくえい》を中心に、ここ数年でかなり信者が増えているらしく。その中には源嶺王に恨みを持つ人間も多いという話ですから、なんだかきな臭い様子だと」

「いずれ神が王を倒すか」

風天は自嘲気味に口にした。

「民にとっては、どっちが幸せなんだろうな」

神に総《す》べられるか、王に総べられるか。

いずれにしても、総べられる立場から抜け出すことができない者たちは、水の流れに身を任せるように生きることしかできない。総べる者は、その幾千、幾万の命を背負っていく覚悟が必要になる。

スメラは、スメラであれば、それをも抱き留めてなお、命を生むのか。

「……風天様、くれぐれもお気を付けください。特に、目のことは──。沈寧側に知られたら、足がつく恐れがありますから」

別れ際、根衣はしつこいほどそのことを繰り返した。

「わかっている。これでも随分制御できるようになったんだ。うまくやる」

「でも美味しいもの食べた時や、面白いもの見つけた時に、ちょっと色が変わることあるけどね」

「風天様！　絶対に！　何があっても聖眼《ひじりのめ》はお封じになられますよう！」

肩を摑んで揺さぶる勢いで言われて、風天は目を逸らしながら頷いた。以前慈空に使った時はうまく制御が利いたが、感情の昂《たかぶ》りによって発動するという性質上、意図せぬ時に出てしまうことがある。幼い時に比べれば、随分出なくなった方なのだが。意志の弱い者をことごとく威圧してしまうという力も、好んで使いたいわけではない。

「それから、宝珠に関してちょっと気になることが沈寧で起こっているようで、その件についても飛揚様がこのお手紙の中にお書きになっているはずです。よくよくお読みになってください。何かの間違いではないかと思うのですが……」

何やら含みを持たせるように、根衣は告げる。

「どうか、充分ご注意くださいませ」

店を出て、根衣とはそこで別れた。人混みに紛れていく背中を見送り、風天は受け取った飛揚からの手紙に目を落とす。読むのが億劫に感じるのは、ようやく色あせようとしている記憶を、呼び起こされる気がするからだろうか。

それともまた、激情に駆られるのが恐ろしいのか。

「風天」

ぼんやりとたたずむ風天を、日樹が呼んだ。

「とりあえず、野営地に戻ろう。瑞雲たちと相談しないと」

「……ああ、そうだな」

頷いて、手紙を懐に仕舞い、歩き出した。

三、

お前の信じる神とはなんだ。

あの日風天に問われてから、慈空はずっと考えていた。

神とは何か。

自分たちの願いを聞き届けてくれるもの。祈りに応えてくれるもの。虐げられた者に寄り添い、悪しきを罰してくれるもの。そんなふうに思っていたけれど。

神は弓可留を救わなかった。

王を救わなかった。

国と民を見捨てた。

――いや、もしかすると最初から。

神とは、そういうものではなかったのかもしれない。

神とは何か。一体いつから、人は神を祀っているのか、そんなことを今まで考えたこともなかった。弓可留の四神は国の始祖だが、その始祖である弓羅にも、信じていた神があったのだろうか。この世界にはじまりがあるのだとしたら、その時から神は存在したのか。それともこの世界を創った者こそが神なのか。それこそがスメラなのか。

留久馬が〝せかいのはじまり〟だと言った『羅の文書』になら、そのことが書いてあるのだろうか――。

慈空が不知魚人の野営地に運び込まれて、二十日が過ぎた。拷問で受けた裂傷はほぼ塞《ふさ》がりつつあり、剝《は》がされた足の爪も三分の一ほどは再生した。指の骨折はまだ固定器具がついたままだが、その不自由さにも慣れて、食事は介助なしでとれるようになった。もう少し様子を見て、機能回復訓練を始めることになるだろう。失くした眼鏡の代わりになるものを志麻が在庫の中から探してくれたが、度数の合うものが見つからなかったので、しばらくは裸眼で過ごすことにした。多少遠くは見えづらいが、なんとかなるはずだ。じっとしていては気が滅入るだけなので、足を引きずりながらも、厨房の仕事だの倉庫の仕分けだのの手伝いで慈空が動きまわっていると、志麻や未芙《みーふぁ》、把座《ばざ》たち以外にも「動けるようになったのか」と、話しかけてくれる者が出てくるようになった。生まれも育ちも違うが、様々な理由でここへ集まった彼らの、立ち入りすぎないが撥ね付けもしない、絶妙な距離感がとても救いになっていた。

「だいたいよォ、神なんてのは、いくら祈ったところで腹ァ満たしてくんねぇだろォ」

その日、慈空はよく話すようになった北雷《ほくらい》という年下の男と、近くの川で釣り糸を垂らしていた。貧しい家に生まれ、親からの虐待を受けていたという彼は、体中に信じられない数の傷跡がある。それが、今の慈空とそっくりだという理由で言葉を交わすようになった。おまけに、彼の尻には獣のような毛の生えた長い尾がある。つまり、混ざり者だ。きっと、虐待の理由はそれだったのだろう。

「俺だってどんだけ神に祈ったか知らねぇが、救ってもらったことなんかねぇぞォ」

岩の上で気だるげに足を組んで、北雷は水面を見つめている。尻尾《しっぽ》が退屈そうに地面を叩いた。彼が混ざり者だと知ったとき、慈空の中に拒否感がなかったと言えば嘘になるが、満足に動けない慈空の世話を焼き、食事を届けてもらう中で、日樹の時と同じように、自分と何も変わらない人間なのだと思い知った。

「北雷さんは、何の神に祈ったんですか？」

「なんだったかなァ、天人だったんじゃやねぇか？」

どうでもいいという投げやりな様子で、北雷はあくびをひとつかみ殺す。天人は、西にある梦江国《ぼうえこく》の国教である、台教《うてなきょう》の神だ。圧倒的な求心力を持ち、他国にも信仰者が多くいることで有名だった。

「どんな神だって同じだ。いつ降ってくるかわかんねぇ慈悲を待つより、自分で走った方が早《は》えェ」

実際に北雷は、自らの足で生家から脱出し、不知魚人のお頭に拾われて今に至るという。彼の命を繋いだのは、彼自身だ。

「だから俺は神なんか信じてねェ。その代わり獣や虫のことは信じる。紺羽《こんば》が低く飛んだら次の日は雨。手長虫《てながむし》が高いところに巣を作ったら、その年は大雪。跳鹿《はねじし》が移動をはじめたら乾季のはじまり」

慈空は、そう語る北雷の横顔を見やる。弓可留にもそういった言い伝えのようなものはあったが、野営地を転々と移動する彼らの方が、天気や季節の変化に敏感にならざるを得ないのだろう。

「お、かかった！」

釣り竿のわずかな撓《たわ》みに反応して、北雷は立ち上がって糸を引き上げる。釣り針の先では、彼の人差し指にも満たない小魚が、月金色の体をくねらせていた。

「あー、まだ子どもだなァ……」

獲物にならないとわかった途端、ぴんと立っていた尻尾が力なく地面に落ちた。北雷は丁寧に針から外し、小魚を流れの中に返す。

「でっかくなったらまた来てくれェ」

金《かね》には厳しい不知魚人だが、自然から得る食料は、自分たちの食べられる分だけしか獲らない。お頭の方針もあって、小さなものは見逃し、熟したものだけを少しだけいただく。そうせねば、次にここへ来た時に困ることになると、彼らはよくわかっているのだ。それは神ではなく、自然そのものを敬う生き方だと言ってもいい。もちろん彼らからすれば、そんな自覚などないのかもしれないが。

「おー、ここにいたか」

北雷が再び釣り糸を垂らした頃、下流の方から声がして、慈空は振り向いた。

「瑞雲さん」

相変わらず見惚《みほ》れさせる顔に笑みをたたえて、彼は上衣《うわぎ》の裾をなびかせながら歩いて来る。

「なんだ、二人して釣りか？」

「干し肉に飽きたんだよォ。兄貴も手伝ってくれェ」

「釣りは性に合わねぇんだよ。そろそろ買い出し部隊が戻ってくんだろ」

北雷の頭を遠慮なくわしわしと撫でて、瑞雲は慈空に目を向ける。

「お前も随分混ざり者に耐性ができたな」

「た、耐性というか……。北雷さんはいい人ですし……」

「いいぞ慈空、もっと言えェ」

「お前もやっとこの尻尾の可愛さがわかったか」

「兄貴は俺の尻尾好きだよなァ。これのせいで、俺は家を出る羽目になったっていうのにさァ」

「今が幸せなら過去なんかどうでもいいだろ」

「にゃっははは、そりゃそうだァ」

北雷の隣にどっかりと腰を下ろして、瑞雲は興味深そうな目線を慈空に送る。

「杜人も混ざり者も、知れば大したことなかっただろ。お前と何にも変わらねぇ」

「……はい」

慈空は素直に頷く。むしろ、彼らから学ぶことがたくさんあるとさえ感じる。特に日樹には、『種《たね》』について訊きたいことが山ほどあった。彼が左手首に飼い慣らしている羽衣《はごろも》のことも、もっと詳しく聞いてみたい。

「この世には、私の知らないことが本当にたくさんあります……。あれほど信じていた四神のことも、どういう神だったのかわからなくなりました」

慈空は、緩やかに流れる川面に目を落とした。四神が偽神だったとは思わない。けれどあの日からずっと答えは出ないままだ。

「……俺も聞いた話だが、弓可留の四神は元々火風水土の自然信仰だったらしいぞ。それがいつの間にか始祖の弟妹と結びついて、縁結びだの商売繁盛だのっていう役目がついたとか。そのことを弓可留国民は知らなかったのか」

瑞雲に問われて、慈空は記憶を辿った。覚えている限り、そのような話は耳にしたことがない。弓羅や晋羅という神々は、いつでも子孫繁栄や守護のご利益と絡められていた。

「少なくとも、市井の人々が知っている話ではないと思います。……でも、たとえそうだったとして、神が人々の拠り所になるのはいけないことなんでしょうか。幸運や、健康を祈ることはいけないことなんでしょうか？」

やはり神は最初から、そのような存在ではなかったのか。

自分たちは、神というものについて多大な勘違いをして生きてきたのだろうか。

「俺は難しいことはよくわかんねぇけどよォ」

瑞雲の隣で、釣り糸を垂らしたままの北雷が口を開く。

「贅沢だなァって思うぜ。生きること以上に幸せだの健康だのを望むなんて、めちゃくちゃ贅沢だなァ」

何気ない言葉だった。

「でも慈空は、それくらい恵まれた暮らしをしてたってことだもんなァ。それならしょうがねぇよなァ。生きてることが普通になっちまったら、それ以上が欲しくなるよなァ
——お、かかったァ！」

獲物を前に騒ぐ二人の隣で、慈空は羞恥《しゅうち》にも似た焦燥を感じて口元を引き結ぶ。

自分には知らないことも多いが、わかったつもりになっていることも多いのだと、痛感した。


「瑞雲さん！」

釣りを終えて北雷と別れた慈空は、そのまま瑞雲のあとを追いかけた。

「あの、ちょっとお話ししたいことが……」

足を引きずりながら追いかけてきた慈空を、瑞雲は気兼ねなく天幕へと招いた。彼の天幕は、不知魚人たちが暮らす天幕のすぐ傍にある。風天や日樹と三人でひとつの天幕を使っているらしく、中に寝台は三つあった。中央には折り畳み式の卓があって、瑞雲はその前にある綿入れを指して、慈空に座れと促した。

「改まってなんだよ。金なら貸さねぇぞ」

「そんなんじゃないですよ！　……『羅の文書』のことです」

天幕内にある小さな竈《かまど》で湯を沸かした瑞雲は、いつも通り花の香りのする茶を淹れた。二口ほどで空になってしまう茶碗で、何杯も飲むのが不知魚人流だ。

「風天さんたちは、『羅の文書』のこと、あきらめたわけじゃないんですよね？」

その辺のことをじっくりと話す前に、彼らは買い出しに出かけてしまった。もちろん彼らが降りたとしても自分はあきらめる気はないが、どうするつもりなのかは訊いておきたい。

「あいつがあきらめるわけねぇだろ。それよりお前こそ、あんな目に遭ってよく心が折れねぇな」

瑞雲は、湯気の立つ茶碗を慈空の前に置く。整いすぎて中性的な印象さえ受ける顔とは対照的に、彼の指は意外にも節が太くて逞《たくま》しい武人の手だ。

「折れませんよ。ここで折れてしまったら、『弓の心臓』の在りかを黙っていた意味がなくなるじゃないですか」

まだ寝台から起き上がれないでいた頃から、慈空はずっと『羅の文書』をいかにして取り戻すかを考えていた。これだけの傷を負ってなお、やはり自分にはそれしかないと、それこそが留久馬の遺志なのだろうと強く感じたのだ。

「思えば、牢に入っていた時間も、沈寧国の内部を知るには有益でした。あの国は私たちが思っているほど、一枚岩ではないのかもしれません。沈薫蘭があんな人間だったとは、正直驚きました……」

彼女が語ったことをすべて鵜呑みにはできないが、少なくとも自分を逃がしてくれたことだけは紛れもない事実だ。目を患った羽多留王を前に、剣を振るうことをためらったことも。

「とはいえ、沈寧はお前の仇《かたき》だろ。王の命令だったとはいえ、王太女は実際に兵を引き連れて弓可留を襲った。それも逃がしてもらって帳消しになったか？」

問われて、慈空は言葉に詰まった。

「……帳消しにはなりません。きっと、永遠に」

留久馬がもう戻ることはない。そのことについて、絶対に許す気にはなれないだろう。しかし、父王に跪《ひざまず》きながら、王になって国を変えたいと望む王太女がいることを知って、言葉にし難い新たな感情が芽生えていた。

同志でもない、仲間でもない。

仇に違いないのに、憎み切れない。

いっそ思いきり恨めたら、きっとその方が楽だったのだろうなと思う。

「『弓の心臓』と『羅の文書』、ふたつが揃ってこその宝珠だと留久馬は言いました。だから私は、どうしても取り戻したいんです」

胸元の月金板に手を伸ばしかけた慈空は、その手を途中で引き戻し、そのまま茶碗に添えた。

「それに、留久馬に読み聞かせると約束したので」

訳字典が失われた今、古代弓可留文字をすべて解読するには、途方もない年月がかかるだろう。しかしそれでも、自分がやらなければいけないのだ。

「もちろん、瑞雲さんや不知魚人の皆さんを、これ以上巻き込みたくないとも思っています。ご迷惑をおかけしていることは、本当に申し訳ないです。……でも、『弓の心臓』と『羅の文書』を持ち帰りたいのはそちらも同じでしょう？」

図星を指されて、瑞雲が露骨に顔をしかめた。

「お前、死にかけて度胸が付いたか？　最近ふてぶてしくなったな」

「そうですか？　ありがとうございます」

「いや、褒めてねぇし」

続けて何か言おうとした瑞雲が、足音に気付いて入口に目を向けた。

「あ、いたいた」

天幕の入口から顔を覗かせたのは風天と一緒に買い出しに出ていたはずの、日樹だった。

「日樹さん、おかえりなさい！」

「ただいま！」

人懐こい笑顔を向けてから、日樹は二人を手招きする。

「面白い情報手に入れたよ」

「沈寧で『弓の心臓』が見つかったらしいぞ」

黒鹿の轡《くつわ》を把爾《ばじ》に渡した風天は、旅支度もそのままで、慈空たちの姿を見つけるなり開口一番にそう告げた。

「どこからの情報だ？」

尋ねる瑞雲に、風天は懐の手紙らしきものをちらりと見せた。

「斯城国からだ」

「……本気のやつじゃねぇか」

瑞雲が喉の奥で唸る。

「あの、どういうことですか……？」

慈空は眉を顰めて尋ねた。『弓の心臓』は、預けていた未芙から返してもらって、今も自分の懐にある。失くしたり、すり替えられたりした可能性はあり得ない。

慈空に向き直って、風天が口を開いた。

「『弓の心臓』を、亡き王太子から託されていた者が潜伏していた場所、そこから発見されたらしい。沈寧の王太女、沈薫蘭が持ち帰ったそうだ」

「え……それってつまり、六青館に『弓の心臓』があったってことですか……？」

慈空は混乱して首を捻る。当然だが、六青館に『弓の心臓』があるはずがない。まさか勝手に、それらしき石が湧いて出てきたというわけでもないだろう。そんなことを考え、慈空はふと思いついた答えに息を詰めた。

「……もしかして」

「おそらく沈薫蘭は、偽物の『弓の心臓』を王に献じた」

慈空の思考を見透かすように、風天が口にする。

「……それしか、考えられないですよね」

どんな方法で薫蘭がそれを用意したのかはわからないが、現物を見た者であれば、近いものを用意することは可能だろう。たとえそれが、誰かから聞いた話であっても。

「でもさぁ、ずっと気になってたんだけど、『弓の心臓』ですよって差し出されて、そんな簡単に信じるかな？」

首を傾げる日樹に、風天が確かにな、と頷いた。

「おそらくはひと悶着《もんちゃく》あっただろう。だが、沈寧王は『弓の心臓』を見たことがないはずだ。そこをうまく突けば、無理な話じゃない。もしくは、内部に協力者がいたとも考えられる」

「随分とまぁ、強引なやり口だな」

瑞雲が呆れ気味にぼやく。確かにその通りだが、それしか方法がなかったのではないだろうか。薫蘭が打った大芝居に、慈空は自然と鼓動が早まるのを感じた。

「それから慈空」

風天がふと思い出したように、こちらに目を向ける。

「沈薫蘭に十歳下の末の妹がいたという話は、どうやら本当だ。名は李蘭《りーらん》。母親は王の身の回りを世話していた下女だったが、李蘭を産んですぐ死んだ。李蘭は生まれつき盲目で、不吉な子だとされて敬遠されていたが、一歳のときに父親の手で殺されたそうだ」

「……そうですか」

慈空は目を伏せた。それが嘘でなかったことにほっとする半面、彼女が抱える辛さもまた嘘ではなかったのだと思い知る。

「……羽多留王も晩年目を患っていたんです。だから、薫蘭は王を殺せなかった」

慈空は、あの夜のことを思い出す。美談ではないと彼女は言ったが、あの一瞬に沈薫蘭の本当の人柄が垣間見えた気がした。その薫蘭が、偽物の『弓の心臓』を作ってまで事を収めようとしているということは、かなり本気だということだ。

「でもさぁ、ふたつの宝珠が揃っちゃったら、もう絶対手放さないよね？　どうする？」

日樹が困った顔で空を仰いだ。

どうする、と自分にも問うて、慈空は無意識に奥歯を噛み締めた。

知恵が足りない。力も足りない。

それでもあの宝珠を、このまま沈寧の好きにさせるわけにはいかない。

留久馬との約束を、あきらめたくはなかった。

「……盗みに入りましょう」

ぼそりと口にした慈空に、三人が一斉に目を向けた。

「それしか方法がないと思います」

「お前簡単に言うけどなぁ」

「まあ確かに、今の沈寧は弓可留にも兵を割いてるから、いつもよりは警備も手薄になってるよね」

呆れた顔をする瑞雲に続けて、日樹が意見をうかがうように風天を振り向く。

「俺は賛成だ。それ以外に方法がないなら、やるしかないだろ」

もとよりそのつもりだったのか、風天があっさり賛同した。もしかしてそのこともあって、国と連絡を取っていたのだろうか。

「気が乗らねぇなぁ。忍び込むにしても内部の情報が少なすぎる。その辺のことは書いてねぇのか？　しかもあっちには綜傀以もいるんだろ？」

瑞雲が、風天の懐に入っている手紙を指さして尋ねた。

「さすがに王宮内の建物のことまでは書いてない」

「だろうな」

「あ、あの……」

慈空は、律儀に挙手をして口を開いた。

「『羅の文書』を盗み出すことが難しいことは、よくわかっています。警備のことや王宮内のことをきちんと調べてからじゃないと、決行はできないですよね？」

「……何か策があるか？」

風天に問われて、慈空は頷く。

「沈寧のことは、沈寧にいた人に訊くのが一番かと」

それを聞いて、何かを察した瑞雲が渋い顔をした。

「まさかお前……眠浮《みんふー》に行きたいとか言わねぇよな」

「その、まさかです」

慈空は、決意を込めて口にした。

四、

『弓の心臓』を手にした薫蘭は、無事に万莉和から帰国し、早々にそれを父王へと献上したが、それに待ったをかけたのが弟の宗満《そうま》だった。

「お待ちください父上、その石が本物の『弓の心臓』であるという証拠はございません。姉上を疑うわけではありませんが、慎重にお調べになった方がよろしいのではありませんか？」

実際に石を手に取り、見分していた王に向かって、彼はいかにも父を心配する良い息子のように口を挟んだ。

「だからこそ今、父上がお調べになっているではないか」

薫蘭が目を向けると、弟は苦々しくこちらを見返した。廟《びょう》を牛耳る白叡を味方につけ、薫蘭に代わって王太子にという呼び声が高いのは彼だ。ここで姉が手柄を立てれば、その夢は遠のく。

「宗満、私もそのことを懸念している。『弓の心臓』を実際に見た私の父は、白くて歪《いびつ》な石だったと伝え残しているが、それしかわかることがない。仮に、薫蘭が持ってきたものが偽物だったとしても、私には見抜けまい」

傍らには『羅の文書』を侍らせるように置いて、源嶺王はしげしげと石を眺める。薫蘭は平静を装い、跪《ひざまず》いたまま床を見つめていた。そうだ、父には見抜けないだろうと思った。だからこそ、この大芝居を決行したのだ。

「では宗満、お前ならどうする？」

尋ねられて、宗満が戸惑うように父を仰ぎ見た。

「お前ならどうやって、この石が本物かどうかを見極める？」

薫蘭は何も言わずに成り行きを見守った。父が次に打ってくるであろう手はわかっている。そしておそらく、宗満も同じ提案をするだろう。

「わ、私なら、実際に『弓の心臓』を見たことがある者を探し出し、判断させせます」

思った通りの返答が弟から返った。そうだ、結局、それしか方法がないのだ。しかし弓可留の王族は皆殺しした。弓可留と交流のあった国はいくつかあるが、国の宝珠を見せるほどの仲だったのかどうかはわからない。おまけに、今回の沈寧のやり方には、多くの国が実のところ批判的だ。弓可留から奪った物の真偽を確かめたいので協力してほしいと言ったところで、どのくらいの者が手をあげてくれるだろう。

むしろ口裏を合わせてくれと頼んだ方が、協力は得られるのではないか。

「そうだな。弓可留の書物は『羅の文書』を除いてほとんどを焼いてしまった。石を写した絵なども残っていない。ならば、人の記憶に頼るしかあるまい。しかし、誰でもいいというわけにはいかぬ」

父王は、硝子杯に入った酒で口を湿らせる。

「我が国に忠実で、信用できる人物でなくてはいけない。そのような人物に、誰か心当たりはあるか？」

問われた宗満は、口ごもって下を向いた。それに加えて『弓の心臓』を見たという経験が不可欠となれば、かなり無茶な質問だ。

「薫蘭」

不意に父に名を呼ばれて、薫蘭は短く返事をする。

「お前はこれが本物だと思うか？」

いつも通り眉ひとつ動かさず、薫蘭は答えた。

「そうであれと、願っております」

「願っている、か」

父王は鼻で笑うようにして繰り返す。

薫蘭の背中を、嫌な汗が滑った。

見抜かれているのか、それとも試されているのか。

「石を見たところで、この父には判断できぬ。であれば、第三者の判断を仰ぐしかない。お前のことだ、そこまでは考えていただろう。しかしそこに、どんな人脈を使うかまでは予想できなかったのではないか？」

「……どういう意味でしょうか」

あくまでも薫蘭は、父に忠実な娘を演じる。

「父上が誰に確認を取ろうと、私にはお止めする権利などございません」

父が第三者に確認を取るだろうという予想はできていたため、その用意は整えてあった。まずは弟の一人に適当な人物を接触させ、そこから王に話を持っていかせるつもりでいた。

「この王宮の中に、『弓の心臓』を見たことがある者がいるとは、考えなかったか」

奥歯を強く噛んで、驚愕を押し殺す。

「……父上を差し置いて、『弓の心臓』を見たことがある者などいるのでしょうか」

そう口にしながら、薫蘭は急いで記憶を辿った。

誰だ。

一体誰だ。

弓可留を訪問した数は多くない。弟の誰かか、それとも王后か。しかし源嶺王がどんなに願っても、のらりくらりと躱《かわ》したという羽多留王が見せるだろうか。それともこっそりと、密かに覗き見たのだろうか。

「白叡」

名を呼ばれ、控えていた僧士が臙脂《えんじ》色の法衣の裾を翻して進み出た。

その姿を見て、薫蘭は愕然と目を見開く。

白叡は薫蘭の方には視線もくれず、ただ王の前で恭《うやうや》しく法衣の袖を合わせて拝をした。

「言っていなかったか、薫蘭。白叡は幼い頃、『弓の心臓』を見たことがある」

薫蘭の後ろで控えていた高潤が、まさか！　と声を上げた。それを見下すように眺めて、白叡は口を開いた。

「あれはまだ私が神に仕えると決めて、修行の身であった子どもの頃の話です。円老子《えんろうし》の教えを広めるために弓可留を訪ねた折に、祈る神は違えど、とある神官と懇意になり、どうしても宝珠を見てみたいと頼み込んだところ、王から特別な許しを得て見せていただくことができました」

「馬鹿な！　一国の宝珠を、他教徒の子どもなどに見せるはずがない！」

高潤が思わず叫んだが、王からの一瞥《いちべつ》を受けて悔しそうに口をつぐむ。

「子どもだったからこそ、なのですよ」

白叡は片頬を吊り上げて笑んだ。

「……父上は、その話を信じていらっしゃるのですか？」

あの石が本物か偽物かを判じるのは、中立な立場の第三者であることが望ましい。もちろんそこに小細工をしようと思っていたのは自分たちの方だが、まさかそれを上回る手を打ってくるとは。

白叡は、宗満を王太子に推す一派の一人だ。

石が偽物だと見透かされたのかどうかはわからない。ともすれば、最初から王は薫蘭を信用する気などなかったのかもしれない。

そして彼にとっては、その石が本物か偽物かなどどうでもよかったのだ。

「白叡が見たと言うのなら、そうなのだろう。白叡は僧士だぞ？　神に仕えるものが嘘を吐《つ》くはずなどあるまい」

宗満が、勝ち誇ったようにこちらを見ていた。

薫蘭は唇を噛む。

この計画を立てた時から、うまくいかなかった場合の覚悟はしていたが、こんなにも早くその時が来るとは。

「では白叡、これを判じてくれ」

源嶺王が石の入った御樋代を指し、侍従が恭しくそれを持って白叡の前に運ぶ。白叡は深々と拝をし、息がかからぬよう口元を覆う布をつけて、御樋代の中に納まる白い石を見つめた。

誰もが目を見開き、息を殺してその様子をうかがった。

白叡の吐く息ひとつ、目線のひとつも逃さぬよう、薫蘭はすべての感覚を集中させる。

微動だにせず石を見つめていた白叡は、やがて深く息を吐き、よろめくようにして足をもつれさせ、弟子たちに支えられた。

「白叡、どうだ？　それは、お前が幼い頃に見たという『弓の心臓』か？」

源嶺王がもったいぶって尋ねる。

薫蘭は目を閉じた。

口元の布を外した白叡が、王に向かって拝をしたまま口にする。

「正直に申し上げてよろしいでしょうか」

「かまわぬ。僧士は嘘を吐く必要などない」

「御意《ぎょい》。では、申し上げます」

ひとつ息を吸って、白叡は口にする。

「そちらに収まりし気高き御白石は、間違いなく、弓可留の宝珠『弓の心臓』でございます」

しん、とした空白があった。

王が手にしていた硝子の杯が、床に落ちて砕ける。

薫蘭は、呼吸を忘れて父王を仰ぎ見た。

繊細な透かし彫りの背もたれに悠々と身を預けていたはずの王は、薫蘭以上に驚愕に身を震わせていた。

「……まことか?」

白叡に尋ねた声が、吐息に混じる。

「まことに、『弓の心臓』だと……?」

ふわり、と立ち上がった源嶺王は、赤子のような足取りで、侍従の掲げ持つ石に近づいた。

「……う、嘘だ! 嘘に決まっている! なあ、そうなんだろ白叡!」

蒼白になった宗満が叫んだが、白叡は目も合わせずに口にする。

「間違いございませぬ。これで名実ともども、弓可留を手中に帰したことになりますれば」

白叡は再度深々と頭を下げて王を讃える。

「お喜び申し上げます、主上」

沈寧に栄光あれ、と誰かが叫んだ。それに続いて、皆が拳を胸に当てて一斉に復唱する。

沈寧に栄光あれ。

主上に栄光あれ。

王太女に栄光あれ。

薫蘭は呆然としたまま、その雨のように降り注ぐ声を聞いていた。

陽が落ち、王宮のいたるところに設置された灯火台に火が入ると、沈嘉宮《じんかぐう》はあたかも光の中に浮かび上がる幻影のように見える。敷地の南にある廟には、軒下に何十と吊るされた金属製の燈籠が煌々《こうこう》と夜闇に燃え、影と光を生んだ。その景色だけは、いつ見ても美しいと薫蘭は思う。

沈寧では、本格的な夏を迎える前、円老子が生まれたとされる日に合わせて老子祭を執り行うが、その日だけは町中に燈籠が飾られ、見慣れた景色が一変する。通りには食べ物を扱う屋台が出て、いつもより着飾って出歩く人々で埋め尽くされるのだ。熱気と活気にあふれた、その時の楽しそうな笑顔だけは、作り物ではないと信じたかった。

　人々が寝静まった夜半に、薫蘭は高潤だけを連れて、足音も密やかに廟を訪れた。朱塗りの扉に錠はかかっておらず、押すだけで簡単に開いた。廟は八角形をしており、中央に円老子を祀る祭壇がある。そこに設置された円老子を象《かたど》った木像は、高い天井に届きそうなほど大きく、立派なものだ。廟内を照らす薄暗い灯りの中で、長い髭の翁《おきな》は、喜怒哀楽の読めぬ目で真夜中の訪問者を迎えた。

「これはこれは王太女様、こんな夜更けに我が老子に御用でございましょうか？」

　祭壇前にある拝場に座っていた白叡が、薫蘭に気づいて立ち上がった。

「お前こそ、こんな時間まで何をしている？　朝拝にしては時間が早すぎないか？」

　薫蘭の後ろでは、高潤がさりげなく剣に手をかけている。現時点では、白叡の腹が全く読めない。

「おやおや、私《わたくし》の仕事をお忘れですか？　老子に祈りを捧げることこそが、我が務めでございますれば……」

「僧士は嘘をつかないのではなかったのか？」

　白叡の飄々《ひょうひょう》とした言葉を遮って、薫蘭は口にする。

「単刀直入に問う。何を企んでいる？」

　その問いに白叡はわずかに目を瞠り、続いて袖で口元を覆いながら肩を揺らした。

「相も変わらず、真っ直ぐな御方だ」

「御託《ごたく》はいい。お前の腹を聞かせろ」

白叡が宗満の支持者であることは、これまでの言動からもあきらかだ。むしろそちらの派閥の頭だと言っても過言ではない。白叡がいるからこそ、それに同調して宗満を推している者も少なくはない。そしておそらくは王も、それに乗じていたはずだ。長子の薫蘭をどうにか王太女の座から下ろし、宗満を次期国王にと考えていただろう。『弓の心臓』が本物かどうかを判じるあの場は、彼らにとって好機中の好機だったのだ。あそこで石を偽物だと判じれば、簡単に薫蘭を追い落とすことができた。

それなのに——。

「……王太女様、いつか、私にお尋ねになられたことを覚えておいでですか?」

白叡は、後ろの円老子像を振り返る。

「円老子とはどんな神だ、祈れば国を救ってくれるかと、仰せになりました」

薫蘭は、仄《ほの》かな灯りの中に浮かび上がる木像に目を向けた。自分にとっては、縁もゆかりもない神だ。沈寧国を築いた祖が、どんな神を信仰していたのかさえ、薫蘭にはわからない。

「円老子の真名は、燕老子《えんろうし》。燕国《えんこく》を築いた波陀族《ばだぞく》が信仰していた、波陀教《ばだきょう》の塩の神です。海が遠い燕国にとって、塩とそれを運んでくる者は大変貴重で、それがいつしか信仰の対象になったのです」

夜の静けさの中で、白叡は語る。

「祈れば国を救ってくれるか、という問いについては、否と申し上げざるを得ませぬ。燕老子を祀っていた波陀族は散り散りになり、国家は滅んだのですから。今となっては、もはやどのくらいの同胞が残っているのか見当もつきませぬ」

ゆっくりとこちらに向き直り、白叡は悠然と笑んだ。

「私は、波陀族の生き残りでございます」

薫蘭の後ろで、高潤が息を吞んだのがわかった。燕国滅亡以降、波陀族は沈寧国内で暮らすことを許されてはいるが、小信《しょうしん》以上の官位を得ることはできず、国府の要職には就くことができない。まして僧士の頭である神司《かんづかさ》になるには小徳《しょうとく》以上の官位が必要だ。

「……そのことを父上は？」

薫蘭は静かに問う。白叡が波陀族だと知っていれば、この待遇はあり得ない。

「ご存知ありませぬ。私の経歴は、沈寧生まれの沈寧育ちとなっておりますが、実のところは、泣く泣く沈寧で暮らさざるを得なくなった波陀族の子。我が老子を当時の沈寧王が新たな神に据えると知って、出生を偽り、死に物狂いで僧士の道を歩み、ここまで登りつめました」

そう言って、白叡は法衣の片袖を抜いて、自身の左腕を見せた。ちょうど二の腕のあたりをぐるりと囲む独特の入れ墨《いずみ》は、間違いなく波陀族のものだ。

「……どういうつもりだ？　私がそのことを父上に進言すれば、お前はただでは済まないぞ」

「おや、源嶺王がご自分を信用すると、まだお思いなのですか?」

数刻前のことを思い出して、薫蘭は拳に力を込めた。確かに、今の状況では父王は間違いなく白叡の言い分を聞くだろう。先ほどそれを見せつけられたところだ。

「……どうしてそこまでして。自分たちの神を奪われてなお、沈寧のために祈ってもよいと……?」

薫蘭の代わりに高潤が尋ねた。

白叡は、片頬を歪めて笑う。

「沈寧のために祈っているという大義名分を振りかざしさえすれば、大変愉快でした。なにしろ我が老子に、燕国を壊滅に追いやった沈寧の王家が頭《こうべ》を垂れているのですから。この滑稽な景色を眺めずして、何に嗤《わら》えと言うのですか」

薫蘭はその時、白叡がしきりに廟への参拝を促す理由を知った。滅ぼした国の神に祈る王族の姿を見て、彼は極上の優越感を覚えていたのだろう。そのためなら、どんなに沈寧を褒め称える文言でも口にできるほどに。

国を奪われ、同胞を殺された恨みで、その身を焦がしながら。

「何十年と神のもとで待ち、ようやく王とその息子からの信頼を得、あとは好き勝手に王宮を掻きまわせればいいと思っていたのです。所詮一人の僧士ができることなど限られているのですから。――――しかし」

白叡は、改めて薫蘭と目を合わせる。灯りを映す彼の目が、燃えているように見えた。

「沈寧はまた、同じことをした。かつて我らの国にしたことと同じことを、今度は弓可留に。そして今度は神の代わりに、あの国の歴史と宝珠を欲しがった。そのために、自らの娘すら軍の先頭に立たせ、捨て駒のように扱って……。私が、『弓の心臓』を見たことがあるのは本当です。だからこそ、貴女様のお持ちになったものが偽物だということはすぐにわかりました。しかし、もしも私が偽物だと言えば、王太女様は王太女ではなくなっていたでしょう。命が助かったかどうかもわからない。私はそれを、見過ごすことができませんでした」

薫蘭は、言葉が出ずにその場に立ち尽くす。彼の言葉をそのまま鵜呑みにすることはできないが、完全な嘘だとも思えなかった。

「王太女様、貴女が偽物の石を用意したと知り、私は大げさでなく、この胸を打ち震わせて感動したのです。あの恐王を欺くことすら厭わぬ度胸と決断力。神にすら惑わされぬお心。この方こそ、一国の王にふさわしいと」

白叡は瞳を潤ませ、切々と訴えた。

「おそらくは貴女様も、私と同じ想いを抱いておいででしょう。源嶺王をこのまま玉座に座らせておくのは、自国他国にかかわらず、徒《いたずら》に無辜《むこ》の民を殺すことと同意だと。そしてそれは民だけにとどまらず、自らの身にすら振りかかるものだと。ならばどうすればよいか、ご自身が一番ご存知なのではありませんか？」

口の中が乾いていた。荒くなりそうな息を押し殺して、薫蘭は握りしめた拳に力を入れる。

「どうか、早く玉座にお着きください。そして私に、波陀族に神をお返しください」

白叡は鈍い光を宿す目で、薫蘭を見据える。

「――ひっくり返るときは、一瞬でございますよ」

囁くように告げた白叡の言葉が、廟の中に密やかに響いて消えた。

五、

「牢舎に入れられていた時に、薫蘭から聞いたことがあったんです。沈寧では一人一人に重い税金がかけられていて、それを苦に逃げ出す人たちがいると」

長年沈寧国と対立関係にある紀慶国《きけい》には、国境近くに異人町《いじんまち》と呼ばれる眠浮がある。元は沈寧に燕国を滅ぼされた波陀族が集まってできた場所だと言われており、不知魚人の未芙の出身地でもある。そこは日雇いの仕事を探す貧しい人々で溢れていて、何者が入り込んでもわからない混沌とした場所だ。瑞雲の話によれば、夜に見かけた放置死体が、朝には跡形もなくなっている町だという。眠浮の店で肉を食ってはいけないというのは、暗黙の了解だ。

「いつ来ても陰気な町だな」

着いて早々、瑞雲は頭巾で半分以上を覆ったその端正な顔を歪める。最後まで行きたくないと抵抗していたが、眠浮には一番詳しいということで、半ば強制的に風天によって連行された。

「あの……瑞雲さんはここに住んでたんですか？」

迷いのない足取りで、眠浮の中でも一番マシだという宿屋に向かう背中に、慈空は尋ねる。

「ちょっとな。随分昔の話だ」

瑞雲は振り返らずに答える。しかしそれ以上は語らず、慈空は何となくその続きを訊きそびれてしまった。

町はずれにある宿屋に黒鹿を預け、慈空は率先して町の中で情報を集めた。沈寧から逃げてきたという人の噂は、比較的すぐに入手することができたが、いざ本人に会ってもなかなかそうだとは認めてくれない。沈寧は許可のない脱国を認めていないため、ばれると連れ戻される恐れがあるのだ。

「そこをなんとか、話しちゃくれねぇか？」

瑞雲が慣れた様子で小銭を手渡すと、ようやく訥々《とつとつ》と話してくれるといった具合だった。しかしほとんどの者が平民で、今更あの国のことは思い出したくないと渋い顔をするばかりだった。

「皆、あの国のことは忘れてぇんだよぉ。生きてる限り税のことばっかり考えなきゃならねぇ国だぞぉ」

道端で香草の煙を吸っていた男は、話しかけた慈空にお前もどうだと、枯草のようなものを勧めた。

「この煙を吸ってりゃなぁ、嫌なことは全部忘れちまえるぞぉ」

口の端から涎《よだれ》を垂らしながら笑い始めた彼を見て、慈空は丁重に断ってその場をあとにした。おそらくは違法な香草だろうが、ここではあちこちで同じような光景が目に入るばかりか、そういう草を売っている店さえあるという。瑞雲が慣れた様子で何件か覗いていたが、芳しい情報は得られなかった。

眠浮には、日雇いの仕事を終えた者たちに食事を提供する店がいくつかある。どれも破格の値段にはなっているが、材料の出どころはわからない。それでも生きていくために、彼らは正体のわからないものを食い、明日もまた日雇いの仕事のために列を成すのだ。きちんとした仕事に就くためには、紀慶国の国府が発行する民札《たみふだ》が必要で、他国からやって来た者は、出国時に自国で発行される民札と引き換えにそれを得る。つまり、国府を通さずに脱国してきた者は、永遠にまともな仕事にはありつけないのだ。

「それでも、日雇い仕事の斡旋が黙認されてるだけ、随分マシなんだと思うぜ」

宿屋に戻ってから作戦を練り直し、翌朝は日雇い業者がやって来る広場に向かうことにした。

「沈寧は脱国した国民を引き渡すよう紀慶の国府に言ってるが、紀慶は今のところ『そんな奴はこの国にはいない』っていう姿勢を押し通してる。……が、これ以上数が増えれば状況も変わるかもしれねぇな」

その夜に泊まった宿屋は、今まで慈空が見てきたどんな宿屋よりも粗末なところだった。案内された入口横の客室は、広い空間を慈空の背丈ほどの薄い板壁で仕切っているだけで、これでは隣の客の鼾《いびき》どころか衣擦れの音まで丸聞こえだろう。床には血痕を思わせるような染みがあり、提供された寝具は黴《かび》だらけで使い物にならなかった。ただ幸いなことに、こんな場所に泊まる者は少ないらしく、その日は慈空たちしか客がいなかった。これなら多少気を抜いて会話できる。

「お前が入り浸っていた頃と何か変わったか？」

宿からもらってきた湯を使い、持参した携帯用の茶器で茶を淹れる瑞雲に、風天が尋ねる。夕食は眠浮に着く前に買い求めた食料で凌《しの》いだが、四人で食いつないであと三日分といったところだろうか。

「そんなに変わってねぇよ。知ってる顔も何人かいたが、いなくなった奴もいる。どっかで野垂れ死んだんだろ」

特に感慨もない様子で、瑞雲は口にする。

「不知魚人を出奔した直後に、この辺で仕事を探してた時期がある。今更別に愛着も未練もねぇ」

事情のわからない慈空に説明するように、瑞雲は続けた。

「ああ、それで……」

「不知魚人生まれの俺は、民札を持ってねぇ、いわゆる非民《ひみん》だからな」

そこまで言われて、慈空はさらに理解を深くする。一応やむにやまれぬ事情で民札を持たずに出国してしまった場合の救済措置もあるが、国によって基準が違っている上、手続きが煩雑なため、申請する人はごくわずかだと聞いている。不知魚人がそれに該当するのかはわからないが、彼の性格を思えば、たとえわかっていても申請せずに済ませてしまったのだろう。

「そういえば俺も民札持ってないな。闇戸《くらと》ってどの国にも属してないしねぇ。あ、それに今は慈空もだよね？」

ふと思いついたように日樹に問われ、慈空はようやくそのことに気付いた。

「まあ、慈空は難民申請すりゃ何とかなるだろうけど、日樹は俺と同類だからな。あ、それに風天もか。なんだ、全員非民だな」

「民札なくったって、なんとかなるよねー？」

「なるなる」

「ねー」

瑞雲と日樹に肩を抱かれ、慈空は今更ながら非民となった自分に愕然とした。眠浮で香草を吸いながら涎を垂らしている人々の姿は、明日の我が身かもしれないのだ。そしてふと、北雷のことを思い出した。神の慈悲を待たず、自分の足で自由を勝ち取った彼のことが、つくづく身に染みた。

「……風天さんも、非民なんですか？」

やんごとない御方に仕えていても、身分は保証してもらえないのか。

「まあ、間違いなく非民ではあるよな」

意味ありげに言う瑞雲に、風天が不機嫌そうに舌打ちして、温《ぬる》くなった茶をあおった。


翌朝、慈空たちは日雇い業者がやって来る広場に出向き、それぞれ二手に分かれて集まってくる人々を見分した。やや男性の方が多いが、女性もいないわけではない。中には乳飲み子を背負って来ている者もいれば、まだ幼い子どもの姿もあった。着ている服は、袍だったり垂領の装束だったりと様々だが、着古して変色しているのは皆同じだ。

「掘削十五名、現金！」

「染色十名！　蜜芋一袋！」

「伐採八名、物品現金選択！」

やがて手配師と呼ばれる男たちがやって来て、仕事を欲しがる者を先着で連れて行く。最後の一名枠を争って喧嘩も起きるが、その隙に別の者が手をあげてそのままついて行ってしまう。手配師はあくまでも人数が集まればそれでいいのだ。彼らもまた、雇用主に使われている立場なのだから。

「……お?」

慈空と一緒に物陰から広場を眺めていた瑞雲が、ふと頭巾をあげて目を凝らした。

「なんだ、死んでなかったのかよ……」

ぼそりとつぶやく彼を、慈空は見上げる。

「お知り合いですか?」

尋ねた慈空の頭を、瑞雲は軽く小突いた。

「運がいいな、お前」

そう言って、外套の裾を翻しながら足早に一人の男の元に向かって行った。

手配師の一人として労働者を集めていたその男は、伸び放題の白髪と髭を持つ随分な年寄りだった。枯れ木のような細い体に薄汚れた大きい袍を着て、六割がた破れた草履を引っ掛けている。しかしその眼光は鋭く、まだ腰も曲がらず、どことなく他人を圧する雰囲気がある。彼は瑞雲の顔を見るなり「まだ死んでなかったのか」と言って、前歯のない口でにやりと笑った。

「そりゃこっちの台詞《せりふ》だ。草屋にいなかったから死んだのかと思った」

「草売りだけじゃ酒代が足りんでな。何しに舞い戻った。仕事か?」

「どっちかっていうと奉仕活動だ。情報が欲しい」

「もの好きじゃな。いつもんとこで待っとれ」

あっさりとそんな言葉を交わして、瑞雲はさっさとその場を離れる。そして慈空や風天たちを手招きして呼び寄せ、広場をあとにした。

「安露《あんろ》は眠浮の情報通だ。明日の天気も、失くした片方の靴も、このじいさんに訊けばだいたいわかる」

いつもんところ、と言われた店は夕方から開く酒場で、開店まで時間を潰した慈空たちが店内で待っていると、ほどなくして安露は姿を見せた。そして慣れた様子で「いつもの」を注文する。

「最近とんと顔を見せんと思っとったら、奉仕活動中とは愉快愉快」

安露は運ばれてきた安酒をあおる。先ほど興味本位でひと口呑んだ風天が、無言で顔をしかめて日樹の方に器を押しやっていたが、ここに住む人たちにとっては慣れた味なのだろう。

「それに雲海《うんかい》、お前付き合う人間が変わったか？　そっちの二人はまだしも、この坊ちゃんはなんぞいな」

安露は、瑞雲を別の名前で呼ぶ。慈空は不意に顔を覗き込まれて、思わず背中をのけぞらせた。彼の体からか服からかはわからないが、独特の饐《す》えた臭いが鼻をついた。

「弓可留の生き残りだよ。この坊ちゃんのために人を探してんだ」

瑞雲の言葉が耳に入っているのかいないのか、安露は慈空を上から下まで舐めるように眺める。あまりに至近距離から無遠慮に見つめられすぎて、慈空は気まずく体を縮めた。

「あ、あの……」

「見たところ軍人じゃあないな。この甘ったれの顔は学者じゃろう。手の指が曲がっとるとこを見ると最近折ったな？ しかも右手だけで三本。拷問でもされたか？」

最後を囁くように尋ねられて、慈空は身震いした。

「すごい！ わかるんですか？」

日樹が無邪気に身を乗り出す。

「わしにかかりゃあ朝飯前よ。どんだけの修羅場くぐって来たと思っとるんじゃ」

胸を張って言ったかと思うと、安露は再び椅子に座って酒を呑んだ。そして、向かいに座る慈空をちらりと見やる。

「坊ちゃん、敵討ちでもするつもりか？」

「いえ、そうではなくて……」

慈空は言葉を探して逡巡《しゅんじゅん》する。

「……沈寧に奪われたものを、取り返しに行きたいだけです」

「ほう」

興味深そうに、安露が白い眉を上げる。

「沈寧から逃げてきた人を紹介してもらえないでしょうか。できれば、王宮から逃げてきた人だと助かります」

慈空の言葉に、安露は驚きはしなかった。代わりに、ふむぅ、と唸って顎鬚《あごひげ》を触る。

「雲海、お前ややこしいことにかかわっとるのお」

「好きでかかわってるわけじゃねぇんだけどな」

「それで支払はお前が持つのか？」

さらりと流れるように尋ねられ、言葉に詰まった瑞雲が慈空に目を向けた。その視線を受けて、慈空は青ざめる。まさかまた借金が増えるのか。

「……こいつが払う」

瑞雲の人差し指が迷って、結局隣にいた風天を指した。

そして迷いのない瞳を安露に向けた風天が、淀みなく尋ねた。

「いくらだ？」

「ちょっと待って！」

懐に手を入れた風天の手を、日樹が摑んで止める。

「風天に金の交渉しないで！　俺が聞く！　風天は財布しまって！」

「なんでだ。金ならある」

「身ぐるみ剝がされたいのかな⁉」

何やら慌てている日樹を眺めて、瑞雲が面倒くさそうに頭を搔いた。

「とりあえずそっちで出して、あとで慈空と折半しろ。こいつ一文無しだからしょうがねぇだろ」

「す、すみません……」

慈空はなんだか申し訳なくて、とりあえず謝っておく。それでも借金が増えることに変わりはないのだが。

「お前さん、金持ってそうな顔じゃな」

納得いかずにいる風天を眺めて、安露がひょひょひょと笑う。

「だが安心せい、雲海の連れなら安くしといてやる」

そう言って、安露は風天の耳元で金額を囁いた。それをすかさず聞いた日樹が、再び財布を出そうとした風天を押しとどめて、交渉を始めた。


安露が案内したのは、様々な端材をなんとかかき集めて作ったという風情の、家とも小屋とも呼べない建物が立ち並ぶ一角だった。ほとんど屋根のない、囲いだけのところもあれば、石や板を組み合わせてどうにか雨風を凌げるようになっているところもある。眠浮の中でも最下層の人間が住むところだと説明されて、慈空は複雑な気分で安露のあとをついて歩いた。何をするわけでもなく家の前や道端に座り込んでいる人の目が、絡みつくような粘度でこちらに向けられているのがわかる。安露が一緒でなければ、一瞬で身ぐるみを剝がされていたかもしれない。

やがて安露は、一軒の小屋の前で足を止めた。入口に扉はなく、ぼろ布がかかっているだけで、彼はためらいなくそれを避けて中に入っていく。狭い部屋の中には、煮炊きする小さな竈の他に家具は一切ない。灯火器もなく、屋根の隙間からの星明りのみだ。奥には土の上に蓆《むしろ》が重ねて敷かれ、そこに一人の女が横たわっていた。

「砂里《さり》、お前さんに客じゃぞ」

安露の隣に立って、その姿を目にした慈空は驚愕を押し殺した。目玉だけを動かしてこちらを見上げた彼女の顔は、鼻を中心にどす黒く変色し、腐っているように見える。髪も抜け落ち、ところどころ頭皮が見えていた。袖から覗く腕は、くっきりと骨の形が浮き出てしまっている。角ばった指が、一体の小さな神像を握りしめていた。

「……腐毒《ふどく》か」

瑞雲が低くつぶやいた。娼婦や、彼女らを抱く男たちが感染するという病だ。初期は体中に赤い発疹ができるだけだが、そのうちにそれが潰瘍《かいよう》に変わり、発熱などの症状が出たのち、数年の潜伏期間を経て体中に腫瘍が発生する。それがいつしか腐り、体中に穴が開いて死に至る。根本的な治療法は確立されておらず、弓可留でも死の病として知られていた。

「一年前から寝たきりにはなったが、まだ意思疎通はできる。砂里は、九年前に沈寧の王都からここへやって来た。母親が高貴な御人の侍従だったらしくてな、王宮の中には何度か入ったことがあると聞いたぞい」

枕元に座った安露が、彼女の骨ばった手をとんとんと軽く叩く。

「砂里、この坊ちゃんがな、訊きたいことがあるそうじゃ」

その言葉に、虚《うつ》ろな女の目が慈空を捕らえた。

「は、初めまして。私は慈空と言います。弓可留の出身です。沈寧に奪われたものを取り返したくて、沈嘉宮に詳しい人を探していました」

女は、何も言わずに慈空を見つめている。

「弓可留が、沈寧に滅ぼされたことは、ご存知でしょうか。身寄りのなかった私は、家族のように慕った人を皆殺され、一人だけ生き残ってしまいました。彼らの形見とも言えるものを、沈寧に持ち去られてしまっています。私はどうしてもそれを諦められなくて――」

「具体的に言うと、王宮に忍び込みたいので何かいい手はないかっていう話です」

なかなか話の要点を絞れない慈空の代わりに、日樹が横から説明した。

「……だが、九年前となると少し情報が古くないか？　その時、彼女はいくつだったんだ？」

風天の問いに、安露は顎髭を触りながら天井を仰ぐ。

「確かここに来た時が十四、五だったかのう。沈寧にいた頃は十二、三か。まあそのくらいなら記憶も確かじゃろうて。それに、砂里以外で王宮にいたことのある奴は、もうおらんよ。隠しとる奴は、おるかもしれんがな」

眠浮に来た九年前が十四、五、ということは、今は二十三、四ということだが、痩せ細った老婆のような姿からは、とてもそうは思えない。

「……な」

やがて虚ろな目のまま、砂里がぽつりと口にした。歯茎も腐ってしまっているのか、前歯があらぬ方向に歪んでしまっている。

「……やめと……き、な」

一瞬、何を言われたのかわからなくて、慈空は瞬《また》きした。

砂里は目を閉じて、掠《かす》れた声を押し出す。

「忘れた、方がいい。その方が、幸せ……」

「しかし……！」

慈空は思わず声を大きくする。今まで見ないようにしていた無防備なところを、不意に刃物で突かれたような衝撃があった。

「今は、辛いかもしれないけど……、時が、経てば……」

目を閉じたまま深く息を吸って、砂里は続ける。

「……私の、母は、……沈寧王に、殺された」

その言葉に、慈空は息を詰める。

「罪人の、家族は、国外追放……それが、私。父は、道中で死んで、一人で、ここへ逃げ延びて、生きてきた……」

「それなら、私の気持ちもわかってくださると――」

「でも、もう、どうでも、いいの」

慈空の言葉を遮り、砂里は首を振る。

「もう、どうでも、いい……」

「なぜです？」

「なぜって……」

慈空の問いに、砂里は少しだけ笑ったようだった。

「おもしろいこと、訊くのね……」

砂里はそのまま言葉を切って、ぬかるみに沈むように眠りに落ちていった。

「今日はここまでじゃな」

安露が言って、慈空は我に返るようにして息を吐いた。

「痛みでろくろく眠れんようでな。寝られるときに寝かしてやってくれ。続きは明日じゃ」

そう言われて、慈空たちは押し出されるようにして砂里の家をあとにした。


「あの病状だと、持って五十日ってとこじゃねぇか？」

宿に戻って、簡単な夕食を摂りながら瑞雲がぼやいた。

「自分の死を予感して、もう過去のことなんかどうでもよくなった、ってところか」

「受け答えできてることが、ほぼ奇跡みたいなもんだからねぇ」

風天が炒った木の実を齧《かじ》り、日樹が干し肉を噛みちぎる。あの病人を見た後でも、彼らの食欲は特に衰えないらしい。

「明日、私がもう一度行ってみます」

慈空はお茶だけを飲んで、とりあえず腹を温める。彼女の家で嗅いだ腐敗臭が、まだ鼻の奥に残っていた。

皆が寝静まった後も、慈空はなかなか寝付けずにずっと考えていた。母を殺されたということが事実であれば、沈寧王を恨んでいないはずがない。それなのにどうでもいいと言えてしまうほど、死というものは、何もかも奪っていってしまうのか。しかしそれならばなぜ、彼女は神像を握っていたのか。あれはおそらく沈寧の神である円老子だ。自らを追いやった神に、今更彼女は何を祈っているのだろう。

自分が牢舎で拷問を受けたとき、いっそ殺してくれと思うほどの苦痛だったが、それでも沈寧への憎しみや恨みが消えることはなかった。ただ『弓の心臓』を渡すものかという決意が固くなるばかりで、どうでもいいなどと思うことはなかった。だが例えば、今から十年後に同じような拷問を受けたとして、自分は同じ想いを抱き続けているだろうか。弓可留への想いも、留久馬への想いも、時の流れとともに思い出となり、風化するときが来てしまうのか。それを待った方が、幸せなこともあるのだろうか。

慈空は、密やかに息を吐いて目を閉じる。

黎明《れいめい》はまだ遠い。

それでも、今この胸にある炎を消したくはなかった。


翌日、慈空は日樹と一緒にもう一度砂里の家に向かった。一人でいいと言ったのだが、何かあったときに一人では対処できないでしょ、と言われて返す言葉がなかった。瑞雲と風天は、もう一度安露から情報を聞き出してみると出かけて行った。

「こんにちは」

入口のぼろ布をめくって、慈空は奥に声をかける。返事はないが、昨日もそうだったので、そのまま中に入った。手土産に何か持って行こうかとも思ったが、彼女が今何を食べられるのかがわからず、結局手ぶらでの訪問となった。

砂里は相変わらず蓆の上に横たわっていて、昨日から微動だにしていないようにも思えた。枕元に重湯の残りがあるところをみると、誰か世話をしてくれている人がいるのかもしれない。

「すみません、また来ました」

虚ろな視線を向けられて、慈空は気まずく頭を下げる。彼女の手は、今日も神像を握りしめていた。

「今日は、あなたに見てもらいたいものがあって」

日樹は少し下がったところで、入口を気にしつつ成り行きを見守っている。治安がいいとは言えない地域だ。耳と勘のいい彼がいてくれるのはやはり助かる。

ちょっと失礼しますね、と言い置いて、慈空は頭巾を外し、上から順番に身につけているものを取っていった。外套を脱ぎ、襟巻を外し、そのままの流れで袍も脱ぐ。

「慈空？」

何事かと、日樹が不思議そうに声をかけたが、上半身裸になった慈空は、大丈夫だと頷いてみせた。

「砂里さん、この傷見えますか？」

慈空は後ろを向いて、背中に残る無数の傷跡を見せた。赤黒く盛り上がっているそれは、志麻によればおそらく一生消えないだろうという話だ。

「沈寧の兵に捕まって、拷問を受けた時の傷です」

棘《とげ》のついた鞭《むち》で打たれた、肩から腰にかけての大きな傷は、治るのに二週間以上を要した。

「手の指は折られて、足の爪は剝がされました。顔を殴られたとき、一時的に耳が聞こえなくなったこともあります」

慈空は砂里に向き合って座り直す。

「不幸自慢をしに来たわけではありません。でも知って欲しかったんです。こんな仕打ちを受けてもなお、私は沈寧に奪われたものをあきらめられません。もう一度、沈寧に行きたいと思っています」

砂里の半端に開いた口から、呆れるような息が漏れた。

「……馬鹿ね」

「ええ、自分でもそう思います。あきらめた方がよっぽど楽だって。でもだめなんです。奪われたものを取り戻さないと、死んだ兄との約束が守れません。……正確には、兄みたいな人、ですけど……」

慈空はひとつくしゃみをして、すみません、と言いながら早々に袍を着た。格好はつかないが、こちらの意志が伝わればそれでいい。

「それに……逃がしてくれた人とも約束したんです。彼女も、妹を亡くしていて、今でもその形見を持っていると言っていました」

あの夜のことは、今でも鮮明に覚えている。彼女に盲目の妹がいたことも、責任を取らされて一緒に死んだ侍従がいたことも。実の娘でさえ、父王を憎んでいるのだと。

「……妹」

不意に、ぽつりと砂里がつぶやいた。

「……今、どうしてる、かな……」

「妹さんがいるんですか？」

「私じゃ、ないの……。妹を、父親に殺された、かわいそうな、人……」

その言葉に、慈空は目を見開く。

「……私の、母は、当時、まだ王太子だった源嶺の、末の娘の世話係だった……。生まれつき盲目だったその子は……、源嶺の高杯を割って、殺された。私の母も、責任を問われて、殺された」

砂里は、濁《にご》った眼で天井を見上げる。

「あなたは何も悪くないって、謝ってくれたのは……あの人だけ……」

慈空は眉間《みけん》に力を入れて、涙を堪える。

心当たりなど、一人しかいなかった。

「……薫蘭《くんらん》でしょう？」

尋ねた声は、震えていた。

「あなたに謝ったのは、薫蘭でしょう？」

砂里が、驚いたように目を瞠る。

「どうして……」

「私も助けられたからです。私を牢から逃がし、生きろと言ったのは沈薫蘭です。彼女は、末の妹と運命を共にした侍従のことを、今でも覚えています」

それまで人形のように動かなかった砂里が、初めて手を動かし、自ら体を動かして起き上がろうとした。

「嘘じゃありません。薫蘭は、いつか娘に渡してあげたいと、侍従の遺した櫛《くし》を今でも持っています」

彼女のことだ、きっと墓にもたびたび立ち寄っているのだろう。王になりたいという強い想いは、きっとそういう過去の積み重ねの果てにあるのだ。

「本当……本当に……？」

慈空が手を添えようとしたが、砂里はもはや骨と皮だけの体で動くことが叶わず、両手で顔を覆って泣き始める。

「覚えていてくれたなんて……！」

彼女の手から零れ落ちた円老子の神像を、慈空はそっと彼女の傍に寄り添わせた。

「薫蘭様とは年が近くて……何度かお話ししたことがある……。よく笑う可愛らしい公主様で……とても、優しかった」

やがて落ち着きを取り戻した砂里は、少しずつ沈寧で暮らしていた頃のことを話してくれた。彼女の父親は、沈寧国内の土地や戸籍などを司る民部《みんぶ》にいた役人で、砂里の母とは職場結婚だったという。

「年に一度、老子祭の日だけは、一般人も王宮内の廟に、入れるの……。薫蘭様とは、その時にお会いして、奥宮に連れて行ってもらったことも、あるわ……」

病に蝕まれている身でありながら、砂里は当時のことをよく覚えていた。

「薫蘭は王になって、沈寧国を変えたいと思っています。私もできれば、それを応援したい」

留久馬を殺し、弓可留を滅亡へ追いやった国の王太女を応援など、おかしなことかもしれないが、慈空は自分にとってそれが一番建設的な復讐のような気もしていた。

「……あなたに、協力することは、薫蘭様に協力することに、なる……？」

砂里に問われて、慈空はしばし黙り込んだ。

「……正直なところ、今回私たちがやろうとしていることは、むしろ逆効果になるかもしれません。沈寧の中を引っ掻き回すだけの結果になるかもしれない」

ここで口当たりの良い嘘を言って、砂里を騙すことは簡単だ。むしろそうした方が、手間はかからなくてすんだだろう。しかし薫蘭のことを聞いて涙した彼女に、嘘はつきたくなかった。

「私が取り戻したいのは、弓可留の魂ともいえる宝珠です。それを今、沈寧王が持っています。沈寧王が取引に応じるとも思えず、こちらから差し出せるものもなく、最後の手段として、盗みに入ることを考えています」

それを聞いて、砂里はようやく納得したような顔をした。

「おかあさーん」

その時不意に外で声がして、三、四歳ほどの幼児が、入口のぼろ布をめくりあげて入ってくる。室内に見知らぬ大人がいたことに驚いて足を止めたが、すぐに砂里の元へ駆け寄った。

「お子さんいたの⁉」

驚いた日樹が尋ねる。

「病気になる前に、産んだ子……」

砂里は子の父親のことは語らなかった。慈空たちも、そこまで深入りするつもりはない。どうせ自分たちが、この小さい子どもの命を背負うことはできないのだから。

「もしかして、その神像はお子さんのためですか？」

慈空は、砂里が握っている円老子を指した。ずっと不思議だったのだ。自分の延命のために持っているわけではない気がして。

「……おかしいでしょ。追い出された国の神に、今でも、祈ってるなんて……。でも私、これしか、神を知らないの……。残していく子どもを、守ってほしいとお願いできるのが、これしかないの……」

眠浮の住民はいつも流動的だ。家族であっても、一年後一緒に暮らせているかどうかはわからない。まして親を失った子の未来がどうなるのか、想像に難くない。

「おかしくなんかありませんよ」

慈空は泣きそうになるのを堪えて、無理に作った笑顔で答える。

「神にはきっと、届いていると思います」

そうあってほしい、そうあってくれと、慈空は祈った。

神は縋るものではない。苦しい時に助けてくれるものではない。現に弓可留を救わなかった。留久馬を助けなかった。いつ降ってくるかわからない慈悲を待つより、自分で走った方が早いこともわかっている。けれど、それでも、今の彼女に必要なものは、寄り添ってくれる神なのだ。

それを否定して、誰が幸せになるのだろう。

「……何か、書くもの、持ってる？」

砂里は、かろうじて笑ってみせる。

「九年前の記憶でよかったら、全部話してあげる……」

「――ありがとうございます」

慈空は頭を下げた。

その拍子に零れそうになる涙を、気づかれないようにそっと拭った。


沈寧では、宗満を王に推していた一派の多くが薫蘭側に寝返り、それをきっかけに翔宜や薫蘭の末の弟である清嶺《せいれい》を推していた者たちも、自分たちの不利を悟ってこちら側にすり寄ってくるようになった。ここにきて、四姉弟の均衡はあっさり崩れたのだ。宣言こそしないものの、白叡は宗満に対して冷たく当たるようになり、そのことがあっという間に王宮内に伝播《でんぱ》した。

「いやはや、皆正直者で困りますなぁ」

自身の影響力を知っていてなお、白叡は薫蘭の執務室を訪ねては茶を飲んでいくようになった。薫蘭としては歓迎しているわけではないのだが、追い返すわけにもいかず、仕方なく受け入れている状態だ。

「しかしこれで、王太女様としては安泰でございましょう」

今日も薫蘭が執務中なのを見計らってやって来た白叡は、持参した茶葉で勝手に茶を淹れて、窓際に置いた応接用の椅子に陣取っている。扉近くに控えた高潤が、それを苦い顔で眺めていた。

「自分でそう誘導しておきながら、よくもまあ抜け抜けと言うものだ」

筆を動かす手を止めて、薫蘭はちらりと客人に目を向ける。

「これは心外でございますなぁ。王太女様にはお喜びになっていただけるかと思いましたのに」

「こうもあっさり掌を返されると、正直気持ちが悪い」

「世の中とは、往々にしてそのようなものでございますよ」

白叡は肩を揺らして笑った。まるでこちらが世間知らずとでも言うような言い方だが、沈寧王とそう年の変わらない彼からすれば、薫蘭などまだまだ子どもに過ぎないのかもしれない。

「……以前、波陀族に神を返せと言ったな。それはつまり、民族の再興を望むということか」

筆を置き、薫蘭は率直に尋ねた。彼にとって沈寧は一族の仇だ。今まで我が神に跪く王族を眺めて悦に入っていたとしても、そろそろ潮時だと考えていたのではないだろうか。沈寧王のやり方に、ほとほと呆れ果てたと言い換えてもいいのかもしれない。

神を連れて沈寧を出る。

そしてかつての燕国領を明け渡させて、そこに新たな国を創る。

白叡が新たな王に望むのは、そういうことなのではないか。

自身が波陀族だと明かすことはかなりの危険を伴う。それを告げたということは、彼にもそれなりの覚悟があるはずだ。

「さすがは王太女様、話が早くて助かりますなぁ」

白磁の茶碗を置いて、白叡はあくまでも柔らかな笑顔を向ける。

「しかしそう無茶な話でもありますまい。奪ったものを、返してくれと言っているだけのこと」

悪びれもせずに言ってのける白叡に、高潤がいよいよ眉間の皺を深くして口を開いた。

「今まで自分の好き勝手やっておいて、随分都合のいい話だな」

「おやおや！　では燕国を乗っ取ったことは、沈寧の独りよがりではなかったとでも？」

若い侍従の言い分を、白叡は一笑に付す。何か言い返そうとする高潤を目で制し、薫蘭は再度ため息をついた。白叡相手に口論は無駄だ。あくまでも被害者であることを盾にされると、何も言い返せなくなる。それに、王に献上した『弓の心臓』が偽物だと彼が知っている以上、下手に刺激はしたくない。

「燕老子を波陀族に返すことについて異論はない。しかし領地については、ここでは即答しかねる。すでに移り住んだ者もいれば、新たに農地を開拓した者もいるのでな。だが、必ず検討しよう。今の私に答えられるのはそれだけだ」

薫蘭は簡潔に答えた。実際、王太女である自分に答えられることは少ない。

「なんという心強い、有難きお言葉」

白叡は大袈裟に言って、しかし――と続けた。

「しかし薫蘭様、我らはそれをいつまで待っていればよろしいでしょう?」

白叡は笑みを浮かべたまま口にした。

波陀族の生まれだと明かされたあの日、白叡から同じように問われたことがあった。

歴史を捻じ曲げ、民を搾取し、それでもなお我が道を突き進むこの国を変えるにはどうすればいいか、自分が一番よくわかっているのではないかと。

父王が年老い、代替わりするのを待つのでは遅い。

ではどうすれば。

どうすれば早急に薫蘭が玉座に着けるのか。

「私もいささか年を取りました。この身が自由に動くうちに、燕老子を新たな地へとお祀りしとうございます」

「……わかっている」

薫蘭は席を立ち、窓から見える、初夏を迎えた庭へと目を向けた。

「もう少し時間が欲しい。あまり性急に事を起こしてもよくないだろう。充分に根回しをしてからだ」

「御意」

意外にも白叡は、そう言ってあっさりと引き下がった。彼にしてみれば、動かない薫蘭を少し突いてみただけというところだろう。州司《しゅうのつかさ》や役人、軍などへの根回しが必要なことは、彼もわかっているはずだ。

「しかし白叡、お前が望むことは、王が宗満であっても叶ったかもしれないぞ。私についたのは同情心か？　それとも私の方が扱いやすいと思ったか？」

席を立つ彼に、薫蘭は問いかけた。

白叡が、苦笑して振り返る。

「逆、でございますよ」

「逆？」

首を傾げる薫蘭に、白叡は向き直る。

「人には器というものがございます。王になろうとするならば、苦渋の決断をせねばならないことも多ございます。それをおできになるのが、王太女様であると見込んだだけのこと」

扉の横で、高潤が露骨に眉を撥ね上げた。

「貴様、王太女様に向かって見込んだなどと――！」

「では高潤殿は弟君らにその器があるとでも？」

白叡は飄々《ひょうひょう》と問い返し、袖で口元を隠して笑った。

「王太女様、我らは王太女様を全力でお守りし、お力添えいたしますゆえ、先ほどのお言葉をどうぞお忘れなきよう……」

扉の前で大仰に拝をして、白叡は部屋をあとにした。

「あの老獪《ろうかい》め……！　どこまで調子に乗れば気が済むのだ！」

扉が閉まった直後、高潤が憤然と口にする。

「好き勝手言わせておいてよろしいのですか⁉」

「そう熱くなるな」

「しかし！」

「高潤、我らはもう、降りられぬ船に乗り込んだのだ」

自身に言い聞かせるように、薫蘭は口にする。白叡とお互いの秘密を握り合っている今、その船から勝手に降りることは許されない。白叡が自分に目をつけたのも、悪くない選択だ。たとえ宗満が王位を継いだとしても、父に逆らえないことは目に見えているし、それは他の二人の弟であっても同じだ。燕老子を波陀族に返し、領地を明け渡す決断などできないだろう。父は間違いなく反対するはずだ。まして譲位《じょうい》を説得することなど不可能だ。

　薫蘭は、もう一度庭へと目を向けた。木々は瑞々しい新緑に着替え、池の傍には薄紫の花が花弁を広げている。幼い頃、ようやく歩けるようになった薫蘭を連れて、父があの庭を一緒に歩いてくれたことを、今でも微かに覚えている。初めての我が子だったこともあり、すぐ下の弟が生まれるまでは、かわいがってもらった記憶があった。自分の中にある父の思い出は、決して恐怖ばかりでもないのだ。しかしそれを、今更誰に話そうとも思わなかった。もしかすると、自分の都合のいい夢だったのではないかと思うこともある。

「私は王になる。それだけは、誰にも譲れぬ……」

　薫蘭はつぶやくように口にした。しかしそのために決断しようとすると、急にいろいろなことが不安になって足がすくむ。白叡にいつか裏切られるのではないかという疑念さえ、未だ払拭できない。自分が王になることで、沈寧という国を変えることで、楽になる者が大勢いることはわかりきっているのに。

「……そうだ、私が王になれば、あいつにも……」

　薫蘭は、牢から逃がしたあの男のことを思い出した。彼はあれから無事に逃げ延びただろうか。生きて待っていてくれれば、いつか弓可留の宝珠をその手に戻すこともできるかもしれない。

薫蘭は、机の脇にある本棚に目を向けた。そこには沈寧の偽りの歴史を正史とした、煌びやかな装丁の歴史書が並んでいる。弓可留の『炎帝記《えんていき》』のように、原本がなく写しだけが残っている、というようなものではなく、国を吸収するごとに作り替えられたそれは未だ真新しい。しかしその一番下の段に、目立たないようひっそりと置かれた、古い革の背表紙がある。弓可留から密かに持ち帰ったそれは、薫蘭の知らない文字で書かれていたばかりか、途中の頁《ページ》からは白紙になっている。中身を見てすぐに最近作られた偽物だとわかったが、なぜだか捨てられずに手元に残していた。

薫蘭は無意識のうちに、きつく唇を引き結ぶ。

ひっくり返るときは一瞬でございますよ——。

白叡の言葉が、あの日から頭にこびりついて離れなかった。


「白叡様!」

薫蘭の部屋を出て廟へと戻って来ると、その帰りを待ちわびていたように、僧士たちが白叡を取り囲んだ。

「紀慶にいる同志と連絡が取れました。ぜひこちらに加勢したいとのこと」

「黄湊《おうそう》にいる同志も協力してくれるとのことです」

興奮気味の報告に、白叡はまあ落ち着けと宥めて、声が漏れぬよう廟の扉をきっちりと閉めた。

「やはり皆、心に思うところがあるのだろう。心強いことだ」

円老子の祭壇に一礼し、神を背にして白叡が腰を下ろすと、僧士たちはその周りに半円を描くように座した。薫蘭には告げていないことだが、この廟に仕える僧士は半数以上が波陀族で、残りの僧士も沈寧王に恨みを持っている者がほとんどだ。そうなるよう、長年をかけて白叡が人員を入れ替えてきた。家族を亡くした者、貧しさにあえぐ者、将来に希望を見いだせない不安な者に声をかけては、円老子がお救いくださる、円老子があの愚王に罰を下してくださると説き、数を集めてきた。ここのところその数も増え、そろそろと思っていた。薫蘭が『弓の心臓』を持ち帰ったことはただの偶然にすぎず、元より動く気でいたのだ。

沈寧王を、玉座から引きずりおろすために。

しかし沈寧国そのものを乗っ取るには、軍に匹敵する兵力が必要になる。あくまでも白叡の願いは、波陀族の再興と源嶺王への復讐だ。沈寧に新たな王を据え、かつての神と土地を奪い返せばそれでいい。そのためには、玉座を身内で争ってもらうのがちょうどよかった。こちらの手が汚れなくて済む。はじめこそ宗満にそれを期待していたが、あの男に父を玉座から引きずりおろすほどの、まして討てるほどの度胸はない。今、沈寧王に歯向かう胆力があるのは、間違いなく薫蘭だけだ。

「今しがた、王太女様とお会いしてきた。王になった暁《あかつき》には、老子を波陀族へお返しくださることを約束してくださった。燕国についても、ご検討くださると」

白叡がそう告げると、おお、という低いどよめきが僧士たちの間に走る。燕国再興の折には、すべての僧士を引き連れて移り住み、神の御名の元、暗君に搾取されぬ自由を謳歌しようと、白叡は往々にして口にしてきた。

「しかし、相手はあの沈寧王の娘、そううまくいくでしょうか。すぐに信用するのはいかがなものかと」

年長の僧士がそう口にして、白叡は、わかっている、と頷いてみせる。確かこの僧士は、幼い息子を王に殺されている。正確には、手を下したのは一緒にいた翔宜だが、出かけようとしていた王の隊列の前を横切ったからという理由だった。以来彼は、王族そのものに恨みと怒りを持っている。そして彼のような人間は、僧士の中にごまんといるのだ。中には王族を根絶やしにしろという過激派もいるが、白叡の説得でどうにか抑えている状態だった。

「王太女がいくらそう言ったところで、王になってもらわねば話がはじまりません。我らはいつまで、あの愚王に従っていなければいけないのですか。円老子は、我らをお救いくださるのですよね？」

血気に溢れる若い僧士が尋ねた。民族の再興を願い、作戦を成功させたいと願うあまり、王に恨みを持つ者を集め過ぎたきらいはある。制御不能に陥る前に、どうにかせねばならないとは感じていた。

「皆の気持ちは、私が一番よくわかっている。そして円老子もまた、我らに味方してくださることは間違いない」

白叡がその場を落ち着かせるように、両袖を合わせて拝をすると、僧士たちも一斉にそれに続いた。

「まずは王太女様を信じてみようではないか。我らが彼女を、王にして差し上げればよい」

白叡も、薫蘭を全面的に信用していいとは思っていない。父王に精神的に支配されているのはよくわかる。しかし三人の弟と違い、彼女だけはそれに抗《あらが》おうとしている。

「薫蘭王が誕生しても、我らの願いが聞き届けられなかったらどうしますか？」

一人の僧士に尋ねられ、白叡はわざとらしく困った様子で腕を組んだ。

「そうさなぁ、その時には……老子の名のもとに罰せねばなるまい」

薄い唇の端が、愉悦を刻んで吊り上がる。

「殺してしまえばよかろうよ」

五章　神か、王か、

一、

九年前の記憶とは思えないほど、砂里《さり》は正確に王宮内のことを覚えていた。彼女が入ったことがあるのは、王宮内の廟《びょう》と、奥宮の一部分だけだったが、裏庭にある古井戸が抜け道になっているという。その他にも近衛兵《このえへい》の所作、階級によって警備する場所が違うことなども教えてもらい、さらに慈空たちは砂里に手寧教《しゅねいきょう》の拝のやり方を習った。眠浮《みんふー》から不知魚人《いさなびと》の野営地《やえいち》へ戻った慈空《じくう》たちは、計画を念入りに練り上げた。今のところ候補は来月の老子祭《ろうしさい》だ。祭の夜に乗じて忍び込むのが、一番妥当な案だった。瑞雲《ずいうん》の情報網によれば、現在の沈寧《じんねい》では、薫蘭《くんらん》が熱狂的な支持を受けており、間違いなく王位を継ぐだろうと言われている。だが同時に、そのような一強状態は沈寧王が好むところではなく、いつか掌を返すのではないかという噂《うわさ》も囁《ささや》かれている。あの王は自分へ不満の矛先が向かないよう、常に自分の周囲が互いに争っていることを望んでいるのだ。

その日夜になっても寝付けなかった慈空は、こっそり天幕を出て星空を仰いだ。自分たちが眠浮に行っている間に、不知魚人はまた野営地を移動させており、事葉《ことのは》によってそれを知らされた慈空たちがたどり着いたのは、ただただ広大な平原だった。慈空が最初に運ばれてきた荒野とは違い、短い草の生えた草原が広がり、枝葉を横に広げる樹木が疎《まばら》に生えている。跳鹿《はねじし》の生息地らしく、早速捕らえられた何頭かが、不知魚人の貴重な保存食となった。

「こんばんは。ちょっとお邪魔するよ」

慈空は一頭の不知魚に声をかけて、甲羅から半端に伸びた右前足の横に腰を下ろした。不知魚は目を開けて慈空を確認し、再び目を閉じる。本来は夜行性らしいが、ここで飼われている不知魚は人間の生活時間に合わせるよう訓練されている。しかし眠いと思ったら移動中でもかまわず足を止めて寝てしまう気まぐれさがあるので、扱いには気を配らねばならないと志麻《しま》たちは言う。野営地で過ごす時間が長くなるにつれ、最初は岩のようにしか思えなかった不知魚のことも、随分わかったような気がしていた。彼らは頭がよく、不知魚人の言葉を大方理解している。世話をする者には懐き、踏みつけないようそっと歩いてくれる優しい生き物だ。

もう一度夜空を仰いだ慈空は、おもむろに自分の首にある四神《ししん》の首飾りを外した。浄《しろ》火の儀を受けた十二歳の時から、一度も外さなかった四神の民の証だ。革紐を通した月金《がね》鍍金《めっき》の板は、細かな傷がついて当初の輝きはないものの、その分柔らかく星明りを反射する。それを眺めていた慈空は、昇華できない想いを吐き出すように、小さく息を吐いた。

「眠れないのか」

突然頭の上から声が降って来て、慈空は慌ててそちらを見上げた。

「……風天《ふうてん》さん」

いつからそこにいたのか、彼は不知魚の甲羅の上からこちらを見下ろしていた。そして不知魚人がよくやるように、甲羅の上を滑ってきて軽やかに地面に着地する。

「不知魚から離れるなよ。この辺は、夜行性の獣も多いらしいからな」

そう言いながら、風天は辺りに視線を走らせた。その腰には相変わらず、あの反りのある剣が収まっている。

「風天さんは寝ないんですか？」

「俺は……少し考え事だ」

溜息まじりに言って、風天はその場を立ち去ろうとする。

「あの！」

慈空はその背中を呼び止めて、ここのところずっと胸にあったことを尋ねた。

「前に、神について、無条件に守ってくれるもの、救ってくれるもの、そんなものが本当にあるとなぜ信じられるのかって言ったこと、覚えてますか？」

足を止めた風天が、半身振り返る。

「それがどうした」

「風天さんにとって、神とは、どんな存在なんですか……？」

慈空にはまだ、神が何であるかの答えは出ていない。しかし心細いときや、頼れるものがないとき、神に祈ることが愚かなことだとは、どうしても思えなかった。ただ今は、何もしないで口を開けて待っているだけで、甘露が落ちてくるとも思っていない。

「俺にとって神とは……、存在しないものだ」

「存在しないもの……？」

「誰かが創り上げた、虚像にすぎない」

一瞬苦い顔をして、風天は答えた。

「で、でも、斯城国《しきこく》にも神はいますよね？　確か、聖女蓉華天《ようかてん》という女神が」

慈空は見たことがないが、それは美しい女神で、斯城の豊かな富を象徴するように、豪奢《ごうしゃ》に創られた神殿に祀られていると聞いたことがある。旅人の守護神でもあるので、大街道を通って旅をする者は、必ずその神殿を訪れるのだと。

「……確かに、聖女蓉華天は斯城の女神だった。しかしもう、あの国に神はいない」

風天の双眼が、わずかに揺らめいて蒼《あお》く煌《ひか》る。

「代替わりの際に国教は廃止された。そう、王が決めた」

慈空は驚きのあまり絶句する。神が廃されるなど、想像もできない。それまで祈りを捧げてきた信者たちは、一体どうなってしまったのだろう。斯城国の新たな王とは、そんなにも慈悲のない、極端な政策を取るのか。

かつて「神殺しに期待をするな」と風天が言ったのは、そういう意味だったのかと、慈空はふと思い出した。国教を廃した王の決断を、風天は一体どう思っているのだろう。誰かが創り上げた虚像だと言い切れてしまうくらい、彼は神に失望しているのだろうか。それとも、そうならざるを得なかったのか。

「慈空、お前にとっての幸せとはなんだ」

不意に問われて、慈空は答えに窮した。

「私にとっての、幸せ……？」

「腹いっぱい飯が食えることか？　温かい寝床があることか？　安心して暮らせる世の中であることか？」

腰の剣に片肘を預けるようにして、風天は口にする。

「それらの幸せは、神ではなく王が与えるものだ」

「……王が」

「そうだ。王こそが、民を幸せにせねばならない」

そう言い切る風天の姿を、慈空は呆然と見ていた。当たり前のことを言われているようで、忘れている何かを指摘されたようだった。以前、北雷《ほくらい》と語らったことが胸に去来する。そうだ、彼を救うべきは、神ではなく国だったのかもしれない。

斯城王は、それをやろうとしているのか。

神すらも恐れぬ、王の国づくりを。

「……でも、それならどうしてあなたの主《あるじ》は、スメラという神を探しているんですか？」

尋ねた慈空に、風天はやや考えるように間をあけた。

「……神とはもっと大きな、個人などに関与しない命の源のようなものだと、ある人に言われたことがある。主はスメラを探し出して、それを証明したいんだ」

「命の、源……？」

慈空は囁《ささや》くように問い返した。まるで、とても大事な秘密を打ち明けられているようで。

「もしもスメラが本当にいるなら、それが正神《まことのかみ》であるなら、その時俺は初めて、神というものを信じられるのかもしれない」

星明りの中で慈空を見つめる彼の目は、水をたたえた静かな湖のようでとても美しく、とても悲しかった。

慈空と別れた風天は、その足で自分にあてがわれた天幕まで戻ってきて、結局中には入らず、近くにある共同の竈《かまど》の傍に腰を下ろした。天幕内にある、湯を沸かす用の竈よりは大きく、わざわざ厨《くりや》に行かなくとも、ここで簡単な調理ならできるようになっていて、小腹が空いた時に手持ちの干し肉を炙《あぶ》ったり、獲《と》ってきた魚を焼いたりするのに使っていた。

すでに火の消えた竈の前で、風天は懐《ふところ》から一通の手紙と、先ほど不知魚の上で事葉から受け取った伝紙を取り出した。手紙は、以前根衣《ねい》から渡されたものだ。あの後すぐに目を通したが、今夜改めて読み直していたところだった。

彼の言った通り、中には沈寧についての詳細が記されており、あの国が鉱山を有しており、その輸出を主な収入としていることから始まって、沈寧王がここ数年で何人の民を殺したかまで網羅されていた。書き手の主観はなく、ただ事実が羅列してあるのは、飛揚《ひよう》らしい書き方だった。元々沈寧と斯城は、かなり距離が離れているせいもあって、国家間の交流はない。それを思えば、どこへでも出かけては友好を結んでくる羽多留《わたる》王が異例だったのだ。飛揚がどうやって沈寧の情報を集めたのかは知らないが、調べるということにおいて妥協を知らない人間なので、信憑性は高いと思っていいだろう。そして今日受け取った事葉からの伝紙には、直近の沈寧の動向が書いてあった。持ち帰った『弓《ゆみ》の心臓《しんぞう》』が本物だと認められ、薫蘭が玉座に近づいたこと。そしてその背後に、手寧教があるらしいということ。

じわりと目の辺りが熱を持ち、風天は、自身を落ち着かせるようにゆっくりと呼吸をする。この目について詳しいことはわかっていないが、おそらくは混《ま》ざり者《もの》の一種だろうと言われている。しかし当時の寺院はそれを逆手に取り、稀《まれ》なる祝子《ほおりこ》として担ぎ上げた。

「神とは、どういう存在、か……」

先ほど慈空から投げかけられた言葉を、風天は小さく繰り返す。

少なくとももう、今の自分に祈歌《いのりうた》を唱えることはできない。

「……お前はどんな王になるつもりだ？」

会ったことのない異国の王太女に、風天は問いかける。

この世に神が存在する意義とはなんだ。

王が君臨する意味とはなんだ。

民はどう生き、そのために国はどうあるべきか。

それらを双肩に背負って生きる覚悟があるか。

ひとつ息を吐いて、風天は立ち上がる。飛揚からの手紙の最後には、「君は好きに動いていい。お土産はなくてもいいけど、できれば役に立つ石が欲しい」とあった。役に立つ石とは何だろうかと首を捻りながら、風天は手紙を懐に仕舞う。

黎明《れいめい》はまだ遠い。

すでに月は沈み、夜の天幕には月金色の砂が散りばめられている。

風天はしばらくその景色を眺め、やがて静かに日常へ続く天幕の入口をくぐった。

夏が来ることを予感させる乾いた南風が吹く頃になると、沈寧の王都景寧《けいねい》に住む人々は、どこかそわそわとし始める。去年仕舞ったままの燈籠を物置から取り出して丁寧に拭きあげ、特別な日に着る礼服を陰干しし、厨では子どもの好きな揚げ菓子が作られ、大人のための果実酒や穀物種が店頭に並ぶのだ。そして当日がやってくると、通りには朝から軽食や子細工《おもちゃ》を売る屋台が並び、広場では楽団が演奏を披露し、着飾った人々が自由に町を歩き回る。そしてこの日だけ開放される王宮の老子廟に行って、老子を称える経歌《きょうか》を詠むのだ。そのあとは、僧士たちが配る、日金玉《あかがねだま》と呼ばれる飴を手に入れて帰るのがお決まりだ。一粒舐めれば今年一年健康でいられるという触れ込みのそれは、庶民には貴重な蜜を使用しているので、まさに夢のような甘味だった。

沈寧のどのくらいの人間が、円老子《えんろうし》という神のことを心から信じ尊んでいるのかはわからないが、皆がこぞって廟に行く姿を見ると、神がいるというのも悪くないかもしれない、などと薫蘭は思った。いつもは簡素な服装で動き回っているが、今日だけは円老子を称えるために大袖の礼服を着用させられている。漆黒《しっこく》のそれを着られるのは王太女の薫蘭だけで、王と王妃は深紅の大袖、弟たちは皆深紫の大袖だ。彼らは皆、王宮内の表宮にある豊沈殿《ほうじんでん》で、この日のために集まった各州司《しゅうのつかさ》や、上役の役人、有力者たちと親睦を深めている。先ほどまで薫蘭もそこで、あとからあとからやってくる客人に挨拶をしていたが、頃合いを見て抜け出して来たところだった。父王はすでに機嫌よく酔っぱらっていて、母はお気に入りの取り巻きと別室に引き上げ、弟たちも各々の居場所で落ち着いていたので、薫蘭がいなくなったところでどうということはない。

「王太女様」

自室のある奥宮へ向かっていた薫蘭を、日金糸の入る領巾《ひれ》を首にかけた白叡《はくえい》が呼び止めた。こちらもいつもの僧服ではなく、祭祀の時だけに着用する深緑の奉斎《ほうさい》服だった。

「もう少しで夕刻の歌読《うたよみ》です。ご一緒にいかがでございますか？」

廟の責任者であり、僧士の代表である白叡は、祭の日に二度、大勢の僧士を引き連れ大経歌の奏上を行う。一般人が間近で見られるのは今日だけなので、これを目当てに廟へ来るものも多い。薫蘭の後ろでは、高潤《こうじゅん》が胡散臭いものを見る目で白叡を眺めていた。

「波陀族《ばだぞく》の神へ経歌を奏上するのに、私がいては迷惑だろう」

薫蘭は呆れ気味に息を吐く。この男の腹もなかなか読めない。

白叡は、袖口で口元を隠して笑う。

「そうおっしゃると思いましたよ。今からどちらへ？」

「部屋に戻る。が、その後すぐ町に出ようと思っている」

祭の日を楽しみにしているのは、庶民だけではない。薫蘭もまた、人々に紛れて屋台で菓子を買ったり、舞踏を見たりすることを楽しみにしていた。豊沈殿から早々に抜け出してきたのは、そのせいもある。

「それはようございますな。せっかくの祭の日でございますれば、王宮に閉じこもっていてもつまらぬというもの。次期王として、民と触れ合うこともまた必要でございましょう」

あくまでもにこやかに、白叡は口にした。そして流れるような動作で身をかがめると、ふと声を小さくする。

「王太女様にはできる限りお早く、王になっていただかなくてはなりません。そのために我々ができることがあれば、なんでもいたしましょう」

薫蘭は、あくまでも笑みを絶やさない白叡に目を向ける。

「……父上の懐柔《かいじゅう》でも始める気か？」

「どうでしょう。懐柔に応じてくださるような王であれば、我々も楽だったのですが」

「あまり派手に動くな。父上の気が変わっては敵わん」

「しかし目的のためには、少々面倒なこともやらねばなりません」

どういう意味かと問い返そうとした薫蘭を遮《さえぎ》るように、白叡は袖口を合わせて拝をする。

「王太女様におかれましては、どうぞごゆっくりと、町歩きをお楽しみくださいませ」

やけに大仰にそう言った白叡が踵《きびす》を返そうとして、ふと思い出したように足を止めた。

「ああ、そうそう、少しばかり王宮が騒がしくなるかもしれませぬが、ご心配されませぬよう。その頃合いに帰っていただければ、よきに計らいますゆえ」

その言葉に、薫蘭は眉を顰《ひそ》める。

「大経歌の見物がしたくて、民が押し掛けるのはいつものことだろう。そちらの世話にならずとも何とかなる」

廟の辺りが人々で埋め尽くされる光景は、もはや風物詩だ。

「そうでしたな。それではこれにて……」

笑みとともにそう言い残して、白叡は廟に向かって歩いて行った。

あの老獪《ろうかい》め、一体何を企んでいる。

薫蘭は釈然としないまま自室までを歩いた。白叡がやりそうなことにはいくつか心当たりがある。薫蘭を王位につけることを目標としているのであれば、まずは源嶺《げんれい》王に譲位《じょうい》いただかなければ話が始まらない。そのために動き出すというのだろうか。しかし父王はようやく弓可留《ゆっかる》の宝珠を手に入れて、王宮内は珍しく落ち着いている。それをあまり引っ掻きまわして欲しくはないのだが。ただ薫蘭自身も、根回しが重要と言いながら、今日まで目立ったことはできていない。まず味方につけるなら源嶺王の弟や従弟にあたる州司だろうとは思っているものの、彼らは王と関係が深いゆえにどう切り出すべきか迷っていた。下手をすれば、反逆者になるのは薫蘭の方だ。

自室に辿り着いた薫蘭は、出かけるかどうか逡巡《しゅんじゅん》したが、結局大袖を脱いで庶民と同じような袍《ほう》に着替えた。何しろ今日は祭の日だ。部屋で腐っているより、出かけた方が気も晴れるだろう。白叡もこの忙しい日に、何か大きな事を起こすわけもない。そう決めると、薫蘭は自分と同じように着替えた高潤を連れて町へ向かった。

西の空に陽が沈む頃、二度目の大経歌が始まり、それが終わると、町中に吊るされた燈籠に一斉に火が入る。祭はそこから第二幕を迎えると言っていい。夜通し開かれる廟が、朝を迎えて閉じられるまで、祭は延々と続くのだ。

薫蘭が屋台の出ている通りへ踏み込み、あれこれと品定めをしながら歩いていると、前から歩いてきた中年の男と肩がぶつかり、彼が手に持っていた果実酒が勢いよく薫蘭の左袖にぶちまけられた。

「おっと、ごめんよねえちゃん!」

彼はすぐに謝罪し、首にかけていた手巾《てぬぐい》で薫蘭の袖を拭く。しかしすでに赤色の果実酒は袍に染み込み、拭う程度ではどうにもならない。

「この無礼者め!」

薫蘭の代わりに高潤が声を上げて、男に詰め寄る。

「な、なんだよ、謝っただろぉ?」

「高潤、かまわん。私も前を見ていなかった」

「しかし……」

「祭の日だ、あまり怒るな」

おそらく相手は、薫蘭だということに気付いていない。ならばこのまま不問にして別れた方が面倒はないだろう。薫蘭がもういい、お前も気をつけろと声をかけると、男は頭を下げつつそのまま人混みに姿を消した。このようなやり取りは町のあちこちで見られるので、珍しいことではない。興味本位で向けられていた周りからの視線も、すぐに散っていった。

「着替えを探して参ります。こちらでお待ちください」

高潤は薫蘭を屋台と屋台の間に出ている長椅子に座らせ、足早に心当たりの場所へ向かっていく。別にこのままでも不便はないが、とは思うものの、王太女だとばれた時に具合が悪いだろうな、と薫蘭は考え直す。片袖を酒に濡らしたままほっつき歩いているなど、絶対に父がいい顔をしないだろう。

「お久しぶりです」

ふ、と息をついた一瞬の隙に、長椅子の隣に男が滑り込んでくる。警戒心すら抱く暇もなく現れた彼に、薫蘭はどうにか驚きを押し殺した。

「お前は……」

「一人になってくれてよかった。あのおじさん、なかなかいい仕事をしてくれましたね」

頭巾をかぶったまま、慈空はどこかほっとした顔をする。

「……こんなところで何をしている」

薫蘭は、周囲に目を走らせながら尋ねた。どうして逃がしたはずの彼が再び沈寧に舞い戻って来たのか。

「『羅《ら》の文書《もんじょ》』を、取り戻しに来たのか……？」

それしか考えられなかった。あれほど痛めつけられ、生死の境をさまよってなお、戻ってくるとは。

「君に伝えておきたいことがあって」

薫蘭の問いには答えず、日常の何気ない会話のように、慈空は口にする。

「君の妹と一緒に亡くなった侍従がいたと、話してくれたことがありましたよね。いつか娘に渡してあげたいと思っていた櫛《くし》を、今でも持っていると」

「……それがどうした」

「その娘が、砂里が、まだ眠浮で生きています」

薫蘭は、愕然と目を見開いた。

「でも腐毒《ふどく》に侵されていて、もう長くありません。君のことを、よく覚えていました。謝ってくれたのは公主様だけだったと」

「ま、待て……、本当に、本当に砂里が生きているのか？」

「眠浮の安露《あんろ》という老人を訪ねれば、場所を教えてもらえます。君に伝えたかったことは、それだけです」

慈空は、ふ、と口元を緩めて立ち上がる。そのまま立ち去ろうとするのを、薫蘭は焦って呼び止めた。そうさせる何かが、今の慈空にはあった。砂里のことを伝えるためだけに、危険を冒して沈寧にやってくるはずがない。

「『羅の文書』を……、あれを持って行かないでくれ。なくなったことがわかれば、父上はまた逆上する。腹いせに誰かが死んで、誰かが泣く……」

祭の喧騒に紛らわせるように、薫蘭は低く口にする。

「私が王になったときには、必ずお前に返す。だからそれまで、待ってくれないか」

無茶な要求だとはわかっていた。慈空にとっては、何の保証もない話だ。こちらに都合のいい話でしかない。それでも今の薫蘭には、そう希《こいねが》うことしかできなかった。

ゆっくりとこちらを振り向いた慈空が、どこか憐れみを含んだ双眼で問う。

「――いつ？　いつ君は王になる？」

真っ白になる脳裏を、白叡の顔がかすめた。

「わ、私は――」

「薫蘭」

真っ直ぐに立つ慈空が、名前を呼ぶ。

「王になるかどうかは、君の父親が決めるんじゃない。神が決めるんじゃない。君が決めるんだ」

胸を撃ち抜かれたような衝撃があった。

「『羅の文書』は弓可留のものだ。だから取り返す。その後に起こることは沈寧の問題だ。君たちがずっと見て見ぬふりをしてきたことの結果だ。こちらがそれを慮《おもんぱか》る理由なんかない」

きっぱりとそう言い切る慈空から、薫蘭は目を逸らせなかった。まるで体が麻痺《まひ》したように動かない。

今までひた隠しにしてきたものを、一瞬で白日の下にさらされ、突きつけられる。

あの父王に譲位《じょうい》を願う？

そんなことができるものか。

生まれながらにして富を貪り、この国を虚構で飾り付けることにしか興味のない男だ。

ならば討つしかない。

殺すしかない。

国家転覆をこの手で起こすしか、玉座に座る道はないのだ。

「ここで私に会ったことは、君の胸だけに仕舞っておいてください。騒げば『弓の心臓』が偽物であると、死んだはずの私から、沈寧王に進言しなくてはいけなくなりますから」

去り際にきっちりと脅し文句まで残して、慈空は人混みの中に溶けるようにして消えた。

背中を汗が伝っていくのを、薫蘭はやけにはっきりと感じ取った。

「薫蘭様？」

いつの間にか高潤が新しい袍を手にして戻って来ていた。

「何かありましたか？」

「……いや」

鼓動が早い。それを落ち着かせるように、薫蘭は胸に手を当てる。その手が小刻みに震えていた。落ち着け、惑わされるな、今できる最善のことをしろと、深く息を吸って心を整えた。

この際父王のことは後回しでいい。今の一番の問題は、慈空が『羅の文書』を取り戻しに来ているということだ。それが成功しても失敗しても、いずれ騒ぎになる事だけは目に見えている。

――では、どうする？

拳を握って、薫蘭は自問した。

自分の心に恥じぬ選択を。

やがて顔を上げ、薫蘭は弾かれたように走り出した。

二、

薫蘭と別れ、風天たちと合流した慈空は、一般庶民に開放されている廟から、警備の目をかいくぐって王宮の表宮へ入り込んだ。あとは近衛兵に成りすまして奥宮を目指すというのが、一番地味だが確実なやり方だろうと、野営地で話し合ったときに皆で決めてあった。

「慈空、ぼーっとすんな。早く脱がせろ」

先ほど運悪く通りかかってしまった沈寧の近衛兵が、背後から瑞雲に首を絞め上げられ、ものの数秒で気絶してしまった。人間の首が急所であることなどわかっていたが、その一カ所を強く押さえることで失神させることができるのだ、ということを、まさか目の前で実演されるとは思わなかった。そろそろ瑞雲の職業を聞き出したいところだ。

「こっちは見張りなし。行けそうだよ」

近くを見回ってきた風天と日樹《ひつき》が、足音もなく帰ってくる。すでに近衛兵の服を着こんでいる彼らは、外套を脱がすのを待って、不運な近衛兵の手足を縄で縛った。

「服はいいんですか？」

外套と帽子、それに奪った剣だけを身に着ける瑞雲に、慈空は尋ねる。もともと彼が身に着けている服は、野営地にいる時よりさらに露出が少ない裾の長い袍で、その上にさらに黒の長衣を着込み、全身が隙なく覆われている。

「どうせ大きさが合わねぇよ」

自らの逞しい腕を叩いて、瑞雲は笑った。

「全員準備整ったな」

瑞雲の支度が終わるのを待って、風天が口を開く。

「目的地は王の居宮である正寝《せいしん》だ。俺と日樹は王の寝室、瑞雲たちは宝物《ほうもつ》庫からあたれ。

『羅の文書』を手に入れたら、発光弾を上げるのを忘れるな。それが見えたら、全力で王都を出ろ。打ち合わせ通りの場所までたどり着いたら、連絡を待て」

待ち合わせ場所はあえて複数決めてある。連絡手段も、志麻から借りた事葉をはじめ、協力を申し出てくれた北雷をはじめとする不知魚人が担ってくれる算段になっている。

「無理だと判断すれば、すぐに引き上げろ」

慈空たちはあらかじめの決定事項を確認し合い、正面から奥宮を目指す風天と日樹、町はずれの古廟にある抜け道を通って、奥宮の裏庭に回り込む慈空と瑞雲に分かれて歩き出した。

慈空たちが沈寧に到着したのは、祭が始まる一週間前のことだった。王都にほど近い町を潜伏場所に決め、契約や交渉、食料の調達などは全て不知魚人に任せた。その間に、砂里に教えてもらった抜け道の確認もしている。確かに古廟の祭壇の下から王宮方面に通じている穴があり、そこを通れば奥宮まですんなり辿り着ける。

風天たちと別れ、一旦王宮の外に出て古廟へ移動した慈空と瑞雲は、周囲に人がいないことを確認して中に入り込んだ。今日は王宮の廟に人が集中するため、こちらにはほとんど人がいない。数日前に調査に来た時と同じように、祭壇下の床板を外し、さらに蓋になっている藁《わら》などを避けて、慈空は穴の中へと体を滑り込ませた。中に入ってしまえば、内部は意外と広く、瑞雲でもなんとか立っていられる高さと幅がある。王族が逃げることを想定しているので、それなりに気を遣って作られたのかもしれない。

「怖いか?」

灯火器をつける瑞雲が、慈空に尋ねた。

「普通の歴史学者をやってりゃ、王宮に忍び込むなんてことしなくて済んだのにな。しかもよりによって沈嘉宮《じんかぐう》だ」

灯火器の覆いを取り、火をつけるのを手伝いながら、慈空は自嘲気味に笑った。

「怖くないと言ったら嘘になるかもしれません。……でも、一人じゃなくてよかったと、思っています」

それは慈空の本音だった。一人だったらきっと、こんな計画も立てられなかっただろう。今でも昔を思い出しては、めそめそと泣いているだけの生活を送っていたかもしれない。

「上等だ。行くぞ」

瑞雲が息を吐くように笑って、暗闇の中に続く道を小走りに移動し始める。慈空も遅れないように後に続いた。砂里の記憶と、聞き込みによって描いた王宮の見取り図は、完璧に頭に入れてある。抜け道の先は、奥宮の裏庭にある古井戸に繋がっており、そこから王の居宮である正寝へ行くには、王后の住まいである景殿《けいでん》と、薫蘭をはじめとする子どもたちの住む東殿《とうでん》の間を抜けて行かねばならない。祭の日とはいえ、こちらの警備は怠っていないと思われるので、目当ての部屋に行くまでに何度か近衛兵のいる場所を通らねばならないだろう。

ところどころに水が染み出し、黴《かび》臭い匂いのする道を駆け抜け、慈空たちはそれほど時間をかけずに古井戸の下までやって来た。元々井戸として利用する気はなかったのか、水は溜まっておらず、横穴から出てきた慈空たちは、壁の石積みの窪みに手足をかけてよじ登らねばならない。高さがあるので、落ちればただでは済まないだろう。瑞雲に先に行けと言われて、慈空はできるだけ無心で壁を登った。蓋になっている板の隙間から漏れる光だけを頼りに、慎重に手足を動かす。拷問の傷は、ありがたいことにすべて完治している。機能回復訓練のおかげで、ひどい後遺症もない。すべては志麻をはじめとする不知魚人のおかげだ。協力してくれている彼らのためにも、そして留久馬《るくま》のためにも、絶対に成功させねばならない。

あらかじめ釘を抜いてあった板を押し上げ、周囲に誰もいないことを確認すると、慈空は瑞雲に合図を送り、自身は近くにある石燈籠の陰に身を隠した。広い裏庭の中央には池があり、やや小さいが太鼓橋がかかっている。計算されて植えられたであろう樹木は整えられていて、一面に敷かれた白砂が眩しかった。弓可留にはこのように大掛かりに手を入れて庭を造る風習がなく、木々や草花を植えることはあっても、水を引いて池を作るという発想はなかった。何より羽多留王が、そこに金を掛けることに意味を感じていなかったからかもしれない。自ら町に繰り出しては、庶民と顔を合わせて話をしていた王は、貧しい者の暮らしを知っていたのだ。

やがて井戸から瑞雲が這い出てきて、二人は素早く裏庭を移動し、景殿と東殿の間を抜け、正寝の入口が見えるところまでやって来た。案の定、こちらには近衛兵が立っていて入れそうにない。おまけに正寝正面には先ほどの裏庭とは比べ物にならない広大な池が広がっており、隠れられそうなところもなかった。きっと表宮からこちらに入ってくれば、正寝はまるで水に浮いているように見えるのだろう。もうじき陽が沈むが、それを待った方が動きやすいかもしれない。

「正面突破は風天たちに任せて、俺たちはあくまでも忍び込む方法でいくぞ」

瑞雲が低く言って、さきほどの裏庭とは逆の方向を目指した。正寝は名前がついている建物だけで三十以上あり、それが回廊で繋がって構成されているので、他の場所から入り込むつもりなのだろう。東殿と対《つい》になっている西殿《せいでん》には、確か王族の祖先を祀るための廟があると聞いた。今の時間なら、そちら側に人は少ないはずだ。そんなことを思って、慈空と瑞雲が西側に移動して様子をうかがっていた矢先。

「なんだぁ？　もう交代の時間か？」

背後から太い声がして、慈空はざっと皮膚が粟《あわ》立つのを感じた。

聞き覚えのある声だった。

「まだちょっと早い――」

思わず振り返った慈空は、その男と完全に目を合わせてしまった。忘れるはずのない巨軀《きょく》。王の首を刎《は》ね、呂周《ろしゅう》をも殺した男。

「……お前、どっかで見覚えがあるなぁ……」

綜傀以《そうけい》の言葉に、慈空は慌てて帽子を深くかぶり直して目線を落とした。

「ど、同僚なんですから、見覚えがあるのは当然でしょう」

慈空はあくまでも沈寧の近衛兵を演じる。綜傀以と会った時、神殿内はかなり暗かった。こちらの顔をはっきりとは見ていないはずだ。きっと、まだ誤魔化《ごまか》せる。

「お前のことじゃない」

しかし綜傀以は、その濁《にご》った眼をしっかりとこちらに向けて告げる。

「向こうのでかいのだ」

え、と思う間もなく、慈空は瑞雲の手によって横へ吹っ飛ばされた。ほぼ同時に、綜傀以が大きく湾曲した剣を振り下ろし、それを瑞雲が腰にあった剣で受け止める。金属同士がぶつかる嫌な音がした。慈空が体を起こした時には、すでに両者は間合いを取っていた。

「雲海《うんかい》！　今度は誰に雇われた⁉」

大剣を構えながら、綜傀以は安露と同じ名前で瑞雲を呼んだ。

「言うとでも思ってんのか」

瑞雲は、欠けてしまった剣をしかめ面で眺める。量産品とはいえ、兵の剣を一発でだめにする綜傀以の剣の威力に、慈空はぞっとした。

「大方紀慶《きけい》だろう！　今の沈寧を狙うとしたらそこしかねえ！」

「お前こそいつの間に沈寧の犬になり下がった？」

「大人しく飼われてる覚えはねえな。主上にどうしてもと請われて居るだけだ！」

「へぇー」

瑞雲は綜傀以に鬱陶《うっとう》し気な目を向ける。なんだかよくわからないが、二人は既知の間柄ということだろう。

「お前がこっちにいるとは予想外だったぜ。意外と真面目に働いてるじゃねぇか」

欠けたままの剣を、瑞雲は構え直す。

「それとも殺し過ぎて、神聖な廟には入れてもらえなかったか？」

挑発するような笑みに、綜傀以が苦々しく顔を歪めた。

「そうそう、その顔だ。こっちの客を根こそぎ奪ったあの時も、その顔でへらへら笑いやがった。俺はお前の作りモンみてぇな顔が、大っ嫌いなんだよ！」

「そりゃ奇遇だな」

瑞雲は、極上の微笑みで答える。

「俺もお前のことが反吐《へど》が出るほど好かねぇよ」

直後、始まった戦いに、慈空が入って行けるはずもなかった。

沈嘉宮の表宮は、客人をもてなすための豊沈殿をはじめ、朝議が行われる朝堂や高級官僚の住まいなども設けられた、広大な敷地を持つ。

あらかじめ近衛兵の服に着替えていたことが功を奏し、風天と日樹は、表宮から奥宮へ続く門をくぐるときも、両袖を合わせる拝ひとつで難なく素通りすることができた。王の居殿である正寝は、正面に巨大な池をたたえ、それをぐるりと回りこむように白い道がある。道の手前で再び拝をし、足並みをそろえて正寝への道へ踏み出す。ほぼ中央にある赤い屋根の東屋を越えると、入口前に立つ近衛兵の顔がようやくはっきり見えるようになってきた。

「宗満《そうま》太子様より言いつかってまいりました。廟で何やら騒ぎがあったらしく、そちらに応援に行って欲しいとのことです」

入口に立つ近衛兵に、風天は拝をして顔を伏せたまま告げた。表にいた近衛兵より、こちらの方が上級であると踏んでの行動だ。

「廟で？　何があった？」

近衛兵の一人が、訝しく尋ねる。

「私どもも、詳しいことは――」

そう日樹が言いかけた瞬間、表宮の方で大きな破裂音がして、咄嗟《とっさ》に四人ともそちらに目を向けた。見れば、陽の沈みかけた淡い空に、ちょうど廟のある方角から、何かが上空に打ち上げられて色とりどりの火花を散らしている。それは立て続けに三発上がり、少し間を置いて四発目、五発目と続く。

風天と日樹は、こっそりと視線を合わせた。お互いに心当たりのない事態だが、廟へ意識を向けさせることには成功しそうだ。

「祝華砲《しゅくがほう》だと……？　この時間にあげると聞いたか？」

「いや、俺は聞いていない。大経歌が始まる時間に合わせたのか……？」

近衛兵はお互いに確認し合い、風天たちに後を頼むと言い残して、足早に白い道を駆けて行く。

「瑞雲かな？　でもそんな話聞いてないよね？」

近衛兵の背中を見送りながら、日樹が尋ねた。

「ただの偶然、だと思いたいが……」

風天も首を捻ったが、すぐに思考を切り替える。

「とりあえず、中には入れそうだな」

近衛兵が表宮へ続く門を抜けるまでを見届け、風天と日樹は素早く正寝の中へ入り込んだ。

できるだけ足音を殺しながら、二人は廊下を進む。いくつもの建物が回廊で繋がっているここは、初めて来た者なら間違いなく迷うであろう場所だ。しかも主《あるじ》がいない今は、無人かと思うほど人の気配がなく、灯りも灯される前なので薄暗い。

ほどなくして、周りの建物より豪奢な装飾のついた部屋を見つけて、風天は足を止めた。日当たりや方角を考えても、ここで間違いないだろう。王宮などどこの国もだいたい造りは似ているので、王の寝室を探すことは、さほど難しいことではなかった。

「ここ？」

「たぶんな。日樹は周囲を見ててくれ」

警戒を日樹に任せて、扉に触れる。しかし案の定、錠がかかっていて動かず、風天は用意しておいた細い金属製の棒を袖から取り出した。先端が平らになっていて、鍵穴に差し込んで動かせばものの数秒で解錠できる。もちろん慣れるには、相当な練習が必要だが。

「あ、また梨羽謝《りうじゃ》たちから変なこと教えられてる」

日樹がしかめ面で手元を覗き込む。

「変なことじゃない。あの頃は必要なことだっただけだ」

「夢茸《ゆめだけ》吸ってた頃？……あれ、なんか変な音しない？　西側の方。慈空たちかな？」

「あとにしろ。まずは目的の物をいただいてからだ」

小声で言って、風天は難なく扉を引き開けた。

入口を入ってすぐ、人が五人も入ればいっぱいになってしまうほどの小部屋があり、ここに普段侍従などが控えているのだろう。そこを抜けてもう一枚扉を開くと、ようやく視界が広がり、長椅子や果実の盛られた卓が置いてある部屋があった。そこに続く部屋は、軽く執務を行ったり、本を読んだりするための場なのか、美しく磨かれた卓机と柔らかそうな綿の入った椅子が置いてある。そこまでを確認して、風天は最奥の部屋につづく扉の前に立った。ここまで人の気配はないので、大丈夫だろうとは思うが、警戒しておくに越したことはない。日樹と呼吸を合わせながら、ゆっくりと扉を引き開ける。四人は確実に寝られそうな、天蓋付きの巨大な寝台がまず視界に入る。そしてその寝台の向こうで、物音に気付いて弾かれたように振り返った人物と目が合った。

「誰だ！」

叫ぶように誰何《すいか》する彼女を、風天は怯《ひる》むことなく見返す。意志の強そうな眉と、大きな瞳が印象的なその顔は、身に着けている粗末な袍とどことなく不釣り合いだ。風天はその違和感に覚えがあった。結局生まれと育ちは、隠しきれないのだ。

「申し訳ありません、何者かが正寝に侵入するのを見たと報告がありましたので、見回っておりました」

咄嗟《とっさ》に嘘をついて、風天は頭を下げる。

「侵入者……。もう捕らえたのか？」

寝台をまわりこみ、こちらにやって来た彼女が、やや焦るように尋ねた。左手に古そうな革本を抱えている。それに気をとられた風天は、一瞬反応が遅れた。

「いえ、それがまだ……。源嶺王からは急ぐよう言われているのですが――」

そう口にした直後、自身の失態に気付いて風天は言葉を切る。それとほぼ同時に、彼女の素早い回し蹴りが容赦なく風天の頭を狙った。風天は反射的に左腕で頭をかばい、ぶつかり合った二人は反発するようにお互い距離を取る。風天の後ろにいた日樹も、すでに臨戦態勢に入っていた。

「貴様、近衛兵ではないな」

こちらに向けられる目は、完全に敵意に満ちていた。

「宮仕えの者が、王を主上と呼ばぬはずがない！」

風天は鈍く痛む左腕を振る。体重が軽い分威力のある蹴りではないが、速さと的確さはなかなかのものだ。

「……そうだな。あまり呼び慣れてないんで、咄嗟に口から出なかった」

今更取り繕っても無駄かと、風天は眦《まなじり》を強くする。

「あんたが、沈薫蘭か」

名を呼ぶと、薫蘭はさらに足幅を取って攻撃の体勢を作った。

「賊に呼ばれるための名前ではない。お前たちは——」

「慈空の仲間だと言えばわかるか」

その言葉に、薫蘭が虚を突かれたように目を見開いた。

「慈空の……」

「それが『羅の文書』か」

風天が指して問うと、薫蘭は戸惑うように左手の革本に目を落とした。

「いや、これは……」

「どこかに隠すつもりだったのか？」

「違う、私は――」

薫蘭がそう言いかけた直後、表宮の方から大勢が叫ぶような声が聞こえて、三人ははっと耳をそばだてた。ただ祭が盛り上がっている、というわけではないような騒ぎだ。

そもそもこの時間は大経歌が始まっている頃なので、楽団も曲芸師も活動しない。騒ぐようなことは起こらないはずだ。

「……さっきの祝華砲は、お前たちの仕業か？」

薫蘭が神妙に尋ねた。

「いや、俺たちじゃない」

「ではあの騒ぎは？」

「少なくとも、俺たちの打ち合わせにはない」

「では、何が……」

つぶやいた薫蘭が、何かに思い至ってはっと顔を上げる。

「まさか――」

つぶやくように口にして、薫蘭は素早く身を翻すと、『羅の文書』を持ったまま窓から外に出た。そして表宮に向かって一直線に走り始める。

「え、それ持ってっちゃうの!?」

「追うぞ！」

風天は薫蘭と同じように窓を乗り越え、風のように走る彼女のあとを追いかけた。


一体何が起こっているのか。

どうしてこんなことになっているのか。

何ひとつ理解できないまま、沈寧王、沈源嶺は走っていた。

先ほどまで浴びるように飲んでいた酒のせいで、思うように足が進まない。頭は一気に酔いが醒めたはずなのに、体の方はそうはいかなかった。息が切れ、汗ばかりかいて、豊沈殿を出ていくらも走らないうちに、壁に寄りかかるようにして足を止めた。

「主上、こちらへ！」

「お早く！」

「どうかお急ぎを！」

王専属の身辺警護を担う豪人《たけひと》たちが次々に急かすのを、うるさい！　と一喝して黙らせた。

「どいつもこいつも……役に立たない者ばかりだ……！」

吐き捨てて、源嶺は再びよたよたと走り出す。

老子祭では、王宮の表宮にある廟を庶民に開放する他、王族は豊沈殿で州司や上級役人、町の有力者を招いて宴を催す。今年もいつもと変わりなく、次期王位継承者の話を肴《さかな》に、庶民では絶対に味わえない食事と酒を楽しみ、この御代《みよ》が幾年も続くことを祈られ、いい気分で終わるはずだった。

それなのにどうして。

「父上！」

後ろから追いかけてきた宗満が、再度足を止めた源嶺に呼びかける。

「奥宮の抜け道から逃げましょう！　表はもう僧兵でいっぱいです！」

青ざめた顔でそう告げる息子を、源嶺は苦々しく見やった。

突如として豊沈殿になだれ込んできた僧兵の数は、二百か三百を超えていただろう。彼らは源嶺王を取り囲み、強訴《ごうそ》だと言って譲位を突きつけ、断るならば命を差し出せとまで言ってきた。廟に仕える僧はせいぜい百人程度のはずで、どこかでわざわざ兵を調達して数を増やしている。それほど同志がいるということなのか。そもそも豊沈殿の周りには警備を担っている近衛兵がおり、そう簡単に入り込めないはずなのだ。今は駆けつけた近衛兵と一部の軍兵が応戦しているが、彼らの中に仲間がおり、手引きした可能性もある。長年仕えていた宰相と、参議の一人は源嶺の目の前で僧兵に斬り捨てられた。隙を見て脱出できたのは、ほとんど奇跡と言っていい。

「……逃げる、だと？」

源嶺は薄く笑って、手近にいた豪人の腰から剣を引き抜いた。

「お前も私を裏切る気だろう！　白叡と何の密談を交わした⁉」

剣の切っ先を息子に突き付け、源嶺は声を大きくする。

僧兵の頭《かしら》は間違いなく白叡だ。今まで平身低頭仕えていたように思っていたが、ここにきて掌を返すとは。

そうだ、思えば薫蘭が『弓の心臓』を持ち帰ったという頃からおかしくなったのだ。薫蘭にわざと注目を集めさせておいたのは、この本懐を果たすための周到な計画の序章に過ぎなかったのか。

「そんな……！　父上、私は何も！」

「黙れ！　黙れ黙れ黙れ‼」

口端に泡を乗せて、源嶺は気が触れたように叫んだ。

「どいつもこいつも、私を侮りおって！　許さん！　許さんぞ‼」

頭から血を噴きそうなほど力んで、源嶺は握った剣を一気に振り下ろした。肩口から腰に向かって斜めに斬られた宗満が、信じられないものを見る目でよろめき、血を流しながら倒れる。彼の侍従や豪人が息を呑んだが、源嶺の気迫に押されて誰も動こうとはしない。ここで駆け寄ろうものなら、今度は自分が斬られるのだと、皆わかっているのだ。

「主上！」

そこへ走って来た王后付きの豪人が、息を切らしながら膝を突いて報告する。

「王后様と清嶺《せいれい》太子様が僧兵に捕らえられました！　王太女様は姿が見えず、翔宜《しょうぎ》太子様はご逃亡の由……！」

肩で息をしながら、源嶺はそれを聞いた。

聞いた途端、すべてが馬鹿馬鹿しくなって妙な笑いがこみ上げる。

もはや后と子どもたちのことなどどうでもよかった。

国の行く末も、民の暮らしも、なにもかも知ったことではない。

いや、王になったあの日から、そのようなことを真面目に考えたことなどあっただろうか。

父から受け継いだこの国を、家族を、国民を、愛したことはあっただろうか。

こちらから愛を差し向けずとも、愛されるのが王ではなかったのか。

声をあげて笑う源嶺を、誰もが息を殺して見ていた。まるでおぞましいものを見る視線は、余計に源嶺の感情を昂らせる。

やがて煙が消えるように笑い声を収めた源嶺は、手にしたままの血濡れた剣を持って歩き始めた。誰がここで素直に引くものか。自分以外が幸せになることなどあってはならない。愛されることなどあってはならない。

引きずった剣が石畳を削って白く線を描く。

その後ろをついてくる者は、もう誰もいなかった。

三、

剣戟《けんげき》の間にどこからか破裂音が聞こえて、慈空は弾かれたように辺りを見回した。立て続けに何発か聞こえたそれは、どうやら表宮の廟のあたりから打ち上げられている。

「祝華砲……？」

風天たちと示し合わせた発光弾ではない。祭行事の一環だろうか。いや、しかし今はそんなことよりも――。

「相変わらず、お前の動きは単調だなぁ」

視線を戻した慈空の目に、すでに折れた剣を手放した瑞雲の姿が映る。代わりに彼が手にしているのは、懐から無限に湧き出てくるのかと思うほどの暗器《あんき》だ。袍の襟元は半ば破るように開かれ、逞しい胸筋が覗いている。しかしそこに目を留める隙もないほど、小剣のようなものから、持ち手のついた鏃《やじり》のような形をした飛び道具、刃がついた二連の棍棒までもが手品のように現れた。そしてどうやらそのほぼ全種類に、ご丁寧に毒まで塗ってあるらしい。現に、綜傀以と行動を共にしていた二人の兵は、瑞雲の鋭器に刺されて倒れ伏したまま、微動だにしない。

戦闘経験が全くない慈空は、足手まといにならないよう距離を取っているだけで何もできなかった。助けを呼びに行こうとも思ったが、風天たちが今どこにいるかもわからず、何より自分たちの第一の目的は『羅の文書』を盗み出すことだ。むやみにこちらに巻き込むべきではない。むしろこちらで綜傀以を惹き付けている間に、事を済ませてくれればそれが一番ありがたい。それに先ほどからずっと、瑞雲は焦りの色ひとつ見せておらず、その泰然とした姿を見ていると、どうしても思ってしまうのだ。

わざと致命傷を与えずに時間を引き延ばし、楽しんですらいるのではないかと。

「お前こそ、そろそろ懐のもんが尽きてきたんじゃねぇか？」

縦にも横にも大きい綜傀以は、その巨軀のわりに素早い動きを見せた。瑞雲の戦い方を知っているのも大きいのか、刃先が捕らえはしてもなかなか致命傷には至らない。それでも傷口から徐々に毒がまわっているらしく、戦闘が始まった頃よりも若干動きは鈍くなり、息は上がっている。

「心配するな。暗器がなくなるのなんて、計算済みでなきゃやってられねぇだろ」

どこか愉快そうにそう言ったかと思うと、瑞雲はぐっと姿勢を低くして地面を蹴り、一気に間合いを詰めた。綜傀以が振りぬく大剣をギリギリのところで躱《かわ》し、地面に手を突いて長い脚を振り上げる。踵に仕込んだ刃が綜傀以の喉をかすって、血の華が咲いた。しかしその直後、綜傀以が瑞雲の胴体を薙《な》ぎ払おうと剣を返す。瞬時に背中を反らし、驚異的な体の柔らかさでそれを避けたが、綜傀以の剣は瑞雲の胸の辺りをかすった。その瞬間、パッと白い綿毛のようなものが辺りに散る。

「……なんだ？」

慈空は目を凝らす。瑞雲は、背中を反らした勢いのまま、両手で地面を突いて後方に高く飛んだ。そして難なく石畳の上に着地する。その周囲に軽やかに舞うのは――。

「……羽？」

まるでそこに一羽の美しい鳥が舞い降りたように、幾枚かの白い羽が瑞雲にまとわりついていた。

「あー、たまには体術も使わねぇと、腕が落ちる」

そうぼやいて、瑞雲は悠然と唇を吊り上げた。あれだけ動いているというのに額は涼やかなままで、髪を掻き上げるその仕草は戦闘中とは思えない色気を放つ。そしてちょうどその首筋の一部が、胸にかけて皮膚と置き換わるように白く毛羽立っていた。首から直に柔らかそうな羽毛が生えていると言った方が正しいだろう。奇妙な光景であるのに、なぜだかそれすらも彼の美貌を彩る演出のひとつに見えてくる。

「正体を現しやがったな、この混ざりモンが！　今までその面で何人騙してきた？」

綜傀以が叫んだ。喉の傷は致命傷には至らず、血は流れているが大きな血管が切れたわけではない。ただ、毒は確実に入ったはずだ。

「え、ま、混ざり者……？」

慈空の戸惑う声をかき消すように、瑞雲が言い返す。

「お前こそ何人殺したんだよ。標的の周りまで皆殺しにするやり方が、強さの誇示だとでも思ってんのか？　殺したやつの武器を奪って、自分の物にするやり方も変えてねぇみたいだな。そりゃ沈寧王とは気が合うだろう」

「錆びて朽ちるだけのもんを使ってやってるんだ。何が悪い？　主上だって、弱い国を食いにいってるだけだろう。それのどこに責められる理由がある？」

その言い草に、慈空は思わず拳を握った。羽多留王の最期の姿は、未だこの脳裏にはっきりとある。そうだ、今は瑞雲が混ざり者かどうかなど、どうでもいい。ここを切り抜けることだけを考えなければ。

「瑞雲さん、使ってください！」

慈空は自分の腰から剣を外し、鞘《さや》ごと瑞雲に向かって投げた。こちらも近衛兵から奪った物だが、ないよりはましだろう。

「今更そんな鈍《なまく》らを持ってどうするつもりだ」

空中でうまく剣を受け止めた瑞雲に、綜傀以が下品な笑い声をあげる。

「使うんだったら、この大剣くらいの獲物を使え」

「どうせそれもどっかから奪ったやつだろ？」

鞘に入ったままの剣を肩に担ぐようにして、瑞雲が尋ねた。

「日金十枚と引き換えに殺した奴が持ってたもんだ。古物が好きな奴でなぁ、大昔、南に住んでた部族が使ってたとか。大きさと形ゆえに、自らを傷つけてしまうものとして長らく封印してたんだとよ。ま、確かに俺くらいの体格がなきゃ扱えねぇ代物だ」

綜傀以は自慢げに剣を見せる。ほぼ半円と言っていいほど、三日月のように大きく湾曲したそれは、刃が両側にあり、中央には日金色の模様が走っている細工物だ。柄は三日月の両端を結ぶように取り付けられていて、斧の形に近い。しかも、子どもの胴などあっさり切断できてしまいそうな大きさだ。確かに綜傀以くらいの力がなければ、扱いが難しいだろう。しかし先ほどからの戦いぶりを見ていると、確かに威力はあるが、斬れ味は鈍いらしく、ほぼ力技で叩き潰すようなやり方だった。

「珍妙な武具好きのお前も、さすがに持ってねぇだろう」

陽の光に、刃が鈍く光る。

「……そりゃ阿土人《あどじん》が使ってた月刃《つきのは》だ。そんなことも知らねぇで使ってんのか」

呆れ気味に言って、瑞雲は首筋の羽毛を面倒くさそうに掻いた。

「振り回すだけのお前が使うには、勿体ねぇなぁ」

慈空の背中が総毛立つほど、恐ろしく妖艶《ようえん》な笑みだった。

瑞雲の言葉にまんまと激昂《げっこう》し、綜傀以は足元の石畳がひび割れるほどの踏み込みで瑞雲に斬りかかった。しかしそれより早く、瑞雲が手にしていた剣を鞘ごと彼の顔めがけて投げつけた。予想外のことに一瞬視界を奪われた綜傀以だが、すぐに体勢を立て直して突き進んでくる。慈空が思わず目を逸らしそうになった瞬間、火花が散りそうな衝撃音が響いた。

「……てめぇ」

息を切らし、顔を歪めながら、綜傀以が大剣を握った腕を小刻みに震わせる。

「まだそんなもん持ってやがったのか……」

　顔までの距離、わずか指二本分。それだけの隙間を開けて、瑞雲は長衣の下から引き抜いた剣で綜傀以の月刃を受け止めていた。中央に持ち手があり、その両端に流れるように湾曲するやや短めの剣身。そしてその剣身とちょうど直角になる位置、持ち手の向こう側に、三本目の剣身がある。こちらは両端のものとは違い、刃の両側に無数の切れ込みが入っていて、より殺傷能力をあげてあるようだった。いずれも剣身には細やかな蔓草《つるくさ》のような模様が刻まれていて、美術品としても相当価値がありそうだ。

　あれを身に着けたまま今まで戦っていたのかと、慈空は改めて呆気にとられた。重さもそれなりにあると思うのだが、一体長衣のどこに潜ませていたのか。瑞雲はそのままの体勢で綜傀以の腹を蹴り上げ、同時に振りぬいた三身剣が、綜傀以の左手を手首のあたりから切り落とした。

「暗くなってきたし、そろそろ終わりにしようぜ。忙しいんだよ、俺は」

　剣に付いた血糊を払って、瑞雲は急に興が冷めたように口にした。

「……まだだ！　こんなことで、勝ったと思ってるのか！」

　噴き出す大量の血にまみれて、綜傀以が歯を食いしばる。

「さっきのを見切れなかったんなら、もう無理だっつの」

　そう言う瑞雲の声に重なって、何かが風を切る音が聞こえた気がして、慈空は耳をそばだてた。その直後、綜傀以の後方から飛んできた何かが、彼の背中に深々と突き刺さる。さらに、時間差で飛んできた二つの三日月形の刃が、頭と右足を正確に捕らえた。

「なに、を……」

尋ねる間もなく、綜傀以は白目を剝いてその場に倒れた。おそらく毒の作用だろう。麻痺系のものなのか、致死系のものなのかはわからないが、左腕の出血量から見ても、もはや反撃は難しいはずだ。

「お前が持ってる月刃は、手に持って使うもんじゃなくて、投げるんだよ。熟練者が投げれば、正確に元の位置に戻ってくる。そうやって獲物を狩るものだ。そしてさっき俺が投げたのが月輪《つきのわ》。月刃を小型に改良したものだ」

おい、聞いてるか、と瑞雲が尋ねたが、綜傀以からの返事はない。

「いつ投げたのか、全然わかりませんでした……」

剣の血を拭う瑞雲を見ながら、慈空は呆然と口にする。

「綜傀以が見えなかったんだから、お前が見えなくて当然だ」

剣を長衣の中に吊り直し、外套を払って整え、瑞雲は何事もなかったように慈空に向き直る。

「それより慈空、俺になんか言うことないのか」

「え、あ、ありがとう、ございます……？」

慈空は狼狽《うろた》えながらそう口にする。何しろ自分は眺めていただけで、何の役にも立っていない。

「そうじゃねぇよ」

不満げに言って、瑞雲は自分の首の一部に生える羽毛を指さす。

「俺は混ざり者だぞ」

そう言われて、慈空はぽかんと口を開けた。

「……そう、みたいですね……」

「驚かねぇのか」

「ええと……鳥みたいで格好いいな、と思いました」

今度は瑞雲の方が、毒気を抜かれた顔をする。だが実際それが素直な感想なのだ。北雷をはじめとする不知魚人の混ざり者と知り合ったおかげで、もはや慈空の中に彼らを見下すべき理由はない。首に羽が生えようが鱗が出ようが、瑞雲は瑞雲でしかないのだ。

「翼はないんですか？」

「ねぇよ」

「飛べたらよかったのに」

「無茶言うな」

「それより、早く行きましょう。もう風天さんたちが来てるかもしれません」

「お前……ここ最近図太さに磨きがかかってるな」

瑞雲がやれやれと息を吐き、その直後、ふ、と身構えて、正寝の屋根の上を見上げた。

慈空もつられて、そちらに目をやる。

「あ、なんだ、変な音がすると思ったら慈空たちだったんだ」

音もなくそこに現れたのは日樹だった。左手首に繋がる羽衣《はごろも》が見える。

「あれ、そこに寝てるのって綜傀以？」

「それより、あれは手に入れたか？」

尋ねる日樹に、瑞雲が問い返した。

「いや、それが逃げちゃって。今風天が追ってる。表宮の方」

日樹がさらりと口にする。

「逃げた？」

慈空は眉を顰めた。本が逃げるとは、一体どういうことか。

その反応を見て、日樹が改めて告げる。

「沈薫蘭が、『羅の文書』を持って逃げた」


普段であれば大勢の豪人たちに警護されているはずの父王が、抜身の剣を持ったまま一人で佇んでいたのは、表宮から奥宮へ続く広大な庭園の入口だった。陽は沈み、すでに空は淡くなっていて、表の騒動を知ってか知らずか、下男がいつも通り王宮内の灯火器に火を入れてまわっている。祭の日だということもあって、今日は吊燈籠も出ており、その灯りに浮かび上がる父の姿は、今にも掻き消えてしまう蜃気楼のようにさえ見えた。

「父上！」

薫蘭が呼びかけると、父王はゆっくりとこちらを振り返る。覇気《はき》のない無表情であるのに、その双眼だけはぞっとするほど冷たかった。

「何があったのですか⁉　侍従は、豪人はどうしました？」

薫蘭はためらわず駆け寄る。辺りを見回したが、それらしき人影もない。

「お前こそどこにいたのだ」

抑揚のない声で、源嶺が尋ねる。

「豊沈殿に僧兵がなだれ込んで来た時、お前はどこにいたのかと聞いている」

「僧兵が……？」

薫蘭は愕然とつぶやいた。白叡のあの言葉は、このことを指していたのか。

「わ、私は町に出ていました。気づいた時には、もう……」

「知らなかったというのか」

「私は何も知りません！」

薫蘭は背中に伝う汗を感じながら首を振った。

本当に？　本当に自分は何も知らなかったのか。父の前で胸を張ってそう言えるか、何度も自問する。

本当は。

本当は──。

白叡の思惑に、気づかないふりをしただけではないのかと。

背後で足音がして、薫蘭はちらりと目を向ける。王の寝所から自分を追いかけてきた、近衛兵に化けた男──おそらくは慈空の仲間だ。どうやってその外套を手に入れたのか知らないが、父王にはごく普通の近衛兵に見えているだろう。彼は対峙する父子に気づいて、少し距離を取ったところで足を止めた。

「……そうか、お前は何も知らなかったか」

近衛兵にはさして気を留めることもなく、父王が憐れむように微笑んだ。

「では、その手にしているものはなんだ？」

剣の切っ先で指されて、薫蘭は息を詰めた。

「貴様、私の寝所に立ち入ったか」

「ち、違いますこれは──！」

「それが狙いだったのか!?」

突如として激昂し、源嶺は叫んだ。

「最初から『羅の文書』を狙っていたんだな!? 私を陥れ、排除するために白叡と手を組んだ、違うか!?」

「違います！ 父上、どうか話を聞いてください！」

「うるさい！ お前の言うことなど何ひとつ信用できぬ！」

その言葉が、思いのほか薫蘭の胸を突いた。

この人のために、今までどれほどの苦汁を舐めて、這いつくばり、砂を噛《か》んで生きてきたか。

執務室から見える、中庭の風景がふと脳裏をよぎった。

「それを返せ！　私のものだ！」

呆然と立ち尽くす薫蘭に、源嶺が血走った眼で駆け寄り、『羅の文書』に手をかけた。

「父上、おやめください！」

「手を放せ、この盗人め！」

「父上！」

もはや娘の声など届きはしない。源嶺は獣のように息を荒くしながら、死に物狂いで薫蘭から『羅の文書』を奪い取ろうとする。それを見た近衛兵に化けた男が、剣に手をかける気配を感じて、薫蘭は父ともみ合いながら叫んだ。

「手を出すな！」

その声に、男は戸惑うように手を止めた。

「父上、どうか話を聞いてください！」

「やかましい！　そうやって私を惑わそうとする悪霊め！」

鈍い痛みが胸に積み重なって、どろりと流れ出すのを薫蘭は感じた。

そういう父だとわかっていた。

わかっていて、それでも王太女であることを望んだのは自分だ。

もっとうまい生き方もあっただろう。可愛がられる術もあっただろう。

けれどできなかった。

こういう生き方を望んだのは自分だ。

「源嶺王、お覚悟！」

その時、僧兵の集団と、豪人や王の侍従が揉み合いながら、砂煙を上げて門前に到着した。その先頭に白叡がいるのを見て、薫蘭は目を瞠《みは》る。

「祝華砲が歌う歓喜の音色に、恥じぬ働きをせよ！　燕老子《えんろうし》は見ておられる！　我らの働きを、慈しみの心で見ていてくださる！」

白叡の煽りに、後ろに続く大勢の僧兵から、おお！　と地響きのような声が上がった。

「やはりお前か、白え——」

薫蘭のその言葉は、最後まで続かなかった。

左の脇腹に感じた、鈍い衝撃。

父上、と口にしようとしたが、うまく声にならなかった。

王太女様！　と誰かが叫んだ。

無意識に脇腹にやった手に濡れた感触。それが血だとわかって、ようやく刺されたのだと認識する。

誰に？

誰に刺された？

それは目の前で、奪い取った『羅の文書』を誇らしげに掲げる人物にほかならない。

その手に握られた剣が、自分の血の色に染まっていた。

ぽろりと自分の懐から何かが落ちるのに気付いて、薫蘭は目を向ける。亡き李蘭《りーらん》の服で作ったお守り袋。その中に入っているのは、彼女の遺髪だ。幼すぎて、それしか形見にならなかった。

「薫蘭！」

名を呼ばれて、薫蘭は薄れていく意識の中で駆け付ける慈空の姿を見た。

ああ、慈空、やっとわかったんだ。

お前は馬鹿だと笑うかもしれないが、私が王太女でいたかったのは。

私が王になりたかったのは。

民を救いたいと思うことと同じくらい、父に認められたかったのだ。

あの人に、褒めてもらいたかったのだ。

妹を殺した憎き仇《かたき》であるというのに。

私は、娘であることを捨てられなかった。

四、

「薫蘭！」

目の前で凶刃に倒れた薫蘭の元に、慈空は咄嗟に駆け寄った。白砂を真っ赤に染めて横たわる体を、両手で抱き起こす。

「どうして……」

慈空は、『羅の文書』を手にしたままふらふらとどこかへ歩いていく沈寧王に目を向けた。まさか実の娘に、しかも丸腰の彼女に、ためらいなく刃を向けるなど。脇腹からは、まだとめどなく血が溢れ出ている。早く治療しなければ、命にかかわるだろう。

「日樹さん、治療できませんか⁉」

慈空は、縋《すが》るような思いで彼を振り返る。すぐ後ろで見守っていた日樹は、複雑そうな顔をした。

「いいの？　その人、沈寧の王太女だよ」

その問いに、慈空は唇を嚙んだ。

許すとは到底言えない。けれどこのまま見殺しにするのは違う気がした。少なくともあの日、彼女が自分を逃がしてくれなかったら、こうして生きてはいなかっただろう。

「……生きていなければ、償えないこともあります」

慈空は、薫蘭の傍らに落ちている小さな赤い袋を見つけて、それを拾い上げた。

「……君の？」

朦朧《もうろう》としながら手を伸ばしてくる薫蘭に気付いて、そっと握らせる。薫蘭の両目から涙が零れたが、慈空は見ないふりをした。

「……これも、誰も来るな……これは、私の……私のものだ……」

左手で『羅の文書』を抱え、右手で血濡れた剣を引きずり、沈寧王は庭園をゆっくりと歩いていく。灯火器の炎に照らされた影がゆらゆらと地面に落ち、吊燈籠の光の中に浮かび上がる正寝の姿も相まって、どこか神々しさすら感じる。その異様な姿に、僧兵の中にも戸惑いが広がっていた。

「おい」

誰もが息をひそめ、金縛りにあったように動けない中で、ためらわず王のあとを追ったのは風天だった。

「『羅の文書』を渡せ。俺の用はそれだけだ」

腰の剣に手をかけ、風天は口にする。

「……お前は、誰だ？　そんなにこれが欲しいか」

沈寧王は、挑発するように『羅の文書』を掲げてみせる。

「だめだ、これは私のものだ。これだけではない、この庭園も、この王宮も、民も、国も、すべて、すべて私のものだ！　どれひとつとして、差し出してたまるものか！」

口端に泡をのせ、目玉を剝き、沈寧王は剣を突き出して牽制する。

慈空はそれを、憐れみすら覚えて見ていた。

やがて沈寧王はふと動きを止め、荒い息のまま醜く笑う。

「奪われるくらいなら、壊すまでだ」

　そう言うが早いか、沈寧王は手近な灯火器に向かって『羅の文書』を投げ入れた。不意を突かれ、風天が即座に走り灯火器を蹴り倒す。火のついた『羅の文書』が薪《まき》とともに地面に転がり出たが、それをさらに沈寧王が遠くへと蹴り飛ばした。

「燃えろ！　燃えてしまえ！」

『羅の文書』の元に走る風天を、沈寧王は指を差して笑った。

「読めもしない亡国の古ぼけた本に、何を期待しているのだ！」

　乾燥した古革でできた『羅の文書』は、慈空たちの狼狽《ろうばい》をよそに勢いよく燃え上がる。手入れのために、年に数度油を塗るせいもあるのだろう。慈空は薫蘭を日樹に任せ、『羅の文書』の元に走った。先に辿り着いた風天が砂をかけて火を消したが、すでに表紙は黒く焦げて文字が読めなくなっている。中の頁《ページ》も悲惨な状況であることは見て取れた。

「そんな……」

『弓の心臓』を託した留久馬の顔が、慈空の脳裏をかすめる。

　この『弓の心臓』は、『羅の文書』と一緒にあるからこそ価値のあるものだ。

　宝珠はふたつでひとつ。必ず両方とも持たなくては意味がないんだ。

　足が萎《な》えて、慈空はその場に膝を突く。

　怒りと、不甲斐なさと、悲しみと、いろいろな感情が胸に去来して視界が歪んだ。

「哀れ、哀れよのう。そのような腐った革の本が、そんなにも愛おしいか」

その沈寧王の言葉に、慈空は歯を食いしばる。

砂を摑む拳が震えた。

「……その腐った革の本を、欲しがったのは誰だ」

慈空はゆらりと立ち上がる。

「それを手に入れるために、お前は何人殺した⁉」

口の中で血の味がする。腹の底が熱い。

「そのために娘まで手にかけるなんてどうかしてる！」

声を震わせ、涙をこらえながら、慈空は叫んだ。

あの日、大弓門《だいきゅうもん》の前に並んだ多数のさらし首級《くび》を見た時の、視界すら真っ赤に染まりそうな怒りが再び燃え上がる。

「何とでも言え。力なき貧民ども」

両手を広げ、王しか纏《まと》えぬ色の大袖を見せつけるようにして、沈寧王は薄く笑う。

「この世はすべて、私のためにあるのだ――」

恍惚《こうこつ》とそう口にする沈寧王の後ろで、ゆらりと空気が揺らめいた気がして、慈空は目を凝らした。妙に彼の背後が明るく、それは徐々に輝きを増して燃え上がる。沈寧王がそれに気づいた時、すでに彼の大袖の裾は、地面に転がった薪から燃え移った炎に舐められ始めていた。

吊燈籠の灯りが池に反射し、天地が曖昧《あいまい》になる庭園で、王の絶叫が響く。光沢のある最高級の布で作られた大袖は、それを纏った王ごとあっという間に炎に呑み込まれた。何とか火を消そうとした王が袖を振り回すが、もはやその程度で収まる勢いではなく、空気を掻きまわすことでさらに燃え上がる。

「父上……！」

薫蘭が呻《うめ》いた。

王は大袖を脱ごうと試みたが、すでに炎は油を塗った王の髪にも燃え移り、その熱さでのたうち回るだけだ。鼻をつく臭気が辺りに漂い、溶けた大袖が王の体に張り付き、なお体を焼く。王は言葉にならない声で何かをわめきちらしながら、ほとんど飛び込むように池へと身を投げた。先ほどまで灯りの中に浮かび上がる正寝を静かに映していた水面が、一瞬にして砕かれる。

「主上！」

我に返った豪人たちが、主を助けようとして駆け出したが、僧兵たちがすぐに後を追いかけていく。

「源嶺を討て！　これはまたとない好機！」

「殺せ！　この機を逃すな！」

「これぞ燕老子の御導き！」

濁流のように押し寄せた僧兵は豪人たちを呑み込み、そのまま池へと突入する。身の危険を感じた王が逃げようとしたが、すぐに追いつかれてその背中を斬りつけられた。もはや誰のものかわからない水音が、辺りに響く。

「ま、待て！　お前たち待たんか！」

大きな流れとなった僧兵たちは、叫ぶ白叡すら撥ね飛ばし、皆が剣を振り上げて源嶺王の元へ走った。池の中の王は逃げることもできず、僧兵たちに囲まれてその身に刃を受けるだけだ。容赦なく胴を刺され、腕を切り落とされ、王の威厳などない哀れな命乞いの文言だけが響く。

壁のようになった僧兵たちで慈空に細部は見えなかったが、そのうちに切り落とされた王の首級が歓声とともに掲げられた。それを見た王の侍従が、力なく膝をつく。

「おい、こっちにも王族の生き残りがいるぞ！」

僧兵の一人が薫蘭に気付いて、仲間を呼ぶように叫んだ。

「やめろ！　怪我人に何をする気だ！」

慈空は思わず立ちはだかる。そこへ慌てた様子で白叡が走り寄ってきた。

「王太女様には王になってもらわねばならぬ！　ここでの手出しは無用だ！」

「しかしもう虫の息ではありませんか！」

「いっそここで殺して、沈寧国ごと乗っ取ればいい！」

「あの源嶺の娘なんか、生かしておくな！」

「燕老子はあの王の娘を庇うのですか？　私の息子は守ってくださらなかったのに！」

説得しようとする白叡に、僧兵たちが次々と反論する。

それを見ていた瑞雲が、ようやく納得がいったように口を開いた。

「なるほど。手寧教の信徒が、王憎しで反乱を起こしたってとこか。こりゃえらい日に来ちまったなぁ」

それを聞いて慈空も事態を把握し、焦りの色を濃くする。

「だから僧兵がこんなに……」

仲間内で言い争う僧兵たちに、もはや統率などない。向こうでは焦げた王の遺体をまだ損壊させている者たちもいる。王宮内の近衛兵の数は少なく、到底僧兵の勢いに勝てないだろう。もしかすると、わざとそうなるように手をまわされていたのかもしれない。このまま僧兵が暴走し続ければ、薫蘭どころか慈空たちの身さえ危うい。

「白叡様だって言っていたではありませんか！　従わぬ時は殺してしまえばいいと！　燕老子が罰をお与えになると！」

「それが遅いか早いかだけのこと！」

「我らで新しい燕国《えんこく》を創り、王を据えればいいのです！　それが波陀族の悲願ではなかったのですか⁉」

「し、しかし……！」

僧兵の勢いに圧《お》され、白刃を突きつけられ、白叡は何も言い返せなくなっている。

「ごちゃごちゃとうるさい！　さっさと殺してしまえば済む話だ！」

やがて業を煮やした僧兵の一人が、剣を抜いて薫蘭の元に走った。

「手柄は俺のものだ!」

そう叫ぶ彼に続いて、五、六人が怒声を上げながら剣を抜いた。

「やめろ!」

応戦しようとして自分の腰に触れた慈空は、そこに剣がないことに気付いた。そうだ、あれは先ほどの綜傀以との戦闘で、瑞雲に渡してしまったのだ。

「どけ! お前も殺されたいか!」

白叡を突き飛ばし、こちらへ向かってくる僧兵が叫ぶ。慈空は向けられる切っ先に足がすくんだ。

「やめ——」

叫ぼうとした慈空の頰を、一陣の風が撫でた。

その直後、先頭を走っていた男が、いつの間にか腹から血を流して地面に転がっている。それを見て、他の僧兵が驚いたように足を止めた。

「……風天さん」

ほんの瞬《また》きの間に割り込んだ、緋色《ひいろ》の混じる黒髪。

血を払う片刃の剣。

「あーあ、やっちゃった。他国《よそ》のことに手ぇ出しちゃった」

「我慢できなかったかぁ」

のんびりと野次を飛ばす日樹と瑞雲は、完全に見物人の様相だ。

その声を背中で聞きながら、風天はざらりと靴の底を鳴らした。

「沈寧にも、沈薫蘭にも義理はない。本来ならとっとと用事を済ませて帰りたいんだが」

そう言ってゆっくりと歩いて行った風天は、手にした剣の切っ先を、白叡の喉元に突き付ける。

「お前が首謀者か。先ほど僧兵が言った言葉は事実か？」

「……何のことだ？」

「いっそここで殺して、沈寧国ごと乗っ取ればいい、と言っていたやつだ。その前に、王太女様には王になってもらわねばならぬ、とも言っていたな。やたらと燕老子を振りかざすところといい、波陀族の生き残りが先導しているのか」

顔中から汗が噴き出している白叡とは対照的に、風天は氷のような顔をしていた。感情すら、どこかに置いてきたような冷たさだ。しかしその瞳が徐々に赤味を帯び始める。

「源嶺亡きあと薫蘭を王に据え、自分たちの傀儡《くぐつ》にしようとしたのか。だから従わぬ時は殺してしまえばいいと？　それが燕老子の与える罰だと？」

その言葉に、慈空は思わず横たわる薫蘭に目を向けた。あんなにも王になることを望み、この国を正すことを望んでいたのに、再度傀儡にされようとしていたのか。

「だ、だからなんだ！　お前に何の関係がある！」

「我らの正義を邪魔するな！」

そう叫んで、何人かの僧兵が剣を振りかざして走って来たが、風天が低い姿勢のまま横一線に薙ぎ払っただけで、二人が喉から血を噴いて倒れた。返した剣で三人目の右腕を切り落とし、四人目に強烈な回し蹴りを食らわし、怯んだ五人目はその場に尻もちをついて失禁した。あまりの迅《はや》さに、一瞬何が起こったのかすらわからなかった。

「そうだな、俺には何の関係もない。……ただ、お前らのように神を振りかざし、人を食い物にする奴らが、心底気に入らないだけだ」

剣を振って血を払う風天の双眼が、黎明《れいめい》の色に染まる。

「な、何を言うか！　食い物にされたのは我らの方だ！」

白叡が声を振り絞るように叫んだ。

「国を奪われ、神を奪われた！」

「愚王を倒して何が悪い！」

「責任を取らせて何がおかしい！」

僧兵が口々に叫んだが、風天の一瞥《いちべつ》を受けて潮が引くように声が小さくなる。

夜明けの空に散る日金の星を、瞳の中に堂々と見せつけて、風天が口を開いた。

「敵討ちなら好きにやればいい。国盗りなら自由にやれ。だがそこに神を持ち込むな。神の名のもとに正義を振りかざすな」

その瞳と対峙するだけで、思考を奪われそうになるほど魅了されたことを、慈空は胸の昂りとともに思い出した。膝を突き、その足元で頭《こうべ》を垂れてしまいそうになる神威と呼んでいいほどの何かが、瞳の色を変えた彼にはあるのだ。姿かたちは変わらないはずなのに、存在感を増し、性別すら超越したあまりの美しさに愕然とする。目を逸らせず、惹き込まれ、彼以外のすべてのものが見えなくなるくらいに。

それはまるで、彼こそが神だったのかと見紛うほどの。

「燕老子が罰を与えるだと？　燕老子は高地に住む人々のために、海から塩を運び続けた偉人だ。その偉業を称えられて神となった。お前たちは何をもってして、王殺しに燕老子の名を振りかざす？　その手を血に染めることが神の教義にあったか！」

その場にいた僧兵たちが、水を打ったように静まり返った。誰もが風天に釘付けになるようにして微動だにせず、息を殺し、ただその言葉ひとつ、息遣いの余韻さえ聞き漏らすまいと耳をそばだてている。畏れと恍惚がないまぜになった彼らの顔は、生まれて初めて神の啓示を受けるようでもあった。圧倒的な威厳を前に、全身から力が抜け、剣が地面に落ちる音だけが断続的に響く。やがて幾人かが、崩れ落ちるように地面に膝を突いた。

「燕老子に跪《ひざまず》く者よ！」

強さを増す風天の凄みと、紫に金の斑《はん》が散る瞳に、白叡すら息を呑む。

「しかと思い出せ！　申し開きできる者はいるか!?」

腹の底から震えて竦みあがるほどの、荒々しい怒りに触れた衝撃があった。

お許しください！　と誰かが叫ぶ。その声に連なるように、いたるところで同じような声が上がり、僧兵が次々と平伏していく。そして許しを請い、神を称えるための祈りの経歌が、誰からともなく始まった。やがてそれは大きなうねりとなって、空間を震わせ天へ届かんばかりの斉唱となる。

「……すごい」

体に共鳴するような空気の振動を感じながら、慈空はもはや神々しいなどという言葉では表しきれない風天の姿を、隣でぼんやりと眺めていた。少なくともここで叩頭し、手を合わせる僧兵には、自分たちを罰しに来た神に見えているのだ。

「か、神よ、神よ私は……！」

剣を手放した僧兵の一人が、泣きそうな顔で風天に駆け寄り、その足元に膝を突いた。

「私は沈寧王に息子を殺されました……！　どうにかして仇を取りたかったのです！　老子様であればわかってくださると、僧主様に言われて――！」

風天の爪先に縋るように男は訴える。

深緑の奉斎服を着た白叡は、集団の中で放心するように膝立ちになったままだ。おそらく白叡はそのような甘言を吐いて、あの僧兵と似たような境遇の者を集めたのだろう。きっと最初は純粋に、波陀族の神を取り戻したいという思いだったのかもしれない。けれどいつの間にか、神を利用し道具にすることを厭わなくなった。

慈空は、自分の中にもある小さな濁りを想う。

もしも風天たちと出会っていなかったら、自分も四神に復讐を望んだだろう。それこそが正義だと、神を仇の血で汚したかもしれない。

――けれど。

けれど今は。

「――王こそが、民を幸せにせねばならない」

いつか風天が言った言葉を、慈空はつぶやく。

「あなたを本当に救うのは、神ではなく、新たな王だったのかもしれません」

慈空は、男と目線を合わせるようにしゃがみ込んだ。

「あなただって、きっとわかっていましたよね。でもその新たな王すら、信じることができなかった。神に縋るしか、神を言い訳にするしか、方法がなかったんだ。それくらい、辛くて苦しかったんですよね」

仇を討ちたい気持ちは、誰よりもよくわかった。心に巣くう憎しみも、苦く喉を通る涙の味も。慈空の言葉に、男は唇を震わせて涙をこぼしたかと思うと、地面に伏して子どものように嗚咽《おえつ》した。慈空は、その背中を労わるようにそっと手を置く。

「風天さんだって、本当はわかってるんでしょう？　この人たちが、そうせざるを得なかったこと」

見上げると、黎明の瞳は一抹の悲しみを帯びているようだった。

「……そうだな、わかっている。すべてが間違っているわけではないことも、わかっているんだ……」

自分の内側に開いた傷を舐めるように、もどかしく風天は口にする。

「それでも俺は、神を私欲に使う者を許すことはできない」

慈空には、彼の過去に何があったのかわからない。神を存在しないものだと言いながら、自らが神の化身のような姿を取ることに、何を想っているのかわからない。

ただわかるのは、本能をむき出しにするような怒りも、垣間見せた神への本来の敬いも、彼の中に同時に存在しているということだ。

朝焼けと日金の星を宿す神人は、なお哀れな僧兵の懺悔《ざんげ》を聞く。

「こ、これは一体どういうことだ……」

やがて我に返った白叡が、一変した景色に困惑して辺りを見回した。すでに剣を持っている僧兵はおらず、ほとんどが平伏するか、その場に力なく座り込んでおり、心ここにあらずといった様子で立ち尽くしている者がまばらにいるだけだ。

「おのれ、怪しい術を使いおって……！」

白叡は、手近に落ちていた誰かの剣を拾い上げる。そして風天に斬りかかろうとして走り出した矢先、不意にその場に縫《ぬ》い留められるように足を止めた。

「……思い、出したぞ。不思議な瞳の祝子……」

その言葉に、風天はその瞳をあえて真っ直ぐに白叡へ向けた。

「斯城の……聖女蓉華天の祝子だ……。貴重な瞳ゆえに、許された者にしか見ることが叶わぬという――」

言いながら、白叡は自分の言葉に首を傾げる。

「しかしその祝子は……祝子は確か――」

その言葉を言い終わらないうちに、白叡の剣を持った右手に音もなく矢が刺さった。衝撃で剣は手を離れ、乾いた音を立てて地面に転がる。

「誰だ！」

右手を押さえ、忌々し気に白叡は叫んだが、振り返った先に、いつの間にかずらりと並んだ見慣れぬ兵の大群を目にして息を吞んだ。見れば、奥宮を囲う門壁の上にも、弓を構える兵の姿が規則正しく並んでいる。沈寧の軍兵ではない。揃いの黒の鎧《よろい》は、あえて艶を消して光を吸収するようになっていて、闇夜に紛れてしまえば確実にわからないだろう。そんな兵が、おそらく百名以上いる。

「な、なんだ？　だ、誰だお前たち！」

白叡が狼狽えて後ずさる。沈寧の近衛兵や豪人たちはすでに武器を奪われ、抵抗できないよう頭の上に手をあげて膝をつかされていた。やがて門の方から、目立つ大身槍《おおみやり》を持った長身の兵士が姿を見せた。その後ろに続く小柄な兵士が、誇らしく掲《かか》げている朱金の旗。

「禁軍旗《きんぐんき》!?」

慈空は呆然とつぶやく。炎に照らされて揺らめくのは、確かに王の軍を意味する朱金。朱金が禁軍を示すことだけは、すべての国に共通だ。しかしそこにあるのは、沈寧の国章である六枚羽の鳥ではない。

その禁軍旗に描かれている四輪の花の紋章に、慈空は見覚えがあった。

「やはり……やはりそうか……!」

白叡が低く呻く。

「斯《し》城国王、──斯城琉劔《きりゅうけん》!」

その叫ぶような声に、僧兵たちが呆然と紫眼の神を見上げた。すでに風天の瞳は青味を取り戻し、元の色に落ち着きつつある。すると一気に我に返った僧兵たちが、今度は狼狽え、怯え、恐ろしさに震えて仰ぐ。

それほど、東の大国の名は強烈に知れ渡っているのだ。

父と弟を殺し、玉座に着いた王の名前も。

「盗みに入るだけなら放っておいたんだが、聖眼《ひじりのめ》を派手に使ったようなので推して参った。正体がばれることは慎めと、根衣に言われなかったか?」

風天──斯城王琉劔の前までやって来た長身の人物は、そう言って目元までを覆っていた兜《かぶと》を脱いだ。夕暮れを閉じ込めたような長い濃紫の髪が流れ落ち、黄味がかった淡褐色の目が風天を捉える。紛うことなき、妙齢の女性だ。

「梨羽謝《りうじゃ》、お前を呼んだ覚えはないぞ。……飛揚の差し金か」

「それ以外ないだろう」

「ルー、お前は俺の隊だぞ？」

「主上を守るための隊だ。こんな主上でも失うと面倒臭い。お前と飛揚の無茶に付き合えるのは、うちの隊くらいだぞ。むしろ感謝しろ」

主上と呼びながら、敬っているのかどうかよくわからない口調だ。しかし琉劔も慣れているのか、それに動じている様子もなかった。

「あ、あの……」

何やら会話している琉劔と兵士を横目に、慈空は日樹と瑞雲にこそこそと尋ねる。

「一体どういうことですか？　風天さんが斯城王で……え、じゃあお二人は……？」

理解が追い付かずに、頭が混乱していた。そもそも風天は、風天という名前ですらなかったのか。

「それを改めて聞かれるとすごく困るんだけど、えーと、なんだろうね……。俺はルーと違って軍には入らなかったし……と、友達？」

「お前は腐れ縁じゃねぇの？」

「じゃ、じゃあ、スメラを探してる主っていうのは!?」

「いないいない。だってスメラ探してるのは琉劔だもん。琉劔が主上だから、その上の主なんかいないよ。咄嗟についた嘘だよ」

日樹がごく軽く否定するのを聞いて、慈空はいよいよ言葉を失った。なんだか物凄い詐欺に遭ったような気分だ。自分は今まで、あの斯城国の王と寝食を共にしていたというのか。杜人《とじん》、混ざり者ときて、まさか最後が大国の王など、誰が予想できただろう。

「……もしかしたら、俺もお前も飛揚にいいように使われたか……？」

剣を鞘に納め、琉劔がぼやいたが、兵士は意味を捉えかねるように首を傾げた。

「飛揚は俺が聖眼を使うことも、お前がこうやって出てくることも、全部予想した上であの手紙を寄こしたのかもな。……なるほど、『役に立つ石が欲しい』か」

やや不満げな顔で、琉劔は息を吐く。

「それで、お前が堂々と出てきたってことは、もう全部終わってるのか？」

王は美しい麾下《きか》に尋ねた。

「ここ以外の僧兵、および近衛兵、豪人はすべて押さえた。州司と将軍、王后と太子二名も捕らえてある。もう一人の太子は、王の手によって先ほど死んだ。各州には、近くに潜伏していた別の隊がすでに派遣されている。なお、周囲の紀慶、黄湊《おうそう》、万莉和《まりわ》などの国にはあらかじめ飛揚が根回し済みだ。なので存分に暴れてよいと」

用意周到な手筈に、琉劔が複雑な顔で腕を組む。

「捕らえた僧兵からの聴取により、手寧教僧主白叡を中心とした、国家転覆の企みは明白だ」

そう報告して、彼女はちらりと白叡を振り返る。

「どうする？」

その瞳に捉えられて、白叡が息を呑む。彼を含め僧兵と言えど、訓練を受けた兵ではない。瞬きの間に剣を振るう斯城国王と、見るからに手練《てだ》ればかりが揃っていそうな一部隊が相手となれば、もはや話にならないだろう。禁軍兵の数が少々少ない気がするが、精鋭ばかりを集めた特別部隊かもしれない。もしくは、自分たちの見えないところに潜んでいるのか。いずれにせよ、白叡側に勝ち目など無いに等しかった。

「わ、我らは、ただ波陀族の国を、燕国と神を取り戻したかっただけのこと……！」

命乞いのように白叡が訴えたが、琉劔の蒼い双眼が冷静に彼を捉える。

「どさくさに紛れて、沈寧ごと乗っ取ろうとしていたのは俺の聞き間違いか？」

「そ、それは、僧兵の暴走で……！」

「僧兵を統率できずして僧主を名乗るか。己の力量不足を恥じたらどうだ」

若き王は、自分の親ほどの年齢であろう白叡に怯みもせず、冷徹なほどに言い切った。

「源嶺王の死については不問にしてやる。ただし沈寧からは出て行け」

琉劔は眦《まなじり》を強くして口にする。

「今、この時より、元弓可留領を含めた沈寧国を、斯城の管理下に置く！」

白叡が愕然と琉劔を見上げた。そうなってしまえば、白叡たちがのらりくらりと沈寧に居座ることもできなくなる。それをわかっていて、琉劔は宣言したのだ。

「し、しかし沈寧にはまだ王族が……王太女様がおられる！　その承認もなしに勝手なことを――」

「だからなんだ」

堂々と、闇夜に翻る禁軍旗。

白叡の反論は、琉劔の一瞥で封じられる。

「そのことについて、王族でもない、むしろ王を殺したお前が、意見を述べられる資格があるとでも思っているのか」

そもそもこの世は群雄割拠だ。沈寧が弓可留を呑み込んだように、沈寧もまた更なる大魚に呑まれるだけのこと。

「さっさと神を連れて去れ。お前に用などない」

深い蒼の瞳に、灯火器の灯りが反射する。

「それとも俺に、また神を殺せと言うのか?」

赤々と炎が燃えている。

地面に両手を突いた白叡が、僧兵とともに斯城王の前で平伏するのに、そう時間はかからなかった。

「……慈空」

今までのやり取りが聞こえていたのか、薫蘭がぽつりと呼んだ。慈空は、慌てて彼女の近くにしゃがみ込む。

「薫蘭、大丈夫か?」

薫蘭はぎこちなく口元を引き上げ、笑ってみせた。

「お前たちの、勝ちだ……」

戸惑う慈空に、薫蘭は動かすのも億劫なはずの血まみれの手で、懐から一枚の小さな紙片を取り出し、ほとんど押し付けるように手渡した。

そして静かに、声を殺して泣いた。


「あの燃えた『羅の文書』を見た時から、おかしいと思っていた。油を吸った古い革にしては、燃え方が中途半端だったからな」

事後処理を部下に任せた琉劔が、日樹たちとともに未だ呆然としたままの慈空を連れてきたのは、沈寧王の寝室だった。皆で手分けして寝室をくまなく調べまわったところ、硝子の置物が置いてある棚の後ろに隠し通路があることがわかった。この部屋で琉劔と鉢合わせした薫蘭は、おそらくここを通ってやって来たのだろう。

「俺の推測が正しければ、さっき燃えたあれは偽物だ。本物の『羅の文書』はまだここにある可能性が高い」

そしてその琉劔の言葉通り、王の寝台脇にある艶やかな塗《ぬり》と日金細工が施された木箱の中から、もう一冊の『羅の文書』が御樋代《みひしろ》とともに発見された。

「じゃあ、燃えたのは一体……」

無残な姿になったとはいえ、慈空が近くで見ても違和感を覚えないほどだった。だからこそ、琉劔に言われるまで気が付かなかったのだが。

「おそらく薫蘭は、何らかの理由で『羅の文書』の写しを持っていたんだろう。そして慈空が『羅の文書』を奪いに来たと知り、ここにある本物と自分の持っている写しをすり替えようとして、俺たちと鉢合わせた」

「えーとつまり、俺たちに偽物を盗ませようとしたってこと?」

首を傾げつつ、日樹が尋ねた。

「それもあるだろう。だが薫蘭が一番恐れたのは、本物の『羅の文書』を、父が破壊する可能性だったのかもしれない」

琉劔の言葉を聞きながら、慈空はゆっくりと手を伸ばして、弓可留に伝わる宝珠に触れる。表紙の革は、思ったより滑らかで温かい。言われてみれば、先ほど燃えてしまったものより、革の色が少し濃い気がする。羽多留王の日焼けした大きな手を思い出して、慈空は瞳を潤ませた。

「俺たちがすんなり持っていってくれればそれでいいが、万が一見つかって揉めた場合、自分の父親がやりそうなことを、王太女様はわかっていたってことか」

合点がいったように、瑞雲が形のいい顎を撫でる。沈寧王は、感情に任せて人すら殺す男だ。たとえ念願叶って手に入れた宝珠だったとしても、恥をかかされるくらいなら破り捨ててもおかしくはない。むしろ、嫌がらせのようにそれをやるかもしれない。

慈空は、手の中の『羅の文書』に目を落とす。現に彼女の予想通り、源嶺王は『羅の文書』をためらいなく火の中に投げ込んだ。

私が王になったときには、必ずお前に返す。

そう言った彼女の言葉は、嘘ではなかったのだ。仮に自分たちが偽物を持ち去っていたとしても、彼女はいつの日か必ず、律儀に本物を寄こしただろう。

「慈空、お前は薫蘭が持っていた写しに、心当たりがあるんじゃないのか」

琉劔に問われて、慈空は頷いた。

「……おそらく、留久馬が作った写本です。私も、まさか『羅の文書』の写しを作っているとは思っていませんでしたが……。薫蘭が、私たちが使っていた地下室で見つけたんでしょう……」

慈空は、それ以上を続けられずに嗚咽《おえつ》を堪えた。

薫蘭から手渡された血まみれの紙片。

きっと、燃えてしまった『羅の文書』の中に挟まっていたのだろう。

そこには留久馬の大らかな字で、『揚げ菓子を買う』と書いてあった。

唯一残る兄の肉筆がこれだなんて、と慈空は泣きながら笑った。笑いながら、もう戻らない彼との日々が胸に去来して、涙が止まらなかった。

『羅の文書』を守ったのは、間違いなく留久馬だ。

彼は国の歴史と血族の誇りを、その手で守り抜いたのだ。

「しっかし、偽物だとわかってたら、さっさと捨ててしまいそうなもんだけど、王太女様はよくもまぁ取っておいたよな」

寝台の上に腰を下ろして、瑞雲が気怠《けだる》く口にする。

「もしかしたらだけど、たぶん薫蘭は、その偽物を留久馬王太子が作ったことを知ってたんじゃないかな？　その紙片が、誰の字であるかも含めて」

「薫蘭が……？」

呆然と問い返す慈空に、日樹が頷く。

「うん、だからいつか、本物と一緒に慈空に返したかったんだと思うよ」

本当は、本物の身代わりになどしたくなくて。

父王の手には渡したくなくて。

慈空にとっては本物の宝珠と同じくらい価値があることを、彼女はきっとわかっていたのだろう。

それをもって、せめてもの贖罪としたかったのかもしれない。

「……薫蘭は、助かりそうですか？」

零れる涙を拭いながら、慈空は尋ねる。彼女は現在、琉劔の部下の立ち合いの元、御典医に引き渡してある。青ざめた若い侍従が駆けつけ、どうしてこんなことに、と無念そうに呻いて、運ばれていく彼女に寄り添っていた。日樹が応急手当をしたが、出血が多すぎることは誰が見てもあきらかだった。

「やれることはやったから、あとは王太女が生きたいと思うかどうかかなぁ」

日樹が腕を組む。彼も医者ではないので、できることは限られている。

「ここで死ねば、そういう運命だったということだ」

琉劔が、静かに口にした。

「……だが、おそらくあいつは抗うだろう。わかっているはずだからな、これからが自分の人生だと」

どこか遠くを見るように、琉劔は告げる。

「父という神がいなくなって、初めて自分の人生を歩むんだ」

終章　はじまりの矛

沈寧《じんねい》が斯城国《しきこく》領に入ると同時に、知らせを受けた志麻《しま》は本隊の一部をすぐさま沈寧へ向けて出発させた。ありったけの食料と日用品を積んだ不知魚《いさな》は、珍しさから客引きにもなり、なにしろ斯城国王が自ら商売の許可を出すので何の妨げもなく、志麻の思惑通り運んできた品々は飛ぶように売れた。その上彼女は、琉劔《りゅうけん》が自分に斯城王だということを黙っていた罰だとして、手巾《てぬぐい》一枚から箒《ほうき》一本に至るまで、あらゆる品に斯城王御用達という文言をつけて販売を始めたのだ。その根性は、もはや尊敬に値する。

不知魚人《いさなびと》は王都景寧《けいねい》から少し離れた町に野営地《やえいち》を敷いており、琉劔も今まで通りその天幕を寝床にしていた。旧弓可留《ゆっかる》領を含む沈寧国を管理下に置くとは言ったが、それは今のところ完全な征服ではない。将来的に併合して斯城の一部になる可能性もあるが、それが今すぐ進まないのは、薫蘭《くんらん》が一命をとりとめたからだ。父がやってきたことの責任を取るのが自分の務めだとする彼女を、琉劔はできれば見守りたいと思っている。これから沈寧と弓可留の民の生活を立て直していく仕事は、斯城から呼び寄せた根衣《ねい》と参議の一人を中心に任せてある。その他の役人を含め、無理矢理連れてきたので随分嫌味を言われたが、有能な者たちなのでうまくやってくれるはずだ。

「いろいろと思い返してみれば、我々は飛揚《ひよう》様の掌の上で踊らされていたのかもしれませんね……」

「ご苦労さん！」とだけ書かれた飛揚からの手紙を持参した根衣は、琉劔の前でぼそりとそんなことをつぶやいた。

「かつての斯城国と今の沈寧国は、少し重なるところがあります。琉劔様が沈薫蘭《じん》に同情するだろうと踏んで、あえて沈寧に行かせたようにも取れますし……。だって周辺諸国に根回しまで済んでるって、手が早すぎませんか？」

根衣の言葉には、琉劔も同意しかなかった。「君は好きに動いていい」と書かれたあの手紙を受け取った時点で、飛揚は琉劔が沈寧にかかわってしまうことを予見していたのだろう。そしてそれは、「お土産はなくてもいいけど、できれば役に立つ石が欲しい」という一文ですでに明白だ。沈寧には鉱山があるのだ。広大な果樹園を持つとはいえ、商売に伴う税や、旅人が飲食店や宿屋等に落としていく金が主な収入源となっている斯城にとって、人の行き来に左右されない財源を手に入れることは大きな意味を持つ。つまり、好きに動いてもいいけど、中途半端に沈寧に手を出すくらいなら、いっそ征して鉱山の旨味《うまみ》を持って帰ってこい、が意訳だ。直接わかりやすく言わなかったのは、あくまでも琉劔の意志に任せたようにしたかったからだろう。一応王のことを気遣った、という体裁だが、事はまんまと飛揚の希望通り進んでいる。たとえ将来、沈寧を薫蘭に返すことになったとしても、鉱山については利益を分配するなど、斯城に得のある条約が結ばれるはずだ。

「飛揚に言っといてくれ。今度から目的は早めに伝えろと」

「自分で言ってくださいよ。唯一の身内じゃありませんか」

「根衣《おまえ》の言うことの方が聞くだろ」

「聞きゃしませんよ！　今回だって自分も沈寧に行くと言って無理矢理黒鹿《くろじし》に乗ろうとして、案の定振り落とされた上、腰を強打して寝込んでます！　鹿《しし》に嫌われ過ぎて乗れたことなんか一回もないのに！」

「嫌われてるというかあれは……飛揚に乗鹿《じょうろく》の才能がないんだ……」

琉劔はやれやれと息を吐く。斯城国副宰相であり、変人の名をほしいままにしている叔母・飛揚は、相変わらず奔放に生活しているらしい。しかし彼女や根衣をはじめとする、信頼できる要人たちがいてくれるからこそ、自分は国を留守にすることができる。

「それにしても、沈寧に斯城が乗り込むことを、よく周辺諸国が了承したな」

そこも飛揚の手腕だったのだろうか。あの叔母は、話術で人を操るようなところがあるので、嬉々として説得に向かったに違いない。

「あ、いえ、飛揚様が交渉したことに変わりはないんですが……」

根衣は、どこか穏やかな目をして告げる。

「交渉したすべての国が、羽多留《わったる》王の仇《かたき》を取ってくれるならと、即座に了承したと聞いています。本当に、慕われていた王だったんですね……」

自らの人望で、王は死してなお国を守ったと言ってもいいだろう。琉劔は、最後に見た羽多留王の顔を脳裏に思い描く。自分にできるのはこれくらいしかなかったが、それでも王は、安堵してくれているだろうか。

「あ、ここにいたんだ」

斯城国からの一団が沈寧に入って数日が経っていた。琉劔は不知魚の甲羅の上で、微睡《まどろ》んでは目覚めることを繰り返していた。不知魚人は、幼獣の頃に捕らえた不知魚の甲羅の上に板を括りつけ、わざと甲羅の天辺が平らになるように育てる。その方が荷がよく積めるからだ。そして荷を運ばない日の不知魚の甲羅は、洗濯物を干したり備品の虫干しをしたりと、何かと活用されている。

「だめじゃん、王がさぼってちゃ……うわ、何その上衣……。そんな絶妙に変な色のやつどこで見つけたの……」

甲羅を羽衣《はごろも》でのぼってきた日樹《ひつき》が、風のような軽さで傍らに立つ。

「……さぼってねえ。俺がやる事なんかないんだよ。あと上衣は売れ残りだ」

起床してから寝るまで、道者たちの言いつけ通りのものを身に着け、口にし、祈ることを強要された祝子《ほおりこ》時代のおかげで、琉劔には美的感覚や、審美眼が欠落している。金銭感覚がいまいち乏しいのもそのせいだ。だからと言って別に不自由はないと思うのだが、一国の王が毒々しい花柄や、素っ頓狂な茸《きのこ》模様などの服を纏うことを、周囲が放っておかないのだ。

「あっちでルーが瑞雲《ずいうん》に対決挑んでたけど、止めなくてよかった？」

あの日、隊を率いてやって来た女性を、日樹は親しげ気に呼ぶ。りうじゃ、と発音しにくいので、昔から彼女を知っている者は皆そんな呼び方をするのだ。

「やらせとけ。いつものことだろ」

「あ、あと、慈空《じくう》が、借金の清算はいつまで待ってくれるのかって言ってるよ」

弓可留《ゆっかる》に帰ることを決めた彼は、ここ数日でいろいろと準備に明け暮れている。王族がいなくなった今、弓可留という国の再興は難しいが、それでも沈寧の支配下にあるより斯城に管理される方が随分ましだと、元弓可留の民からは好意的に受け止められていた。そしてそれは、沈寧の民も同じだ。王が倒れ、国もこの先どうなるかわからないというのに、悲嘆に暮れる者はむしろ少なく、沈寧入りした斯城国の一団は予想外に歓迎された。それほど源嶺《げんれい》王への反発が強かったということだろう。

すでに源嶺派は国外へ追放され、白叡《はくえい》は燕老子《えんろうし》とともに僧たちを連れて去った。未芙《みーふぁ》をはじめとする不知魚人の中の波陀《ばだ》族《ぞく》は、白叡が起こした一件を聞いて複雑な顔をする者もいたが、源嶺が死んだことを喜びこそすれ、沈寧という国を恨む者はいなかった。沈寧にも苦しんだ民が多くいることを皆知っている。いつか燕老子を慕って白叡と合流する者もいるかもしれないが、それはもう各々の考えで好きにすればいいことだ。

王后と生き残った太子二人は、王后側の親戚を頼って景寧を出た。源嶺という盾を失った彼らに、もはや力はないに等しい。むしろ自分たちは、源嶺が怖くて従っていただけの被害者だとすら言い出している。仮に薫蘭が沈寧の王として立つことになったとき、彼らの存在が一番厄介かもしれないが、斯城国が後ろ盾となれば牽制できるだろう。

「清算どころか、さらに借金しないと暮らしていけないだろ、あいつは」

確か慈空は、眼鏡も新調したいと言っていたはずだ。琉劔は、目の上に手をかざして強い日射しを遮った。そろそろ本格的な夏がやってくる。

「うん、だからその新しい借金も含めていつまでに返せばいい？　って。志麻さんに借りると、取り立てと利息がきついから嫌なんだって」

日樹の言葉に、琉劔は呆れて目を閉じた。だからと言って、一国の王に金を借りようという慈空の神経は、出会った頃より随分図太くなった気がする。しかしそうでもなければ、今更廃墟同然となった弓可留に戻ると言い出すこともなかっただろう。彼は未だに四神の首飾りを外さないが、そこに一体どんな想いがあるのか、琉劔はあえて訊いていない。

「そういえばさ、なんで慈空に、最初から斯城の王だって明かさなかったの？」

ふと日樹が尋ねて、琉劔はあの時のことを思い出した。

懐に入れたままの鏡を、服の上から触る。

「……王があんなとこふらふらしてたらおかしいだろ。それに、父と弟を殺して王になった男に、急に大事なものを渡せって言われて信用できるか?」

四輪の八蓉《やよう》の国章は、聖女蓉華天《ようかてん》の名前に似ていることから採用されたという。しかしもうその神は、斯城にはいない。新たな国章に変えようと思い続けて、すでに二年が過ぎた。

「ちゃんと考えてたんだねぇ」

「それくらい考えるだろ」

「なんとなく乗っかっちゃったけど、架空の主《あるじ》の話するの、ちょっと変な感じしたよね」

「まあな」

他愛無い会話と同じくらいのゆったりした速度で、空を雲が流れていく。

「夢、見れた?」

不意に話題を変えて、日樹が琉劔の隣に腰を下ろした。

「……いや、全然だ」

琉劔はため息をついて体を起こした。

「なんで慈空は見れて、俺は見れないんだよ……」

『種《たね》』が見せるという新世界の夢。琉劔はそれを見ようと何度も試しているが、未だ成功したことはない。

「そういうのって相性があるからね。俺だって見たことないし」

吹き抜けていく風に、日樹が気持ちよさそうに目を細める。

頭の横に置いていたのは、『種』が表面化したままの『弓《ゆみ》の心臓《しんぞう》』だ。これも『羅《ら》の文書《もんじょ》』も、近々慈空が持って行く。その代わり、『羅の文書』は中身の翻訳を約束させた。訳字典は失われたが、自宅などに残ったわずかな資料をかき集めれば、希望がないわけではない、と慈空は言う。そのことが、彼が弓可留に戻る理由にもなった。『羅の文書』を解読することは、彼が留久馬《るくま》に頼まれた約束でもある。

「でも、『羅の文書』はちょっとだけ訳してくれたんでしょ?」

完璧にはわからないとはいえ、覚えている文字もあると言い、慈空が冒頭の部分だけ訳してくれたのだ。

「――かつて世界のはじまりに、矛があった」

その一文を、琉劔は諳《そら》んじる。

「その矛は大地を整え、命を生んだ。これの別の名を神籬《ひもろぎ》という――」

それを聞いた日樹が、続けて口を開いた。

「神籬って、闇戸《くらと》の昔話でも言われてるやつだよね。三種の『種』がひとつになるとき、命を生み出す神籬となるって」

「つまり、スメラによって三種の『種』がひとつになったもの、それが『神籬』であり、

『矛』であり、『種の石』ということか」

琉劔は腕を組む。今まで誰もが伝説だと思っていたことの真実に、ほんの少しずつ近づいている気がした。

「じゃあ『弓の心臓』は、『矛』の欠片ってこと……？」

日樹が喉の奥で唸る。

「やっぱり弓可留には、世界のはじまりやスメラのことについて、何か俺たちの知らないことが伝わってるのかな……」

考え込んでいる日樹の隣で、琉劔はため息まじりに空を仰ぐ。とりあえず『羅の文書』の中身を知るためには、慈空の訳を待つしか方法がない。すべてを訳すのには、何年、何十年かかるかわからないが、それまで自分たちは、自分たちにできる方法でスメラを追うしかないのだ。

「これからどうする？」

立ち上がった琉劔に、日樹が問う。

本当に存在するのかさえわからないものを探すことに、何の意味があるのか。

繰り返し自問したが、それでも探し続けなければ、自分の生きている意味さえわからなくなってしまいそうだった。

それは王という立場を手に入れてなお。

琉劔は神と命を問う。

「――俺は、スメラを探す」

頬に風を感じながら琉劔は口にする。

「手掛かりがあれば、どこへでも行く。――と、言いたいところだが」

「言いたいところだが？」

「一旦斯城に戻る。報告もしておかないとまずいだろ」

日樹が少々驚いた顔をして立ち上がった。

「びっくりしたぁ。いきなり王様みたいなこと言い出すから……」

「王なんだよ」

「そうだったねぇ」

いくら有能な人材がいるからといって、王がいつまでも国をあけているのは褒められたことではない。民を幸せにするのが王の役目であるならば、こちらも全うせねばならないのだ。

「じゃあ、とりあえず帰ろうか。帰って、それからまた出発」

「ああ」

二人は並んで、遥か彼方に見える御柱《おんばしら》を眺める。自分たちにとって、それはスメラを教えてくれたものでもあり、故郷の目印でもあった。

「風天《ふうてん》さーん！」

やがて慈空の呼び声が聞こえて、琉劔は甲羅の上から地上を覗き込んだ。風天が偽名だとわかったあとも、彼は慣れてしまったからと、未だにこちらの名前で呼び続けている。

「なんだ慈空」

見下ろした先で、硝子片を削って作った不格好な眼鏡をかけた慈空が、ぱっと顔を上げた。

「あ、いた！　あの、お金貸してもらえませんか!?」

「……その話か」

乾いた風に、夏のにおいが混じる。

琉劔は緋色の混じる髪をなびかせて、不知魚の甲羅を滑り降りた。

本書は書き下ろしです

本文デザイン　木村弥世
口絵　ｐ６・７イラスト　岩佐ユウスケ
ｐ８「神と王の世界」　木村弥世

文春文庫

神《かみ》と王《おう》
亡国《ぼうこく》の書《しょ》

定価はカバーに
表示してあります

2021年12月10日　第1刷
2021年12月25日　第2刷

著　者　浅葉《あさば》なつ
発行者　花田朋子
発行所　株式会社 文藝春秋

東京都千代田区紀尾井町 3-23　〒102-8008
TEL　03・3265・1211㈹
文藝春秋ホームページ　http://www.bunshun.co.jp
落丁、乱丁本は、お手数ですが小社製作部宛お送り下さい。送料小社負担でお取替致します。

印刷・凸版印刷　製本・加藤製本
Printed in Japan
ISBN978-4-16-791794-4

（　）内は解説者。品切の節はご容赦下さい。

夜の署長
安東能明
新米刑事の野上は、日本一のマンモス警察署・新宿署に配属される。そこには〝夜の署長〟の異名を持つベテラン刑事・下妻がいた。警察小説のニューヒーロー登場。（村上貴史）
あ-74-1

夜の署長2　密売者
安東能明
夜間犯罪発生率日本一の新宿署で〝夜の署長〟の異名を取り、高い捜査能力を持つベテラン刑事・下妻。新人の沙月は新宿で起きる四つの事件で指揮下に入り、やがて彼の凄みを知る。
あ-74-2

Ｊｉｍｍｙ
明石家さんま　原作
一九八〇年代の大阪。幼い頃から失敗ばかりの大西秀明は、高校卒業後なんば花月の舞台進行見習いに。人気絶頂の明石家さんまに出会い、孤独や劣等感を抱きながら芸人として成長していく。
あ-75-1

どうかこの声が、あなたに届きますように
浅葉なつ
地下アイドル時代、心身に傷を負った20歳の奈々子がラジオアシスタントに。「伝説の十秒回」と呼ばれる神回を経て成長する彼女と、切実な日々を生きるリスナーの交流を描く感動作。
あ-77-1

希望が死んだ夜に
天祢　涼
14歳の少女が同級生殺害容疑で緊急逮捕された。少女は犯行を認めたが動機を全く語らない。彼女は何を隠しているのか？　捜査を進めると意外な真実が明らかになり……。（細谷正充）
あ-78-1

科学オタがマイナスイオンの部署に異動しました
朱野帰子
電器メーカーに勤める科学マニアの賢児は、非科学的商品を「廃止すべき」と言い、鼻つまみ者扱いに。自分の信念を曲げられずに戦う全ての働く人に贈る、お仕事小説。（塩田春香）
あ-79-1

サイレンス
秋吉理香子
深雪は婚約者の俊亜貴と故郷の島を訪れるが、彼には秘密があった。結婚をして普通の幸せを手に入れたい深雪の運命が狂い始める。一気読み必至のサスペンス小説。（澤村伊智）
あ-80-1

（　）内は解説者。品切の節はご容赦下さい

有栖川有栖
菩提樹荘の殺人
少年犯罪、お笑い芸人の野望、学生時代の火村英生の名推理、アンチエイジングのカリスマの怪事件とアリスの悲恋。「若さ」をモチーフにした人気シリーズ作品集。（円堂都司昭）
あ-59-2

阿部智里
烏《からす》に単《ひとえ》は似合わない
八咫烏の一族が支配する世界「山内」。世継ぎの后選びを巡る有力貴族の姫君たちの争いに絡み様々な事件が……。史上最年少松本清張賞受賞作となった和製ファンタジー。（東　えりか）
あ-65-1

阿部智里
烏《からす》は主《あるじ》を選ばない
優秀な兄宮を退け日嗣の御子の座に就いた若宮に仕えることになった雪哉。だが周囲は敵だらけ、若宮の命を狙う輩も次々に現れる。彼らは朝廷権力闘争に勝てるのか？（大矢博子）
あ-65-2

青柳碧人
国語、数学、理科、誘拐
進学塾で起きた小6少女の誘拐事件。身代金5000円、すべて1円玉で?!　5人の講師と生徒たちが事件に挑む。「読むと勉強が好きになる」心優しい塾ミステリ！（太田あや）
あ-67-2

青柳碧人
国語、数学、理科、漂流
中学三年生の夏合宿で島にやってきたJSS進学塾の面々。勉強漬けの三泊四日のはずが、不穏な雰囲気が流れ始め、ついには行方不明者が！　大好評塾ミステリー第二弾。

あ-67-4

朝井リョウ
武道館
【正しい選択】なんて、この世にない。「武道館ライブ」という合言葉のもとに活動する少女たちが最終的に〝自分の頭で〟選んだ道とは――。大きな夢に向かう姿を描く。（つんく♂）
あ-68-2

朝井リョウ
ままならないから私とあなた
平凡だが心優しい雪子の友人、薫は天才少女と呼ばれる。成長に従い、二人の価値観は次第に離れていき、決定的な対立が訪れるが……。一章分加筆の表題作ほか一篇収録。（小出祐介）
あ-68-3

（　）内は解説者。品切の節はご容赦下さい。

リップヴァンウィンクルの花嫁
岩井俊二
「この世界はさ、本当は幸せだらけなんだよ」秘密を抱えながらも愛情を抱きあう女性二人の関係を描き、黒木華、Ｃｏｃｃｏ共演で映画化された、岩井美学が凝縮された渾身の一作。
い-103-1

ラストレター
岩井俊二
「君にまだずっと恋してるって言ったら信じますか？」裕里は亡き姉・未咲のふりをして初恋相手の鏡史郎と文通する――不朽の名作『ラヴレター』につらなる、映画原作小説。（西崎　憲）
い-103-2

車夫
いとうみく
家庭の事情で高校を中退し浅草で人力車夫として働く吉瀬走。大人の世界に足を踏み入れた少年と、同僚や客らとの交流を瑞々しく描く。期待の新鋭、初の文庫化作品。（あさのあつこ）
い-105-1

車夫2　幸せのかっぱ
いとうみく
高校を中退し浅草で人力車をひく吉瀬走。陸上部時代の同級生が会いに来たり、ストーカーにあったりの日々の中、行方不明だった母親が体調を崩したという手紙が届く。（中江有里）
い-105-2

ブルーネス
伊与原　新
地震研究所を辞めた準平は、学界の異端児・武智に「津波のリアルタイム監視」計画に誘われる。個性が強すぎて組織に馴染めないはぐれ研究者たちの無謀な挑戦が始まる！（巽　好幸）
い-106-1

祈り
伊岡　瞬
東京に馴染めない楓太は、公園で信じられない光景を目にする。炊き出しを食べる中年男が箸を滑らせた瞬間――。都会の孤独な二人の人生が交差する時、心震える奇跡が。（杉江松恋）
い-107-1

赤い砂
伊岡　瞬
男が電車に飛び込んだ。検分した鑑識係など3名も相次いで自殺する。刑事の永瀬が事件の真相を追う中、大手製薬会社に脅迫状が届いた。デビュー前に書かれていた、驚異の予言的小説。
い-107-2

歌野晶午
ずっとあなたが好きでした
バイト先の女子高生との淡い恋、美少女の転校生へのときめき、人生の夕暮れ時の穏やかな想い……。サプライズ・ミステリーの名手が綴る恋愛小説集は、一筋縄でいくはずがない!?（大矢博子）
う-20-3

上田早夕里
薫香のカナピウム
生態系が一変した未来の地球、その熱帯雨林で少女は暮らす。ある日現われた〈巡りの者〉と、森に与えられた試練。立ち向かうことを決めた彼女たちの姿を瑞々しく描く。（池澤春菜）
う-35-1

冲方　丁
十二人の死にたい子どもたち
安楽死をするために集まった十二人の少年少女。全員一致で決を採り実行に移されるはずのところへ、謎の十三人目の死体が!?　彼らは推理と議論を重ねて実行を目指すが。（吉田伸子）
う-36-1

逢坂　剛
禿鷹《はげたか》の夜
ヤクザにたかり、弱きはくじく史上最悪の刑事・禿富鷹秋《とくとみたかあき》——通称ハゲタカは神宮署の放し飼い。だが、恋人を奪った南米マフィアだけは許さない。本邦初の警察暗黒小説。（西上心太）
お-13-6

大沢在昌
魔女の笑窪
闇のコンサルタントとして裏社会を生きる女・水原。男を一瞬で見抜くその能力は、誰にも言えない壮絶な経験から得た代償だった。美しいヒロインが、迫りくる過去と戦う。（青木千恵）
お-32-7

大沢在昌
魔女の盟約
自らの過去である地獄島を破壊した「全てを見通す女」水原は、家族を殺された女捜査官・白理《ベイリー》とともに帰国。自らをはめた「組織」への報復を計画する。『魔女の笑窪』続篇。（富坂　聰）
お-32-8

大沢在昌
魔女の封印　（上下）
裏のコンサルタント水原が接触した男は、人間のエネルギーを摂取し命を奪う新種の〝頂点捕食者〟だった！　女性主人公・水原の魅力が全開の人気シリーズ第3弾。（内藤麻里子）
お-32-10